HELOS

Zwischen den Welten

Heike Bicher-Seidel

Heike Bicher-Seidel

HELOS

Zwischen den Welten

Fantasy-Romance

Impressum

Bibliografische Information der Deutschen Nationalbibliothek:
Die Deutsche Nationalbibliothek verzeichnet diese Publikation in der
Deutschen Nationalbibliografie; detaillierte bibliografische Daten sind
im Internet über http://dnb.dnb.de abrufbar.

© 2020 Heike Bicher-Seidel

Covergestaltung: Art for your book
Herstellung und Verlag: BoD – Books on Demand, Norderstedt

ISBN: 978-3-7528-9396-0

KAPITEL 1

„Guten Morgen, meine Gemahlin." Cato küsste eine Spur von Enyas Schulter bis zu ihrem Hals.

Sie rekelte sich wohlig und drehte sich zu ihm um. „Musst du schon los oder kannst du heute mal mit uns Frühstücken?"

„Wir erwarten eine große Lieferung von Halvor, da muss ich dabei sein. Entschuldige." Er küsste sie zärtlich und sie schmiegte sich in seine vertraute Wärme, aber viel zu schnell löste er sich von ihr und stand auf.

Es war kühl im Raum, der nahe Winter war jeden Tag deutlicher zu spüren. Enya zog die Decke weiter über sich. So sehr sie Cato liebte, der Winter in einem römischen Haus weckte in jedem Jahr den Wunsch nach einer Zentralheizung und fließend warmem Wasser. Mit einem Lächeln beobachtete sie Cato beim Anziehen.

„Gefällt dir, was du siehst?", schmunzelte er.

„Ja, komm wieder ins Bett."

Er setzte sich auf die Bettkante und strich ihre langen Haare zurück, die bis zu ihrer Taille reichten. „Würde ich nur zu gern, aber es geht wirklich nicht."

„Kannst du dann wenigstens heute Abend etwas früher heimkommen, die Kinder sehen dich kaum noch und ich möchte etwas mit dir besprechen."

Catos Lächeln wurde von einem besorgten Blick verdrängt. „Ist etwas mit den Kindern oder mit dir?"

„Nein, eigentlich nicht. Ich habe mir nur überlegt, dass ich jetzt, wo Neco vier ist, gern auch mal wieder etwas anderes tun möchte, als mich nur um die Kinder zu kümmern."

„Und was möchtest du tun?"

Enya setzte sich auf und nahm seine Hand. „Ich unterrichte unsere Kinder ja sowieso schon und ich denke, jetzt ist der richtige Zeitpunkt, um die Schule zu eröffnen. Es gibt so viele Kinder in der Nachbarschaft, die nicht unterrichtet werden."

Er verzog unwillig das Gesicht. Ihren Plan, eine gemeinsame Schule für Kinder römischer Bürger, für Freie und Sklaven zu eröffnen, kannte er bereits aus zig fruchtlosen Diskussionen.

„Ich habe Mathematik und Geschichte studiert und schreiben werde ich den Kindern ja wohl auch beibringen können." Ihre zusammengepressten Lippen zeigten, sie wusste genau, was Cato über ihren Plan dachte.

„Es ist ja nicht so, dass ich dir nicht zutraue, Kinder zu unterrichten. Du machst das bei unseren ganz fabelhaft."

Enya verschränkte die Arme vor der Brust. „Aber?"

Er atmete tief durch, wohl wissend, dass ihn gleich ein Enya-Sturm überrollen würde. „Wenn du dich langweilst, könnte ich dir noch ein Kind machen. Das ist deine Aufgabe. Ich finde es sowieso wider die Natur, dass du mit dieser Medizin verhinderst, dass unsere Kinder geboren werden."

Und schon war der Sturm da. „Du hast sie ja wohl nicht mehr alle! Ich bin doch nicht für die Zucht deiner Erben da!"

Er legte die Hand auf ihren Arm, aber sie entwand sich ihm. „Nein! Ich bin keine römische Frau. Ich kann nicht nur rumsitzen und mich um das Haus und die Kinder kümmern. Das reicht mir nicht."

„Ich verstehe dich nicht. Hast du nicht alles, was du dir wünschst? Hast du kein schönes Haus? Nicht genug Personal? Bin ich dir kein guter Ehemann?"

„Scheiße, Cato. Darum geht es doch gar nicht. Ich brauche weder Luxus noch Personal und du weißt genau, was ich davon halte, dass du dich weigerst, die Sklaven freizulassen."

„Nicht schon wieder dieses Thema." Er verdrehte die Augen.

Zu Catos Erleichterung stürmte Vivana, ihre jüngere Tochter, herein.

„Mutter! Lana gibt mir meine blaue Haarspange nicht zurück, aber ich will sie heute tragen." Das achtjährige Mädchen mit den langen dunkelblonden Haaren verschränkte die Arme vor der Brust, wie es ihre Mutter noch vor wenigen Augenblicken ebenfalls getan hatte. Cato lächelte, die Kleine war genau wie Enya, eigensinnig und stur wie ein Maulesel.

„Geht es nicht einmal ohne Streit?", fragte Enya und seufzte resigniert.

„Sie macht das immer und nur, um mich zu ärgern", verteidigte sich Vivana.

„Was hältst du davon, wenn du dir eine meiner Spangen aussuchst?"

Sofort leuchteten die helosblauen Augen des kleinen Mädchens begeistert. „Auch die mit den roten Steinen?"

„Wenn du gut darauf aufpasst, ausnahmsweise."

Die Kleine wühlte strahlend in Enyas Schmuckschatulle.

„Ich muss jetzt los, wir reden heute Abend weiter", nutzte Cato die Gelegenheit, einer weiteren Diskussion zu entgehen. Er hasste es, mit Enya zu streiten, aber er konnte nicht zulassen, dass sie sich den Zorn von halb Colonia Agrippinensium zuzog, nur weil sie Sklaven unbedingt das Lesen und Schreiben beibringen wollte. Er verbot ihr nicht gern, ihren Traum zu verwirklichen, aber sie verstand einfach nicht, dass sie sich in Gefahr brachte. Die Besonderheiten ihrer Kinder zu verstecken, war so schon schwer genug, auch ohne dass sich die ganze Stadt das Maul über Enya zerriss.

Frustriert fiel Enya zurück in die Kissen und schloss die Augen. Cato war ein Meister darin geworden, sich unangenehmen Gesprächen zu entziehen, und sie hätte darauf gewettet, dass er am Abend besonders spät heimkommen würde. Aber heute würden sie dieses Gespräch führen, ob er wollte oder nicht.

Sie waren jetzt seit über sechzehn Jahren verheiratet. Sie hatten ihren Adoptivsohn Titus, den leiblichen Sohn ihres Bruders Noel und von Alsuna, Catos erster Ehefrau, und sie hatten ihre vier gemeinsamen Kinder. Die Älteste, Lanassa, oder Lana, wie sie gerufen wurde, war zwölf, Hieron, der ältere ihrer leiblichen Söhne, war zehn. Neben der achtjährigen Vivana gab es dann noch den kleinen Neco, der vor einer Woche vier Jahre alt geworden war. Enya fand, sie hatte ihre Pflicht als römische Ehefrau damit mehr als erfüllt. Sie liebte ihre Kinder wirklich sehr, aber fünf waren definitiv genug.

Cato sah das allerdings anders. Als sie vor zwei Jahren von einem Besuch bei Noel zurückgekommen war, hatte sie einen Vorrat an Antibabypillen mitgebracht. Als sie Cato die Wirkung des Medikaments erklärte, war er ausgerastet. Es schien, als empfinde er es als persönliche Beleidigung, dass sie keine weiteren Kinder mehr von ihm haben wollte. Sie hatte versucht, ihm ihre Sicht zu erklären, aber er hatte sie einfach nicht verstanden, oder er wollte sie nicht verstehen, was ihr wahrscheinlicher erschien. Doch in dieser Sache war sie nicht bereit, nachzugeben. Fünf Kinder waren genug und es war ihre Entscheidung, die Pille zu nehmen oder nicht. Immer wenn Cato beobachtete, wie sie eine der kleinen Tabletten schluckte, sah sie seinen Unwillen, aber er hatte sich nach ihrem großen Streit nie wieder dazu geäußert.

Sie hörte, wie ihre vier jüngeren Kinder die Treppe des großen Hauses hinunter polterten, das einmal Catos Vater gehört hatte und das er zusammen mit dem Handelsunternehmen der Familie nach dessen Tod geerbt hatte.

Cato war nicht gern aus der Legion ausgeschieden, aber er hatte keine Wahl gehabt, wie so oft in seinem Leben. Er hatte den Handel seines Vaters auf Wunsch von Maximus, dem früheren Statthalter von Germania inferior übernommen und seitdem immer weiter ausgebaut. Durch sein gutes Verhältnis zu Halvor Maso, dem Führer der Usipier und Vater seiner erste Ehefrau, deren Gebiet direkt auf der anderen Seite des Rheines lag, florierte der Handel. Auch Catos gute Verbindungen nach Rom, die er während seiner Zeit bei der Legion geknüpft hatte, trugen zu diesem Erfolg bei. Es ging ihnen gut. Sie waren die mit Abstand wohlhabendste Familie in ganz Colonia Agrippinensium. Sie waren sogar wohlhabender als Statthalter Gaius Salvius Gurges, der vor fünf Jahren das Amt von einem der Nachfolger ihres Freundes und Titus Paten Maximus übernommen hatte.

Cato arbeitete wirklich hart, sein Pflichtbewusstsein gegenüber der Familie und gegenüber Rom trieb ihn an und sein Einsatz zahlte sich aus. Sowohl für seine Familie, als auch für die Schatulle von Gaius Salvius.

Enya wusste, dass sich Cato eine andere berufliche Laufbahn gewünscht hatte, dass er Opfer brachte, damit die Kinder und sie ein gutes Leben führten und sie wollte ihm das Leben bestimmt nicht schwerer machen, aber sie wurde langsam verrückt, wenn sie nicht bald eine Aufgabe fand, die sie forderte.

Sie wollte nicht ständig mit Cato streiten, war mit sich selbst unzufrieden, wenn sie wegen ihrer Wünsche mal wieder aneinandergerieten. Es musste sich etwas ändern, sie musste einen Weg finden, auch außerhalb von Ehe und Familie ein ausgefülltes Leben zu führen, dann würde sich ihre Paarbeziehung auch wieder verbessern. Keinesfalls wollte sie als verbitterte, keifende Hausfrau enden, das wollte sie weder sich selbst, noch Cato antun.

„Willst du heute gar nicht aufstehen?"

Enya hatte Nysas Klopfen bei all den Grübeleien gar nicht gehört. Die Sklavin, die Catos Haushalt in Vetera geführt und mit ihnen nach Colonia Agrippinensium umgezogen war, lächelte sie mitleidig an. Ihr Streit mit Cato war wohl kein Geheimnis geblieben.

„Du hast es gehört?", fragte Enya und quälte sich aus dem Bett.

„Ich und die Leute bis zum Ende der Straße auch, vermute ich."

Enya stöhnte. „Meinst du, ich werde langsam wie Alsuna?"

„Nein, auf keinen Fall. Bei Alsuna und Cato haben wir nie mitbekommen, wie sie sich wieder vertragen haben." Nysa grinste und Enyas Gesichtsfarbe wechselte zu einem satten Rot.

Es gab diesen einen Bereich in ihrem Leben, in dem sie noch immer perfekt harmonierten, egal wie sehr sie stritten und manchmal vielleicht gerade weil sie sich gestritten hatten. Cato konnte sie stets mit einem dunklen Blick oder einer Berührung entflammen und er sog ihre Reaktion auf ihn noch immer auf, wie vertrockneter Boden den Regen.

„Ich hasse es, dass man hier keine Privatsphäre hat", knurrte Enya und kramte ein Kleid aus einer Truhe.

„Na komm, ich stecke dir die Haare auf, dann bist du hübsch für deinen Ehemann."

Enya sah das breite Grinsen ihrer Freundin und ihr war klar, dass sie sie mit dieser Bemerkung nur aufziehen wollte. Nysa wusste sehr gut, dass Enya die modischen Gepflogenheiten der römischen Damen der Gesellschaft aus tiefsten Herzen verabscheute.

„Wenn du Friseurin spielen willst, frag Lana oder Viviana, ich werde es sicher selbst schaffen, mir die Haare zu kämmen. Oder denkst du, damit bin ich als Römerin auch schon überfordert?"

„Lass deine schlechte Laune nicht an mir aus", antwortete Nysa verschnupft.

„Entschuldige, die ewige Streiterei mit Cato geht mir an die Nieren, aber wir werden das heute klären, ob er will oder nicht." Sie zog das Kleid über und griff nach dem Kamm. Nysa drückte sie auf den Hocker vor ihrer Frisierkommode und nahm ihr dem Kamm aus der Hand. Resigniert überließ sich Enya der Sklavin, die mit geschickten Bewegungen ihre Haare zu einer Hochsteckfrisur auftürmte.

KAPITEL 2

Schon seit zehn Minuten beobachtete Noel die unsteten Bilder in den Gedanken von Celine, die neben ihm langsam erwachte. Wie alt sie wohl war? Er hatte gestern, als er sie in seinem Lieblingsclub kennengelernt hatte, nicht danach gefragt. Höchstens 22, dachte er. Was hatte er sich nur dabei gedacht, sie anzusprechen? Aber gestern schien es ihm eine gute Idee zu sein. Ihre aufgeweckten Gedanken hatten sein Interesse sofort geweckt, als sie mit Freundinnen in seiner Nähe gestanden hatte. Auch wenn sein Freund Martin ihm unterstellte, dass er versuchte, jede gutaussehende Frau in sein Bett zu bekommen, war es niemals das Aussehen, das ihn anzog, zumindest nie ausschließlich. Obwohl, wenn er sich die schlafende Celine so ansah, konnte man schon auf den Gedanken kommen, dass er sich das hübscheste Mädchen im Club ausgesucht hatte.

Celines Gedankensprünge wurden langsamer. Sie rekelte sich und Noel sah sein eigenes Gesicht in Celines Gedanken, das von positiven Gefühlen begleitet wurde. Sie lächelte, die Nacht mit ihm hatte ihr offensichtlich gefallen. Als sie blinzelte und erschrak, schmunzelte er.

„Beobachtest du die Leute immer beim Schlafen?", fragte sie.

„Nur die in meinem Bett." Er lächelte sie an.

Und das sind wahrscheinlich eine ganze Menge. Was hat mich nur geritten, mit diesem Aufreißer zu gehen?, dachte Celine.

Sein Lächeln verschwand und er stand auf. „Ich mache Kaffee, wenn du einen möchtest, bevor du gehst, komm in die Küche."

Noel hatte den ersten Kaffee noch nicht getrunken, als die Wohnungstür geöffnet wurde. „Arschloch", hörte er, dann flog die Tür krachend zu.

Er atmete einmal tief durch. Warum versuchte er es nur immer wieder? Es nahm ihn ja doch niemand ernst. Nicht mal seine Zwillingsschwester Enya traute ihm eine ernsthafte Beziehung zu. Es war Ewigkeiten her, dass sie ihn bei einem ihrer seltenen Besuche gefragt hatte, ob er eine Freundin habe. Von Ihrer Meinung bezüglich seiner Fähigkeiten als Vater ganz zu Schweigen.

Als Titus zur Welt kam, hatte weder dessen Mutter Alsuna, noch Enya auch nur einen Gedanken daran verschwendet, dass er seinen Sohn aufziehen könnte. Wenn er nicht so vehement darauf bestanden hätte, Teil des Lebens seines Sohnes zu sein, würde er Titus heute wahrscheinlich nicht einmal kennen.

Und dabei war er ein guter Vater, fand er zumindest. Seit Titus ein Baby war, hatte er in jedem Sommer und jedem Winter je drei Wochen bei ihm verbracht. Zuerst gemeinsam mit Enya, später auch allein. Er hatte ein gutes Verhältnis zu seinem Sohn, sie hatten immer viel Spaß miteinander und Titus Freude, wenn er ihn besuchte, war stets deutlich zu spüren.

Seit Emron, Titus Großvater, ihm zu seinem fünfzehnten Geburtstag einen eigenen Sprungauslöser geschenkt hatte, waren die Besuche seines Sohnes sogar noch häufiger geworden. In den letzten zwei Jahren war er oft plötzlich in Noels Wohnung aufgetaucht, ein paar Tage geblieben und dann wieder zurückgesprungen. Noel vermutete, dass die Gründe für diese ungeplanten Besuche Streitereien mit Cato waren. Er hatte Titus darauf angesprochen, aber der stritt immer ab, dass es zwischen ihm und seinem Adoptivvater Spannungen gab. Einmal hatte er Cato deshalb in der Vergangenheit aufgesucht und zur Rede gestellt, aber sein Schwager hatte Titus Fluchten mit den Launen eines Heranwachsenden abgetan.

Vor einem halben Jahr war Titus dann in die römische Legion eingetreten und er hatte keinen Besuch mehr in der Zukunft gemacht. Ob das daran lag, dass er sich mit Cato jetzt besser verstand, oder wegen des Militärdienstes nicht tagelang verschwinden konnte, wusste Noel nicht.

Er atmete einmal tief durch und drängte die dunklen Gedanken beiseite, aber die schlechte Laune blieb. Er warf einen missmutigen

Blick in den Kühlschrank. Wenn er sich am Wochenende nicht schon wieder von Lieferserviceessen ernähren wollte, musste er einkaufen, auch wenn er Einkäufe an Samstagen hasste. Die Menschenmassen bereiteten ihm Kopfschmerzen.

Er schleppte sich ins Bad und betrachtete sein Spiegelbild. Er war jetzt 43, seine blonden Haare sahen wie meist zerzaust aus. Die ersten grauen Haare, die sich inzwischen eingeschlichen hatten, sah man nur, wenn man genau hinschaute und das tat kaum jemand, da die meisten Menschen von seinen ungewöhnlichen blauen Augen abgelenkt wurden. Vielleicht schätzte man ihn deshalb häufig wesentlich jünger ein.

Er hatte eine Rasur nötig, konnte sich aber nicht dazu aufraffen, um eine Dusche kam er aber definitiv nicht herum.

Seine Haare waren noch feucht, als er ins Treppenhaus trat und gegen Greta Neiss prallte. Der Henkel ihrer Einkaufstüte riss und ihr Wochenendeinkauf verteilte sich zu ihren Füßen.

„Müssen Sie sich so anschleichen?", meckerte Noel. Er konnte diese Frau, die zusammen mit ihrer Tochter seit drei Monaten die oberste Etage des vierstöckigen Hauses mit ihm teilte, einfach nicht leiden.

„Sie sind doch in mich reingerannt, haben Sie keine Augen im Kopf?" Greta bückte sich, um ihre Einkäufe einzusammeln, wusste dann aber nicht, wohin damit, da die Tüte nicht mehr zu gebrauchen war.

Noel betrachtete seine Nachbarin gereizt. Es wäre extrem unhöflich, jetzt einfach abzuhauen und ihr nicht zu helfen, aber er hatte keine Lust, sich länger mit ihr zu beschäftigen, die Frau war ihm irgendwie unheimlich.

„Sorry, ich habe es eilig. Sie sollten sich mal einen Einkaufskorb anschaffen oder sowas", murmelte er und machte, dass er wegkam.

„Lilian, kannst du mir mal helfen?", rief Greta in ihre Wohnung. Ihre sechzehnjährige Tochter hatte gerade geduscht, ihre kurzen, braunen Haare waren noch nass, als sie in den Flur kam.

„Hast du das Macho-Arschloch von nebenan mit deinem Einkauf beworfen?", fragte Lilian grinsend.

„Es war keine Absicht."

„Ha, glaube ich dir nicht." Das Mädchen hob den Eierkarton auf, in dem nur die Hälfte der Insassen überlebt hatte.

„Verdient hätte er es. Als ich vorhin aus der Wohnung kam, hat sich eines seiner Betthäschen gerade lautstark von ihm verabschiedet", erzählte die Mutter.

„Habe ich gehört. Die hatte wohl die gleiche Meinung von ihm wie du."

KAPITEL 3

Überrascht blickte Enya auf, als Cato das Wohnzimmer betrat. Es war später Nachmittag und sie war dabei, den Aufsatz, den Lana am Morgen geschrieben hatte, zu korrigieren.

„Ich habe dich nicht so früh zurückerwartet. Schön, dass du schon da bist." Sie lächelte und ein warmes Gefühl breitete sich in ihr aus. Dass er früher heimgekommen war, um mit ihr über die Schule zu sprechen, freute sie mehr als jedes Geschenk.

Cato sank müde auf den Stuhl neben Enya. „Halvor liegt im Sterben." Er schenkte sich einen Becher mit Wasser verdünnten Weines ein.

„Wie schrecklich, woher weißt du das?", fragte Enya.

„Rolo hat einen Boten geschickt. Alsuna und er sind in Halvors Dorf, es sieht nicht gut aus."

„Willst du hin reiten?"

Cato rieb seine Stirn. Halvor war der Vater seiner ersten Frau und sein engster Geschäftspartner, aber gewiss nicht sein Freund. „Nein, aber Titus muss hin. Ich habe gehofft, ich hätte mehr Zeit, um aus ihm einen guten Soldaten zu machen, aber wie es scheint, haben die Götter andere Pläne."

„Aber Titus kann doch nicht allein durch germanisches Gebiet reiten, um seinen Großvater ein letztes Mal zu sehen."

„Titus ist ein Legionär, er wird den Weg schon finden. Außerdem soll er nicht zu Halvor, um ihn zu besuchen, sondern damit ihn sein Großvater nochmal offiziell zu seinem Nachfolger macht."

„Oh nein, das kommt überhaupt nicht in Frage. Titus ist erst siebzehn", ereiferte sich Enya.

„Das ist nicht deine Entscheidung", sagte Cato.

„Nein, aber deine auch nicht. Hast du schon mit Titus darüber gesprochen?"

„Titus ist Soldat, wenn sein Vorgesetzter ihm den Befehl gibt, die römischen Interessen als Führer der Usipier zu vertreten, hat er zu gehorchen."

Enya schnaubte. „Gaius Salvius, dieser unfähige Säufer! Der entscheidet nicht über das Leben meines Sohnes."

„Du kannst es nicht verhindern. Titus muss gehen, wenn er den Befehl erhält. Oder willst du, dass man ihn wegen Befehlsverweigerung einsperrt oder hinrichtet?"

„Titus hat immer eine Wahl. Er kann zu seinem Vater gehen."

„Ich bin sein Vater, nicht dein nichtsnutziger Bruder. Titus wird gehorchen."

Enya kam nicht dazu, etwas zu erwidern, denn Titus betrat das Wohnzimmer. Es schmerzte sie stets, ihn in Uniform zu sehen, aber heute tat es besonders weh. Sie hatte mit allen Mitteln versucht, zu verhindern, dass Titus zur Legion ging, aber Cato hatte darauf bestanden und Titus hatte gehorcht.

Wenn Maximus noch Statthalter gewesen wäre, hätte sie mit ihm reden können. Er kannte Enyas besondere Fähigkeiten und wusste, dass Titus wahrscheinlich ähnliche Kräfte entwickeln würde. Ihn hätte sie vielleicht überzeugt, dass ihr Sohn in ihrer Nähe bleiben sollte, aber mit Statthalter Gaius Salvius war so ein Gespräch unmöglich. Sie würde nur die Aufmerksamkeit des Legaten auf ihren Sohn lenken und dass musste sie unter allen Umständen verhindern.

„Vater, Mutter", grüßte Titus. Er legte den Helm auf den Tisch und sah Cato abwartend an. Ihr Sohn überragte seinen Adoptivvater inzwischen um gut zehn Zentimeter. Die blonden Haare und die leuchtend blauen Augen hatte er von seinem leiblichen Vater geerbt, seine Haltung und sein Auftreten hatte er sich jedoch bei Cato abgeschaut.

„Ich habe dich rufen lassen, weil dein Großvater im Sterben liegt", teilte ihm Cato mit.

„Emron?", fragte Titus besorgt.

„Nein, Halvor. Du wirst morgen aufbrechen und seine Nachfolge antreten. Ich habe das bereits mit Gaius Salvius besprochen. Man entbindet dich vom aktiven Dienst in der Legion, aber du bleibst weiterhin Soldat des Kaisers, dem du Gehorsam geschworen hast."

„Aber ich bin doch gerade erst in die Legion eingetreten. Ich habe nicht mal die Grundausbildung komplett hinter mir." Titus war offensichtlich gar nicht begeistert.

„Du musst nicht zu den Usipiern gehen", mischte sich Enya ein.

„Natürlich muss er. Er hat einen Befehl seines Legaten erhalten. Ganz zu schweigen von seiner Gehorsamspflicht gegenüber der Familie."

„Du meinst wohl, seinem Gehorsam dir gegenüber", fauchte Enya.

„Natürlich mir gegenüber", antwortete Cato verärgert.

„Titus, willst du Halvors Nachfolger werden?", fragte sie.

„Ich weiß nicht", stammelte Titus und sah zwischen seinen Eltern hin und her.

„Du wirst erst gehen, wenn du weißt, was du willst", bestimmte Enya und stand auf.

Cato schüttelte genervt den Kopf, was ihm einen tödlichen Blick seiner Gemahlin einbrachte.

„Was? Sprich dich aus!", fuhr sie ihn an.

„Du solltest dem Jungen keine Ideen in den Kopf setzen, die ihn nur in Schwierigkeiten bringen. Er ist für diese Aufgabe geboren worden. Titus kennt seinen Platz."

„Titus hat immer eine Wahl, genau wie ich!" Im Vorbeigehen strich sie über den Arm ihres Sohnes und verließ den Raum. Mit Argumenten würde sie Cato nicht umstimmen und Titus würde tun, was Cato sagte, wenn sie ihm keine Zeit zum Nachdenken verschaffte.

Sie rannte die Treppe hinauf und kramte den Sprungauslöser aus ihrer Kommode. Sie hätte auch den Sprungauslöser, den ihr Emron vor Jahren geschenkt hatte und der in Form eines Medaillons um ihren Hals hing benutzen können, aber sie hatte Emron damals versprochen, niemandem zu sagen, dass das Schmuckstück noch eine andere Funktion hatte und sie hatte sich auch bei Cato daran gehalten.

„Nysa, sind die Kinder bei dir?", rief sie in die Küche, als sie wieder hinunter kam. Lana, ihre Älteste, kam mit Neco, dem Nesthäkchen, in die Eingangshalle. Hieron und Vivana stürmten hinterher. Enya öffnete die Wohnzimmertür, ihre Kindern hinter sich.

„Titus, komm her", forderte sie. Sie aktivierte den Sprungauslöser.

„Du wirst jetzt nicht zu Noel fliehen!", fauchte Cato, stürzte zu ihr und riss ihr den Sprungauslöser aus der Hand.

Ihre Augen glühten wütend. „Gib ihn mir zurück!"

„Ich verbiete dir zu gehen."

Fassungslos sah sie ihn an. „Du hast geschworen, du würdest mich niemals gegen meinen Willen hier festhalten!"

„Du bist meine Frau, ich entscheide, was das Beste für dich und die Kinder ist", zischte er, so nah vor ihr stehend, dass sich ihre Nasen beinah berührten.

Enyas Augen wurden feucht, was sie maßlos ärgerte. „Du hast es geschworen." Ihre Stimme war nur ein heiseres Flüstern.

Er schaute auf den Sprungauslöser in seiner Hand, dann in das Gesicht seiner Frau. „Du bekommst ihn zurück, wenn du dich beruhigt hast, aber du nimmst auf keinen Fall alle Kinder mit."

„Willst du sie als Geiseln hierbehalten, damit ich zurückkommen muss?"

„Das hier ist ihr Zuhause, die Kinder bleiben hier. Und wenn die Kinder der einzige Grund für dich sind, hier zu sein, solltest du bei Noel bleiben!"

Catos Worte trafen sie wie Peitschenhiebe. Sie stritten häufig, zu häufig, aber so hatte er nie mit ihr gesprochen. Sie sah den Schmerz und die Verletzung in seinen Augen, wusste, er meinte nicht wirklich, was er sagte, aber es tat dennoch weh. Sie konnte nicht mehr, brauchte eine Pause, Zeit zum Nachdenken.

Rückwärts bewegte sie sich auf ihre Kinder zu und breitete die Arme aus. Die beiden Jüngsten flüchteten sich zu ihr, verunsichert durch die aufgeladene Stimmung. Enya sah sich um, stellte sicher, dass alle nah genug bei ihr standen und aktivierte den Sprungauslöser um ihren Hals, der per Helos-Technik durch Gedankensteuerung bedient wurde.

„Leb wohl, Cato." Ihre Stimme zitterte und sie sah nur verschwommen, wie seine Miene von verärgert zu panisch wechselte.

Enya schloss die Augen und dachte: *Sprung.*

KAPITEL 4

Noel stutzte kurz, dann schloss er seine Wohnungstür auf. „Onkel Noel!" Der vierjährige Neco stürmte durch den Wohnungsflur auf ihn zu.

Noel stellte die Einkäufe ab und nahm seinen jüngsten Neffen auf den Arm. „Was machst du denn hier?"

Bevor Neco antwortete, stand Enya bereits vor ihm. Ihre Augen rot und noch immer tränenfeucht. „Tut mir leid, dass wir dich so überfallen", stammelte sie.

Noel setzte Neco ab und umarmte Enya, die hemmungslos an seiner Schulter schluchzte. Er schob sie ins Wohnzimmer und sah, dass Enya zusammen mit allen fünf Kindern gekommen war.

Sie besuchte ihn und ihre Eltern regelmäßig, aber die Kinder hatte sie in der letzten Zeit nicht mehr häufig mitgebracht, da sie der Ansicht war, dass es sie zu sehr verwirrte, zwischen den Zeiten zu wechseln. Auch dass der Fernseher lief, machte ihn stutzig. Enya hielt die Kinder normalerweise so gut sie konnte von den modernen Erfindungen fern. Insbesondere bei den Kleineren hatte sie Angst, dass sie sich mit unüberlegten Äußerungen über die Zukunft in Schwierigkeiten brachten.

Die älteren Kinder begrüßten Noel ungewöhnlich verhalten und Noels Besorgnis stieg.

„Schön, dass ihr mich besucht. Warum schaut ihr nicht mal in den Schrank dort, da sind Süßigkeiten drin. Ich rede kurz mit eurer Mutter in der Küche", gab Noel Enyas Ablegern eine Beschäftigung. Er war sicher, dass sein Vorrat an Schokolade und Gummibärchen in weniger als fünf Minuten nicht mehr existent war.

„Was ist denn passiert?", fragte Noel und schloss die Küchentür hinter Enya und ihm.

„Ich habe ihn verlassen!" Schon wieder wurde seine Wohnung von Schwester-Tränen geflutet.

„Wie hat er es denn geschafft, dich so zu ärgern? Er kann sich doch sonst alles bei dir erlauben."

Wütend funkelte Enya ihn an. Das Verhältnis zwischen Cato und ihrem Bruder war noch nie gut gewesen. Die beiden misstrauten sich auch nach all den Jahren noch immer und seine Worte lösten sofort den Reflex in ihr aus, Cato zu verteidigen. Aber diesmal würde sie das nicht tun, dazu war sie viel zu wütend auf ihren Mann.

„Cato will Titus zu Halvor schicken, damit er die Führung der Usipier übernimmt. Ganz allein! Titus ist doch noch ein Kind!"

„Na ja, wie ein Kind sieht er in seiner Uniform eigentlich nicht mehr aus." Noel hatte seinen Sohn eben zum ersten Mal in der Kleidung eines Legionärs gesehen und ihn beinah nicht erkannt. Noel war groß, Titus nur unwesentlich kleiner. Dafür war sein Sohn, gestählt durch das Kampftraining, für das Cato bereits seit Titus frühster Kindheit gesorgt hatte, wesentlich besser in Form als Noel.

„Du findest das doch nicht etwa richtig?", fauchte Enya.

„Natürlich nicht. Du weißt genau, es wäre mir am liebsten, Titus bliebe bei mir. Was will er denn selbst?"

„Weiß ich nicht, er braucht Zeit, um sich darüber klar zu werden, und die hat er jetzt."

„Und Cato war einverstanden, dass du zusammen mit deiner ganzen Brut Urlaub bei mir machst?"

„Ich brauche ganz sicher nicht die Erlaubnis von Cato, wenn ich mit meinen Kindern herkomme."

Noel ergriff ja nur ungern Partei für seinen Macho-Schwager, aber wenn Enya in diesem aufgelösten Zustand bei ihm reinschneite, konnte er sich ungefähr vorstellen, wie es Cato jetzt ging. Denn egal für wie herrschsüchtig und arrogant er seinen Schwager auch hielt, Cato liebte Enya wirklich.

„Aber er weiß, dass ihr hier seid?", fragte Noel.

„Ja, er hat versucht, es zu verhindern, und mir den Sprungauslöser abgenommen, aber ich habe ja noch Emrons Geschenk." Sie schloss die Hand um den Sprungauslöser an ihrer Halskette.

„Scheiße, Enya, das kannst du nicht machen. Dein Sklavenhalter wird wahrscheinlich gerade verrückt vor Angst. Du musst mit ihm reden."

„Er hatte Gelegenheit, mit mir zu reden, aber er wollte einfach über meinen Kopf hinweg entscheiden. Jetzt sieht er, was er davon hat." Entgegen ihrer harten Worte brach sie schon wieder in Tränen aus und Noel drückte sie hilflos an sich.

„Ich verbiete dir das!", brüllte Lana.

„Du hast mir gar nichts zu sagen, ich will ja nur mal gucken", erwiderte Vivana und lief hinter ihrem Bruder Hieron her, der bereits auf dem Weg nach unten war. Enya, durch den lautstarken Streit alarmiert, stürzte aus der Küche und wollte ihren Kindern folgen. Außer Titus kannte sich keines ihrer Kinder hier wirklich aus und vor Enyas Augen erschienen sofort zig Horrorszenarien.

„Ich fang sie wieder ein, Mutter", sagte Titus und rannte seinen Geschwistern nach. Enya wollte ihm folgen, aber Noel hielt sie zurück.

„Titus schafft das schon. Warum nimmst du nicht erst mal ein heißes Bad und ich beschäftige deine Höllenbrut eine Weile."

Erst als sie Titus lautes Schimpfen und den Protest von Vivana und Hieron aus dem Hausflur hörte, nickte sie und tappte völlig erledigt ins Bad.

*

„Verdammt, müsst ihr Mutter wirklich noch zusätzlich Sorgen machen", schimpfte Titus. Vivana und Hieron stapften vor ihm die Stufen zu Noels Wohnung hinauf. Er hatte sie auf dem Gehweg vor dem Haus eingefangen. Zum Glück waren nur wenige Menschen auf der Straße gewesen, die sich über ihre unpassende Kleidung hätten wundern können. Besonders seine Uniform mit Schwert und Dolch am Gürtel, war in dieser Zeit absolut nicht straßentauglich. Er musste sich dringend umziehen, Kleidung hatte er bei Noel genug, im Gegensatz zu seinen Geschwistern.

Abgelenkt, weil er bereits an seinem Halstuch zerrte, prallte er gegen eine junge Frau.

„Oh, entschuldige", sagte er.

Die Frau, nein, sie war noch ein Mädchen, starrte ihn mit offenem Mund an. Er hätte verstanden, wenn sie über seine Kleidung irritiert gewesen wäre, aber die hatte sie vermutlich noch gar nicht wahrgenommen, so wie sich ihr Blick an seinen Augen festgesaugt hatte.

„Nein, war meine Schuld, ich habe nicht aufgepasst", stammelte sie, dann runzelte sie irritiert die Stirn. „Willst du zu einem Kostümfest?"

Seine Uniform war ihr wohl doch nicht entgangen. Er lächelte verlegen, wusste nicht, was er sagen sollte. „Ähm, nein, ich, wir. … Ich besuche meinen Vater."

„Ah, dann bist du der Sohn von Herrn Weber. Hätte ich mir denken können."

Titus lehnte sich an das Geländer. „Ja, die Augen sind ein Familienfluch."

„Als Fluch würde ich die nicht bezeichnen."

Titus Lächeln wurde breiter und sie lief tomatenrot an.

„Schön, dass sie dir gefallen. Mein Name ist übrigens Titus Valerius, aber meine Freunde nennen mich Venetus. Venetus von Blau, du verstehst." Er deutete auf seine Augen.

Sie verstand nicht, wollte das aber auf keinen Fall zugeben.

„Ich bin Lilian. Meine Mutter und ich wohnen direkt neben deinem Vater. Machst du Ferien bei ihm?"

„Meine Mutter, meine vier Geschwister und ich sind eben erst angekommen."

„Oh, eine richtige Großfamilie. Das hätte ich Herrn Weber gar nicht zugetraut."

„Warum nicht?", fragte er.

Mist, dachte Lilian, sie konnte doch jetzt nicht sagen, wie oft sie seinen Vater schon mit wechselnden Frauen gesehen hatte. „Na, weil ich dich hier noch nie gesehen habe", redete sie sich heraus.

„Ich lebe nicht in der Nähe, deshalb bin ich eigentlich nur zweimal im Jahr hier."

„Und wo wohnst du den Rest des Jahres?"

„Mein Adoptivvater ist Händler in Colonia…, in Köln."

„Aber das ist doch gar nicht so weit weg."

„Es ist kompliziert", sagte er.

„Ja, Patchwork-Familien. Das kenne ich. Mein Vater ist vor fünf Jahren nach Bayern gezogen, seit dem sehe ich ihn so gut wie gar nicht mehr."

„Das tut mir leid."

„Muss es nicht. Meine Mutter ist toll. Aber ich finde es schön, dass sich deine Mutter und dein leiblicher Vater so gut verstehen, dass ihr gemeinsam Ferien bei ihm macht."

„Das sagst du bestimmt nicht mehr, wenn wir ein paar Tage da sind. Meine Geschwister sind eine ohrenbetäubende Landplage."

„Wenn es dir bei euch zu laut ist, kannst du ja mal zu mir rüberkommen." Die Röte wanderte wieder in ihre Wangen. Hübsch, fand Titus. Mit ihren kurzen Haaren und in Jeans sah sie völlig anders aus als die Mädchen aus seiner Zeit.

„Ich danke dir für die Einladung, Lilian. Ich würde mich sehr freuen, wenn du mich deiner Mutter vorstellst."

Wie, meiner Mutter vorstellen? Wir leben doch nicht mehr im 18. Jahrhundert, wo man der Familie eines Mädchens erst mal seine Aufwartung machen muss, bevor man mit Anstandsdame einen Spaziergang macht, dachte Lilian. Dieser Titus, oder Ven..., ach, wie auch immer, war wirklich ein merkwürdiger Typ. Und dann dieses Kostüm. Obwohl es ihm ja wirklich gut stand. „Sag mal, ich will ja nicht neugierig sein, aber macht ihr bei so einem Historienspiel mit?"

Ha, super Ausrede, dachte Titus. „Und obwohl du nicht neugierig sein willst, bist du es dennoch. Aber du hast natürlich Recht. Warum sollte ich sonst eine Uniform der Legion tragen." Er grinste siegessicher.

„Na dann, viel Spaß dabei", antwortete sie eingeschnappt und wollte an ihm vorbeigehen.

Titus versperrte ihr schnell den Weg. „Verzeih, ich wollte dich nicht kränken."

„Schon gut, du hast neben den Augen wohl auch das Talent deines Vaters geerbt, die Neiss-Frauen auf die Palme zu bringen."

„Neiss-Frauen?"

„Mein Nachname. Ich heiße Lilian Neiss."

„Dann wünsche ich dir noch einen schönen Tag, Lilian Neiss, und hoffe, ich kann dich bald wieder auf die Palme bringen." Er trat zur Seite und ließ sie vorbei.

Ein echt schräger Typ, dachte Lilian und stürmte die Treppe hinunter, hatte aber noch immer das Gefühl, seinen Blick in ihrem Rücken zu spüren.

KAPITEL 5

„Wünscht ihr etwas, Herr? Vielleicht etwas zu essen?", fragte Nysa. Cato saß im dunklen Wohnzimmer, einen leeren Krug Wein vor sich. Im Haus war es gespenstisch still. „Bring mehr Wein." Seine Zunge war schwer.

Nysa holte eine Öllampe aus der Eingangshalle und entzündete die Lichter im Wohnzimmer.

„Wein, habe ich gesagt", maulte Cato.

Die Sklavin beeilte sich, das Gewünschte zu bringen.

„Herr, darf ich fragen, wo die Herrin und die Kinder sind?" Nysa goss Wein in einen Becher.

„Nein."

„Aber die Kinder müssten schon lange in ihren Betten sein. Ist etwas passiert?"

„Sie sind weg, das siehst du doch." Cato leerte den Becher zur Hälfte. Nysa setzte sich.

Enya pflegte einen freundschaftlichen Umgang mit Nysa und Cato schätzte die Sklavin, vor allem aufgrund ihrer unerschütterlichen Loyalität gegenüber seiner Familie, aber es war absolut unüblich, dass sich Nysa unaufgefordert zu ihm setzte. Er sah sie fragend an, aber Nysa schwieg. Cato zuckte mit den Schultern, füllte einen zweiten Becher mit Wein und reichte ihn der Sklavin. „Wir haben gestritten, dann hat sie die Kinder genommen und ist zu Noel gegangen", erklärte er.

„Wann kommt sie zurück?"

„Das wissen nur die Götter und meine ungehorsame, starrköpfige Gemahlin."

„Ihr müsst sie zurückholen. Sie wartet nur auf ein Zeichen von Euch, will nur wissen, dass Ihr sie respektiert. Enya ist nicht wie andere römische Frauen."

Er lachte bitter. „Ja, das ist wohl wahr."

Nysa legte ihre Hand auf Catos. „Bitte", sagte sie.

Als wenn er irgendetwas tun könnte. Wütend starrte er sie an. „Ich bin absolut machtlos! Sie gehorcht mir einfach nicht. Und egal, was auch immer ich für sie tue, es ist nicht genug. Ihretwegen habe ich das Militär verlassen, um das von den Göttern verfluchte Erbe meines Vaters weiterzuführen. Für sie muss ich meine Tage mit diesen speichelleckenden Politikern verbringen, Salvius bei Laune halten, aufpassen, dass die Usipier nicht wieder Intrigen spinnen. Für sie, damit sie und die Kinder sicher sind. Und was bekomme ich dafür? Sie will nicht mal mehr meine Kinder empfangen, verhindert ihr Leben mit diesen kleinen runden Dingern, die sie jeden Tag schluckt. Das würde sie niemals tun, wenn sie mich liebte. Und jetzt verschwindet sie einfach und nimmt mein ganzes Leben mit. Ich kann ihr nicht folgen, verdammt, ich bin nur ein Mensch!"

Nach Catos Ausbruch lag bleierne Stille über dem Raum. Nysa ließ ihm einen Moment, um sich zu fangen. „Ich weiß nicht, was zwischen Euch und der Herrin vorgefallen ist, aber in einer Sache irrt Ihr. Enya liebt Euch, mehr als alles andere auf der Welt. Wenn es ihr möglich ist, kommt sie zurück, da bin ich sicher."

Sein Lächeln trug eine Spur Bitternis. „Wusstest du, dass Enya von den Göttern abstammt? Sie ist durch die Zeit direkt in meine Arme gefallen. Damals, als wir noch so jung waren."

„Ich erinnere mich, wie verschreckt sie war, als Ihr sie von dem Feldzug gegen Saturninus mit nach Vetera gebracht habt."

„Ja, sie war wirklich böse auf mich, weil ich ihr nicht gesagt hatte, dass ich bereits verheiratet war."

„Das zu erfahren, muss hart für sie gewesen sein, aber sie ist dennoch bei Euch geblieben. Ob als Eure Sklavin oder als Eure Ehefrau. Enya hat Euch immer bedingungslos geliebt."

Cato füllte seinen Becher auf. „Weißt du, was einer unserer ewigen Streitpunkte ist? Enya will, dass ich die Sklaven freilasse … Wärst du gern frei?"

Sie senkte den Blick. „Ihr seid ein guter Herr, ich bin mit meinem Los zufrieden."

Er musterte sie abschätzend. „Ich würde dich ja nicht aus dem Haus werfen. Du könntest weiter für mich arbeiten, aber freiwillig und gegen Bezahlung."

Nysa schwieg.

„Würdest du fortgehen, wenn ich dich freiließe?", drang er in sie.

„Nein, ich wüsste nicht, wo ich hingehen sollte."

„Du könntest heiraten."

Sie lächelte spröde. „Hättet ihr mir das angeboten, als ich noch jung war, dann vielleicht."

Cato lehnte sich zurück. „Warum hast du keine Kinder? Hast du geglaubt, ich bestrafe dich, wenn du bei einem der männlichen Sklaven liegst?"

„Nein, das ist nicht der Grund."

„Warum dann?", fragte er.

„Wenn ich Kinder gehabt hätte, wären sie Euer Eigentum gewesen."

„Ja, selbstverständlich. Du hättest meinen Besitz gemehrt, du hattest also keinen Grund, Angst vor einer Schwangerschaft zu haben."

„Ich wollte aber nicht, dass meine Kinder Sklaven sind. Ich konnte den Gedanken nicht ertragen, dass ich ihnen den Fluch eines solchen Lebens mitgegeben hätte." Sie starrte auf ihre im Schoß gefalteten Hände.

Cato reichte ihr ihren Becher, der noch unangetastet auf den Tisch stand. Sie nahm ihn, blickte ihn schüchtern an und Cato hob seinen eigenen Becher.

„Auf all die Fehler, die ich in meinem Leben gemacht habe und darauf, dass ich den einen oder anderen mit der Hilfe der Götter wiedergutmachen kann."

Nysa nahm einen vorsichtigen Schluck, sie verstand nicht, worauf Cato hinauswollte.

„Ich werde euch freilassen, Nysa. Euch alle. Aber ich wünsche mir, dass du bleibst und meiner Gemahlin auch weiterhin eine so gute Freundin bist. Ich bin mir absolut bewusst, wie wichtig du für diese

Familie bist, auch wenn ich dir das bisher so wenig gedankt habe. Und jetzt geh ins Bett."

Nysa erhob sich und ging zögernd bis zur Tür. „Herr, wenn Titus mit Eurer Gemahlin bei ihrem Bruder ist, wird er Probleme mit seinem Vorgesetzten bekommen."

„Das ist mir bewusst. Ich werde mich morgen darum kümmern."

*

Noch auf dem Weg zum Palast des Statthalters verfluchte Cato seinen gestrigen Alkoholexzess. Sein Kopf schmerzte, seit er die Augen geöffnet hatte und gerade jetzt brauchte er seine ganze Konzentration.

„Ich bitte um ein Gespräch mit Gaius Salvius Gurges", sagte Cato. Der Sklave nickte und verschwand im Nebenraum. Cato schritt an das Fenster des elegant eingerichteten Warteraums vor dem Audienzraum. Ein nicht zu vernachlässigender Teil des luxuriösen Prätoriums, dem Wohn- und Amtssitz des Statthalters, war aus Catos Truhen finanziert worden. Salvius verschwenderischer Lebensstil passte nicht zum Einkommen des Statthalters von Germania inferior, was ihn immer tiefer in die Hände der ansässigen Geschäftsleute trieb. Ein Umstand, für den Cato in diesem Moment sehr dankbar war. Salvius war nicht in der Position, Cato eine kleine Bitte abzuschlagen, wie einen unangemeldeten Urlaub für seinen Sohn.

„Der Legat empfängt sie jetzt", meldete der Sklave und hielt die Tür für Cato auf.

Salvius erhob sich von der Liege, auf der er gerade ein spätes Frühstück eingenommen hatte. „Cato, welch eine erfreuliche Überraschung. Was treibt Euch zu mir."

„Statthalter. Danke, dass Ihr mich so unangemeldet empfangt."

„Setzen wir uns, mein Freund." Salvius winkte einem Sklaven, er solle Wein für Cato bringen, der lehnte jedoch ab.

„Ich möchte Eure kostbare Zeit nicht lange in Anspruch nehmen, aber ich habe eine persönliche Bitte."

„Nur raus damit", forderte Salvius.

„Mein Sohn Titus muss eine persönliche Angelegenheit für mich erledigen. Ich bin Euch dankbar, wenn Ihr ihn für einige Wochen vom Dienst befreit."

Salvius sah Cato nachdenklich an. „Ihr wisst, Ihr seid mir einer der liebsten Freunde in dieser ungastlichen Gegend, aber Eure Bitte kommt zu einem denkbar schlechten Zeitpunkt, schließlich liegt Titus Großvater im Sterben. Ich ging davon aus, er hat sich bereits auf den Weg zu Halvor Maso gemacht, um sein rechtmäßiges Erbe anzutreten und damit unsere Interessen auf der rechten Rheinseite zu vertreten. Doch man sagte mir, dass die bestellte Eskorte am heutigen Morgen vergeblich auf ihn gewartet hat. Man sucht bereits nach ihm."

„Dieses kleine Missverständnis werden wir doch sicher bereinigen können", sagte Cato.

„Missverständnis? Ich nenne das Desertation und Befehlsverweigerung."

Catos Augen wurden schmal. „Ich erinnere Euch ungern an die Verbindungen zwischen Euch und meinem Handelshaus. Bisher habe ich Eure Verbindlichkeiten, weil ich Euch als persönlichen Freund betrachte, stets mit Geduld und Nachsicht gehandhabt. Ich würde es daher für eine Geste Eurer Freundschaft halten, wenn Ihr diese Geduld nun mit meinem Sohn Titus hättet."

Die freundliche Miene des Statthalters verschwand. „Droht Ihr mir, Cato?"

„Natürlich nicht."

„Das ist auch besser so. Für Euch und vor allem für Euren ungehorsamen Sohn. Wo ist Titus?"

„Er ist zurzeit nicht in der Stadt."

„Wann kommt er zurück?"

„Das kann ich nicht genau sagen", wand sich Cato.

„Ihr versteckt einen gesuchten Deserteur. Das ist ein Verbrechen, ist Euch das bewusst?"

„Titus ist nicht desertiert, er ist nur vorübergehend abwesend."

Salvius schnaubte. „Gegen einen direkten Befehl abwesend zu sein, ist die Definition von Desertation. Ich würde Euch, als meinem Freund, natürlich nur zu gern den Gefallen tun und Titus beurlauben, aber ich bin nur ein Diener Roms und muss mich an die Gesetzen halten."

„Wir wissen doch beide, Salvius, dass sich Rom nicht für den verspäteten Diensteintritt eines Legionärs interessiert. Sagt, was ihr für die Rücknahme des Marschbefehls und eine unbefristete Beurlaubung meines Sohnes haben wollt."

Salvius lächelte selbstgefällig. „Oh, Ihr habt nichts, was Ihr mir geben könntet."

„Ich könnte Euch einen Teil Eurer Verbindlichkeiten erlassen."

„Welche Verbindlichkeiten? Als Straftäter, und das seid Ihr, da Ihr einen Deserteur versteckt, fällt Euer Besitz an den Kaiser, beziehungsweise an seinen Stellvertreter in dieser Provinz, an mich."

Cato sprang erbost auf. „Damit kommt Ihr nicht durch. Ihr könnt meinen Besitz nicht konfiszieren, ohne einen ordentlichen Gerichtsprozess und eine Verurteilung. Und niemand wird mich aufgrund dieser lächerlichen Anschuldigung schuldig sprechen."

Salvius lehnte sich entspannt zurück. „Das werden wir sehen. Bis sich Euer Sohn stellt, werdet Ihr an einem sicheren Ort untergebracht. Wenn Titus nicht freiwillig seine Pflicht gegenüber Kaiser Trajan erfüllt, wird ihn Euer Wohlergehen vielleicht dazu bewegen." Salvius winkte die beiden Legionäre heran, die an der Tür Wache standen. „Verhaften und auf weitere Befehle warten. Schreiber, notiere: Ich entziehe Titus Valerius Cato hiermit die Bürgerrechte. Er wird bis auf Weiteres als Sklave in meinen Besitz übergehen."

„Das ist gegen jedes Gesetz. Das könnt ihr nicht tun!", schrie Cato.

Salvius streckte die Arme zu den Seiten aus und lachte. „Ich habe es gerade getan."

Auf einen Wink zerrten die Legionäre Cato hinaus.

Im Vorraum waren weitere Legionäre anwesend, von denen Cato einen kannte.

„Pullus, informiere die Vereinigung der Händler, Salvius hat mir ohne Gerichtsverhandlung die Bürgerrechte entzogen!"

„Ich verstehe nicht", sagte Tribun Pullus und bedeutete den Legionären, die Cato hinausschleppen wollten, anzuhalten, aber Salvius war ihnen gefolgt.

„Bringt ihn zum Schweigen und kleidet ihn seinem neuen Stand entsprechend", fauchte Salvius die Legionäre an. Einer löste Catos Halstuch, zwang es zwischen seine Lippen und verknotete es am Hinterkopf. Catos Augen sprühten vor Zorn, aber er konnte nicht verhindern, dass man ihn hinaus zerrte.

„Tribun Pullus, auf ein Wort", rief Salvius den Legionär zu sich. Er legte seinen Arm um die Schultern des Mannes und schob ihn in sein Amtszimmer. „Ich bitte Euch um Euer Schweigen bezüglich dieser unseligen Angelegenheit mit Titus Valerius Cato. Es handelt sich um eine Geheimaktion von übergeordneter Wichtigkeit."

Pullus war das vertrauliche Verhalten des Statthalters sichtlich unangenehm. „Verzeiht, Statthalter Salvius, aber Cato ist ein Freund und ich kann mir nicht vorstellen, dass er nicht loyal zu Kaiser Trajan steht."

Salvius nickte verständnisheuchelnd. „Ja, natürlich ist er dem Kaiser treu ergeben. Aber unser Freund Cato hat auch ein großes Herz für seine Familie und besonders für sein ungewöhnliches Eheweib."

„Ich verstehe nicht, was Enya mit dem Entzug der Bürgerrechte zu tun haben könnte."

„Wir kennen alle ihre merkwürdigen Ansichten zum Thema Anstand und Gehorsam. Sie schürt Unfrieden unter uns, bringt Sklaven das Lesen bei, unterrichtet sie zusammen mit ihren eigenen Kindern! Das verwirrt die Leute natürlich."

„Ich verstehe es noch immer nicht", sagte Pullus.

„Ihr schlechter Einfluss ist Gift in den Adern von Cato und seines Sohnes Titus. Ihr habt von Halvor Maso gehört?"

„Ja, einige meiner Männer sollten Catos Sohn auf germanisches Gebiet begleiten."

„Dann wisst ihr ja auch, dass er desertiert ist. Cato versteckt ihn, damit er nicht zu den Usipiern gebracht wird."

„Das kann ich mir nicht vorstellen. Es muss eine andere Erklärung geben."

„Er weigert sich, den Aufenthaltsort seines Sohnes zu nennen. Ich will weder Cato, noch seinem Sohn schaden, aber Euch muss doch auch klar sein, wie wichtig ein treuergebener Römer an der Spitze der

Usipier wäre. Ihr werdet euch doch noch an den Feldzug gegen die Chatten erinnern, der sogar zu schmerzhaften Verlusten in unseren Reihen geführt hat. Wollt ihr so etwas mit den Usipiern erneut erleben?"

Pullus Kohorte war an der Strafexpedition gegen die Chatten vor einigen Jahren beteiligt gewesen. Rom hatte ein Exempel statuiert, weil die Chatten die Revolte des damaligen Statthalters von Germania superior, Saturninus, unterstützten. Pullus hatte niemals etwas Schrecklicheres als diesen Feldzug erlebt. Sie hatten ganze Dörfer ausgerottet, Männer, Frauen, Kinder. Einen dauerhaften Frieden durch die Installation eines romtreuen Anführers bei den Usipiern war in Pullus Augen eine äußerst sinnvolle Angelegenheit und er wusste, dass Cato seine erste Frau Alsuna, die Tochter von Halvor Maso, nur geheiratet hatte, um genau diesen Anführer zu zeugen.

„Ich kann mir nicht vorstellen, dass Cato die Machtergreifung bei den Usipiern durch seinen Sohn sabotiert", erklärte Pullus.

„Ich glaube auch nicht, dass es Catos Idee war. Aber sein Gehorsam gegenüber seinem Eheweib ist ja nun allgemein bekannt."

Da hatte der Statthalter nicht ganz unrecht, überlegte Pullus. Enya war eine äußerst streitbare Frau. Sogar der frühere Statthalter Maximus, ein persönlicher Freund von Cato und Pullus, hatte sie stets mit großem Respekt, beinah schon mit Vorsicht behandelt. Es gab Gerüchte, sie sei eine germanische Seherin und hätte Cato unter ihren Bann gestellt. Man sagte, sie zwang ihn, sich von seiner ersten Frau scheiden zu lassen und sie zur Frau zu nehmen. Pullus glaubte nicht an solche Märchen, aber er wusste, Cato hatte die Legion nur verlassen, um seiner Familie ein sichereres Leben bieten zu können und das Enya über diese Entscheidung sehr glücklich gewesen war. Wenn sie Cato gebeten hatte, ihren Adoptivsohn Titus nicht zu den Usipiern zu schicken, war es sehr wohl möglich, das Cato ihr diesen Wunsch erfüllte.

„Was wird jetzt mit Cato passieren?", fragte Pullus.

„Macht Euch keine Sorgen um unseren Freund. Ich lasse ihn aus der Stadt bringen. Er wird ein paar Tage auf meinem Landgut verbringen, bis sein Sohn zur Vernunft kommt und seine Pflicht erfüllt. Dann bekommt Cato seine Bürgerrechte zurück und auch Titus hat nicht mit

Strafe zu rechnen. Ich verstehe ja, wie junge Männer sind. Wahrscheinlich will er nur nicht gehen, weil er sich zwischen den Beinen einer hübschen Sklavin zu wohl fühlt."

„Also ist das alles nur Theater, damit Titus zurückkommt?"

„Jetzt habt Ihr es verstanden. Aber wenn Ihr zur Handelsvereinigung geht und diese Protest gegen mein Handeln einlegen, kann ich die Desertation nicht mehr unter den Tisch fallen lassen. Dann wird es wirklich zu einem Prozess kommen. Auch wenn ich nicht denke, dass Cato verurteilt werden würde, für Titus sieht es gar nicht gut aus."

Pullus nickte. Auf Desertation stand der Tod. „Ihr könnt Euch auf mein Schweigen verlassen, Statthalter Salvius. Ich kann doch davon ausgehen, dass Ihr Cato während seiner Haft gut behandelt?"

„Deshalb lasse ich ihn ja aus der Stadt bringen. Hier müsste ich ihn in den Kerker sperren, um den Anschein zu wahren. Wenn er auf meinem Landgut ist, kann ich ihn als Gast behandeln, ohne den Druck auf seinen Sohn zu verringern."

Pullus nickte erneut. Er hatte zwar noch immer ein ungutes Gefühl bei der Sache, aber er würde erst einmal abwarten, wie sich das Ganze entwickelte.

KAPITEL 6

„Ich bestelle Pizza, oder wollt ihr lieber etwas von Chinesen?" Noel reichte einige Speisekarten an Titus, der mit seinen Geschwistern vor dem Fernseher saß und Cartoons schaute. Er hatte sich inzwischen umgezogen und trug Jeans und ein T-Shirt. Die Kinder waren weiterhin römisch gekleidet, weil Enya noch unterwegs war, um ihnen passendere Kleidung zu besorgen.

„Ich esse sowas nicht", stellte Lana klar.

Noel schnaubte. „Du weißt doch gar nicht, was das ist."

„Deshalb esse ich es ja nicht. Wer weiß, was die hier in unser Essen mischen."

„Du wusstest doch auch nicht, was in der Schokolade war und hast sie trotzdem gegessen", gab Noel zu bedenken. Er wuschelte durch ihre Haare und zerstörte damit ihre Frisur.

„Was machst du denn? Onkel Noel!" Wütend versuchte sie, die gelösten Strähnen wieder zu befestigen, aber Noel hatte ganze Arbeit geleistet. Genervt zog sie die Spangen heraus und ihre dunklen Haare fielen bis zu ihrer Taille hinunter.

„Du bist so ein hübsches Mädchen, wenn du nicht wie eine römische Matrone frisiert bist." Noel lächelte seine Nichte versöhnlich an.

Titus verdrehte die Augen. „Sie ist ein eitles Püppchen geworden, dabei hat sie im Sommer noch mit Hieron verstecken im Misthaufen gespielt."

Lana warf ein Kissen nach Titus.

Es schellte an der Wohnungstür und Noel öffnete. „Hast du deinen Schlüssel vergessen?"

Enya stand bepackt mit Taschen vor der Tür. „Hatte keine Hand frei." Sie quetschte sich an ihm vorbei.

„Was hast du denn alles gekauft?"

„Die Kinder brauchen Kleidung."

„Wie lange wolltet ihr nochmal bleiben?"

Sie funkelte ihren Bruder an und schleppte ihre Last ins Wohnzimmer. Sofort stürzten sich die Kinder auf die Taschen.

„Die sind wie Piranhas, deine kleinen Monster", lästerte Noel.

Während die Kinder ihre neuen Sachen anprobierten, zog Titus Enya beiseite. „Warum kaufst du das alles? Wir müssen doch sowieso in ein paar Stunden zurück."

„Wir gehen erst zurück, wenn du entschieden hast, was du tun möchtest."

„Ich bin Soldat! Da gibt es nichts zu entscheiden."

„Das ist Cato, der aus dir spricht. Überleg selbst, dann entscheide."

„Wenn ich morgen nicht zum Dienst erscheine, ist das Desertation. Dann gibt es nichts, was ich noch entscheiden könnte", erklärte er.

„Das lass mal meine Sorge sein." Sie streichelte über seinen Oberarm und lächelte ihn beruhigend an. Sie konnte sich noch immer nicht daran gewöhnen, dass sie dazu nach oben schauen musste. Wie war er nur so plötzlich erwachsen geworden?

„Und was willst du tun?", fragte Titus.

„Ich gehe zu Statthalter Gaius Salvius und werde es ihm erklären."

„Willst du mich unbedingt lächerlich machen? Ich kann doch nicht meine Mutter mit einer Entschuldigung zu meinem Kommandanten schicken!"

„Ich hatte nicht vor, dich zu entschuldigen. Ich werde ihm klarmachen, dass du auf seinen Befehl fortgewesen bist und welchen neuen Befehl er dir geben soll."

Ungläubig sah Titus seine Mutter an. „Aber du predigst doch immer, wir dürften unsere Kräfte nicht benutzen!"

„Du sollst das ja auch nicht tun, ich mache das."

„Das kannst du doch gar nicht", winkte er ab.

„Da täusch dich mal nicht. Nur weil ich es für falsch halte, anderen meinen Willen aufzuzwingen, heißt das nicht, dass ich das nicht kann."

Unwillig sah er Enya an.

„Jetzt freu dich doch über den kleinen Urlaub. Ist es nicht schön, Noel zu sehen?", versuchte sie, ihm die Sache schmackhaft zu machen.

„Natürlich ist das schön, du weißt, wie gern ich hier bin. … Meinst du, Papa hat etwas dagegen, wenn ich ein Mädchen zum Essen einlade?"

Verwundert sah sie ihn an. „Wir sind erst ein paar Stunden hier und du hast schon ein Mädchen kennengelernt, das du uns vorstellen möchtest?"

„Das mit den Mädchen ist hier nicht so wie zu Hause. Ich will sie nur zum Essen zu uns bitten, sonst nichts."

„Erzähl mir nicht, wie das mit den Mädchen hier läuft, ich war auch eines dieser Mädchen. Von wem reden wir überhaupt?"

„Sie heißt Lilian und wohnt nebenan."

„Na dann, geh und frag sie", sagte Enya und lächelte zufrieden.

„Wo will er hin?", fragte Noel.

„Zu der Tochter deiner Nachbarin. Er scheint ganz nach dir zu kommen." Sie stieß ihren Bruder mit dem Ellenbogen in die Seite.

„Oh nein, nicht die Tochter von der bescheuerten Neiss mit dem Stock im Arsch. Ich dachte, wir feiern euren Besuch allein, nur die Familie."

„Ich würde ja auch lieber mit dir und den Kindern allein sein, aber ich möchte, dass sich Titus hier wohlfühlt."

Noel sah Enya abschätzend an. „Du hoffst, er verliebt sich hier und geht nicht wieder zurück?"

„Willst du, dass er sein Leben als Anführer eines germanischen Stammes verbringt? Für die Usipier ist er ein Römer und du weißt, was die von Römern halten. Er wird dort Feinde haben, richtige Feinde, solche, die einen hinterrücks erschlagen oder vergiften!"

„Alsuna wird da sein und Rolo auch."

„Seit wann bist du auf Catos Seite?", fauchte sie.

„Bin ich nicht. Mir ist auch lieber, Titus bleibt hier, aber es ist seine Entscheidung."

„Ja, ist es. Und er wird sie in aller Ruhe treffen, ohne dass ihn jemand beeinflusst."

Noel grinste. „Und du beeinflusst ihn nicht mit deiner Kuppelaktion?"

„Ich habe ihm das Mädchen nicht in die Arme geschupst, er hat sie ganz allein kennengelernt und selbst darum gebeten, sie einladen zu dürfen. Ich sehe nicht, wie das Beeinflussung sein könnte."

„Ja, rede es dir nur schön. Aber was ist mit dir und den Kindern? Willst du nicht zurück zu Cato?"

„Cato und ich... Wir brauchen eine Pause, denke ich."

„Wo kommen denn plötzlich die Wolken im Sklavenparadies her? Du warst doch immer so glücklich mit ihm."

„Wir sind jetzt seit sechzehn Jahren verheiratet, kannst du die Sklavensprüche nicht mal langsam lassen?"

„Keine Ausflüchte, erzähl mir, was los ist."

Sie tappte in die Küche und setzte sich an den Tisch. Noel öffnete eine Flasche Rotwein und füllte zwei Gläser.

„Ich liebe ihn, wirklich", sagte sie, nach dem ersten Schluck.

„Aber?", fragte Noel.

„Aber es ist ätzend, eine römische Ehefrau zu sein. Als Sklavin habe ich mich freier gefühlt als jetzt! Im Grunde habe ich nichts zu tun. Den Haushalt schmeißen die Sklaven, einen Beruf darf ich nicht haben. Wenn ich nicht darauf bestanden hätte, die Kinder selbst zu unterrichten, hätte ich morgens keinen Grund um aufzustehen!"

„Und was sagt Cato dazu?"

„Er hat vorgeschlagen, er macht mir noch ein Kind, wenn ich mich so langweile."

Noel verschluckte sich vor Lachen an seinem Wein. „Oh, da wäre ich gern dabei gewesen."

„Glaub mir, wenn du auch nur in der Nähe von Colonia Agrippinensium gewesen wärst, du hättest meine Reaktion auf diesen Vorschlag gehört."

„Also willst du jetzt für immer mit den Kindern hierbleiben?"

„Ich ... Nein ... Ich weiß nicht, ich brauche Zeit."

Noel legte seine Hand auf Enyas. „Weißt du was? Wir fragen Sianna und Marc, ob sie die Kinder für ein paar Tage nehmen und du machst Ferien von deinem römischen Ehefrauenleben. Ich nehme Urlaub und wir unternehmen mal wieder was zusammen. Wir ziehen durch die Clubs, betrinken uns, tanzen."

„Ja, weil ich ja auch früher schon so ein großer Fan von Clubs und Alkohol war."

„Vielleicht hast du dich in deinem Leben vor Cato ja nicht genug ausgetobt. Na komm, hab mal Spaß!"

„Und was ist mit Titus?", fragte sie.

„Den nehmen wir mit. Wenn er alt genug ist, um Soldat und der Anführer einer germanischen Arschlochhorde zu sein, ist er auch alt genug, um mit seinem Papa feiern zu gehen."

„Er ist erst siebzehn, wenn er bei dir aufgewachsen wäre, würde er gerade erst Abitur machen. Er dürfte nicht mal allein autofahren. Und stattdessen bringen sie ihm bei, wie er Leute mit einem Schwert umbringt."

„Du wolltest, dass er bei Cato und dir bleibt, jetzt beschwer dich nicht", sagte Noel.

„Titus war ja auch ein glückliches Kind und er selbst scheint keine Probleme damit zu haben, Soldat zu sein, aber ich habe ständig Angst um ihn."

„Du bist ne Glucke."

„Ich weiß." Sie leerte ihr Glas und Noel schenkte nach.

*

„Oh, hallo", begrüßte Lilian den breit grinsenden Titus, der nun nicht mehr aussah, als sei er einem Sandalenfilm entstiegen.

„Sei gegrüßt, Lilian. Ich komme her, weil ich hoffe, du hast etwas Zeit für mich."

„Ähm, ja klar, ich habe nur gerade …. Komm rein." Verdammt, warum brachte der Typ sie so aus dem Konzept? Sie war doch sonst nicht auf den Mund gefallen.

Titus durchschritt den Flur und sah sich um. Obwohl er inzwischen Jeans und Shirt trug, sah er noch immer wie ein Fremdkörper in ihrer Wohnung aus und sie fragte sich, woran das lag.

„Da ist mein Zimmer." Sie öffnete die Tür und er folgte ihr hinein. Schnell klaubte sie die Kleidung zusammen, die sie achtlos über ihren Schreibtischstuhl geworfen hatte und stopfte sie in den Kleiderschrank. „Setz dich doch."

Titus nahm den freigeräumten Stuhl und Lilian setzte sich auf die Bettkante. Auch hier sah er sich um, aber es war kein neugieriges herumschnüffeln, es sah eher aus, als prüfe er die Lage.

„Haben dich deine Geschwister genervt?", versuchte sie, ein Gespräch zu beginnen.

„Das tun sie immer. Ich wollte dich gern wiedersehen. Hoffentlich erscheint dir das nicht zu forsch."

Forsch? Wer redete denn so? „Ich finde es nett, dass du mich besuchst. Wie lange bleibst du bei deinem Vater?"

„Ich weiß es noch nicht genau, ein paar Tage vielleicht."

„Musst du nicht zur Schule?"

„Nein, ich gehe nicht zur Schule."

„Und was machst du dann?"

„Ich bin Soldat."

Erstaunt sah sie ihn an. „Wie alt bist du?"

„Siebzehn."

„Die nehmen jetzt schon Minderjährige bei der Bundeswehr?"

Mist, dachte Titus. Er musste vorsichtiger mit dem sein, was er sagte. „Es ist ein Versuchsprojekt."

„Bilden sie euch in dem Versuchsprojekt auch an Waffen aus?"

„Selbstverständlich. Was sollte ein Soldat sonst lernen, wenn nicht das Töten?"

Ungläubig schüttelte sie den Kopf. „Wirklich? Die bringen Minderjährigen das Töten bei? Die Welt ist doch echt krank. Warum machst du bei so einem Scheiß mit?"

„Ich erfülle meine Pflicht gegenüber dem K…, gegenüber meinem Volk. Ich würde das nicht *einen Scheiß* nennen."

„Aber es gibt doch keine Wehrpflicht mehr. Wenn du was für die Menschen tun willst, könntest du doch auch was Sinnvolles machen."

Noel hob die Augenbrauen. „Und was wäre in deinen Augen sinnvoller, als sein Volk zu schützen?"

„Keine Ahnung, vielleicht Arbeit in einem Altenheim, mit Kindern oder mit Behinderten."

„Das sind doch keine Aufgaben für einen Mann." Er lachte kopfschüttelnd.

Und wenn er noch so schöne blaue Augen hatte, er war definitiv ein Arschloch, dachte Lilian, aber er schien ihren eingeschnappten Blick nicht zu bemerken. Stattdessen lächelte er sie an.

„Möchtest du heute zum Abendessen zu uns kommen? Meine Mutter freut sich, dich kennenzulernen."

„Ich weiß nicht, meine Mutter ist nicht da und sie wird auch vermutlich erst spät zurückkommen", versuchte sie, sich herauszureden.

„Deine Mutter muss sich keine Sorgen um deine Tugend machen. Wir werden natürlich nicht alleinsein."

„Okaaay", sagte sie, um Zeit zu gewinnen. Er wurde ihr von Minute zu Minute unheimlicher.

Titus schien ihre Äußerung jedoch für Zustimmung zu halten und stand freudig auf. „Dann komm. Du musst dich zum Essen nicht umkleiden, es wird nicht förmlich werden."

Sie sah an sich hinunter. Gut, sie war nicht herausgeputzt, aber sie sah auch nicht aus, als sei sie gerade aus dem Bett gekommen. Natürlich würde sie sich nicht umziehen, um bei den Nachbarn zu essen. „Ich schreibe meiner Mutter eine Nachricht, damit sie weiß, wo ich bin."

*

„Lilian?" Greta schaltete das Licht in der dunklen Wohnung ein und klopfte an die Tür ihrer Tochter. Sie öffnete leise, konnte ja sein, dass Lilian früh schlafen gegangen war, aber das Zimmer war leer. Verärgert schloss sie die Tür. Sie hatte nichts dagegen, wenn ihre Tochter samstags mit Freunden ausging, aber sie wollte zumindest wissen, wo sie war und mit wem sie sich traf. In der Küche fand sie einen Zettel.

Bin bei den Webers nebenan. Titus hat mich zum Essen eingeladen.

„Bei den Webers?" Verblüfft ließ sie den Zettel sinken. Es gefiel ihr gar nicht, dass sich Lilian von diesem Titus einwickeln ließ. Wenn er auch nur etwas von seinem Macho-Vater geerbt hatte, wollte sie auf keinen Fall, dass sich ihre unerfahrene Tochter mit ihm abgab. Das kam überhaupt nicht in Frage.

Verärgert stapfte sie aus der Wohnung und schellte an Noels Wohnungstür. Sie musste einen Augenblick warten, dann hörte sie den Türöffner für die Haustür unten summen und die Wohnungstür wurde geöffnet.

Die Frau an der Tür trat einen Schritt zurück und legte die Hand auf ihre Brust. „Oh, Sie haben mich aber erschreckt."

„Ich bin auf der Suche nach meiner Tochter Lilian."

„Ah, dann müssen Sie Greta sein. Ich bin Enya, Noels Schwester. Kommen Sie doch herein."

Greta zögerte, sie wollte mit dem Machoarsch möglichst nichts zu tun haben, aber seine Schwester schien nett zu sein.

„Na kommen Sie, wir haben gerade gegessen und sitzen noch bei einem Glas Wein zusammen."

Greta ließ sich von Enya in die übervolle Küche schieben. Hier herrschte das Chaos. Um den Tisch, auf dem sich Pizzakartons und Salatschalen türmten, saßen sieben Personen, inklusive ihrer Tochter, die über etwas kicherte, was ihr der junge Mann neben ihr zuflüsterte. Das musste dann wohl der Sohn des Machos sein.

„Guten Abend", sagte Greta.

Lilian, die ihre Mutter erst jetzt bemerkte, zuckte zusammen. „Hallo Mama, hast du meinen Zettel gefunden?"

„Ja, sonst wäre ich wohl kaum hier, oder?" Sie klang verärgert.

„Nehmen Sie es ihrer Tochter nicht übel, Titus hat sie überredet, her zu kommen. Setzen Sie sich doch zu uns", sagte Enya. Sie schob Greta auf einen Stuhl und holte ein Glas für sie. „Noel, würdest du deiner netten Nachbarin bitte Wein einschenken? Oder möchten Sie lieber etwas anderes?"

„Nein, schon okay", stammelte Greta überrumpelt. Schon schenkte Noel ihr ein, obwohl ihre Antwort eigentlich eine Ablehnung gewesen war. Enya holte einen zusätzlichen Stuhl für sich selbst.

Greta war von der Situation leicht überfordert. Sie war ein Einzelkind, ihre Familie hatte nur aus wenigen Personen bestanden und auch die Familie ihres Ex-Mannes war klein gewesen. Enyas laute, lebhafte Großfamilie war eine völlig neue Erfahrung für sie. Aber Lilian schien sich wohl zu fühlen. Sie lachte viel und tuschelte mit dem blonden Jungen.

„Ich hoffe, es ist in Ordnung, dass Lilian ein Glas Wein getrunken hat", sagte Enya, die Gretas Blick auf ihre Tochter gefolgt war.

„Ja, ein Glas ist in Ordnung. Besser die Kinder lernen zu Hause, mit Alkohol umzugehen, als wenn sie ihre ersten Erfahrungen damit auf einer Party mit Fremden machen."

„Was machen Sie beruflich", fragte Enya, die Lilians Mutter unbedingt für sich gewinnen wollte, damit sie den Kontakt zwischen Titus und Lilian nicht sabotierte. Ihr Plan, Titus einen zusätzlichen Grund zu geben, bei Noel zu bleiben, schien so wunderbar zu funktionieren.

„Ich bin Rettungssanitäterin."

„Besser Mund zu Mund Beatmung als gar kein Kuss, was?", sagte Noel und lachte.

Enya warf ihm einen warnenden Blick zu und lächelte dann wieder Greta an. „Und Sie leben allein mit ihrer Tochter hier?"

„Ja, ich bin geschieden. Lilians Vater wohnt jetzt in Bayern."

„Oh, das tut mir leid", meinte Enya.

„Mir nicht, es ist besser so. Und was ist mit Ihnen?", fragte Greta.

„Ich habe mich in den letzten Jahren nur um die Kinder gekümmert, aber ich würde gern mal wieder etwas anderes machen. Jetzt wo Neco, unser Jüngster, vier ist."

Greta lächelte den kleinen Jungen an, der ihr gegenüber saß. „Gehst du schon in den Kindergarten?"

„Ich gehe manchmal mit Nysa in den Garten, da wachsen Karotten", antwortete der Kleine.

„Ist Nysa deine Schwester?", wollte Greta wissen.

„Nysa sie ist doch nicht meine Schwester, sie ist unsere Sklavin."

Neco lachte über die Unwissenheit von Greta.

Enya zuckte zusammen. „Warum geht ihr Kinder nicht rüber ins Wohnzimmer und spielt etwas. In einer halben Stunde geht ihr Schlafen."

„Dürfen Titus und ich noch einen Film bei mir schauen, Mama", fragte Lilian.

„Ja, sicher dürft ihr. Ich komme mit." Greta versuchte, die Gelegenheit zu nutzen, um der Situation zu entfliehen, aber Enya legte die Hand auf ihren Arm.

„Bleiben Sie doch noch etwas, Sie haben ihren Wein ja nicht mal getrunken."

„Okay, aber nur auf ein Glas."

Titus gab Enya im Vorbeigehen einen Kuss auf die Wange. „Danke, Mutter", flüsterte er.

Greta hatte es dennoch gehört. Sie hatte ja schon viele junge Frauen aus der Wohnung ihres Nachbarn kommen sehen und sie traute ihm eine ganze Menge Schlechtigkeiten zu, aber ein Kind mit seiner eigenen Schwester? Dabei schien Enya so nett zu sein.

„Und Sie machen also Ferien, bei ihrem Bruder?", fragte Greta.

„Können wir uns duzen?", meinte Enya, die Förmlichkeit fühlte sich im familiären Umfeld fremd an.

„Ja, natürlich", antwortete Greta.

Enya lächelte dankbar, aber das Lächeln verschwand sofort wieder. „Es sind nicht direkt Ferien. Mein Mann und ich haben momentan ein paar Probleme und ich brauchte eine Auszeit."

„Bist du schon lange verheiratet?", fragte Greta.

„Sechzehn Jahre, fast eine halbe Ewigkeit und trotzdem kommt es mir vor, als hätten wir erst gestern geheiratet."

„Dann ist dein Mann nicht Titus Vater?", startete Greta einen Versuchsballon. Vielleicht hatte sie ja etwas bei den Familienverhältnissen der Webers falsch verstanden.

„Cato, mein Mann, ist Titus Adoptivvater, aber er liebt ihn genauso sehr wie seine leiblichen Kinder. Es wird ihm nicht gefallen, dass ich mit allen Kindern zu Noel abgehauen bin."

Greta nickte, das konnte sie sich lebhaft vorstellen. „Warum rufst du ihn nicht an? Ihr könntet euch mal ohne Kinder treffen. Mein Mann und ich haben auch viel zu selten etwas nur für uns getan. Als Lilian geboren wurde, war ich plötzlich nur noch die Mutter. Jetzt, mit etwas Abstand, denke ich manchmal, es war nicht nur seine Schuld, dass er Bestätigung außerhalb unserer Ehe gesucht hat."

„So eine Erkenntnis hätte ich dir gar nicht zugetraut", beteiligte sich Noel erstmals an der Unterhaltung und erntete dafür sofort tödliche Blicke von Greta und Enya.

„Es war zu erwarten, dass jemand mit deinem Frauenverschleiß mit jemandem sympathisiert, der Frau und Kind gegen ein jüngeres Modell eintauscht", gab Greta pikiert zurück.

„Muss dein Leben langweilig sein, wenn du so regen Anteil an meinem nimmst", knurrte Noel, schenkte sich Wein nach und nahm sein Glas mit ins Wohnzimmer zu den Kindern. Die Neiss war bei näherem Kennenlernen noch schlimmer als im Vorbeigehen.

„Auch wenn er manchmal wie ein Arschloch klingt, Noel ist ein guter Kerl. Wir hatten es nicht immer leicht, das hat uns einander sehr nahegebracht. Er tut alles für mich und die Kinder und ich bin unendlich dankbar, dass es ihn gibt", sagte Enya und ließ den Wein gedankenverloren in ihrem Glas kreisen.

Ein schlechtes Gewissen regte sich in Greta. Sie kannte weder Enya noch Noel, wusste nicht, was sie erlebt hatten und es stand ihr nicht zu, ein Urteil über die beiden zu fällen. „Das Leben geht manchmal merkwürdige Wege", sagte Greta.

Enya schnaubte halb belustigt, halb frustriert. „Ja, das ist wohl war."

„Und wirst du deinen Mann nun anrufen?"

„Das ist leider nicht so einfach. Ich denke, ich bitte meine Eltern, eine Weile auf die Kinder aufzupassen, damit ich mir klarwerden kann, was ich will."

„Und wie ist dein Mann so?", fragte Greta.

„Er war beim Militär, als wir uns kennenlernten. Jetzt führt er das Handelsunternehmen seines Vaters weiter. Er ist nicht gern aus dem Militärdienst ausgeschieden, er hat es für mich getan."

„War er auch auf Auslandseinsätzen?"

„Er hat auch gekämpft, ja."

„Da hattest du sicher oft Angst um ihn."

„Ja, und wie. Jetzt, als Händler, kann er immer bei uns sein. Ohne ihn fühle ich mich in Col... in Köln schnell verloren."

Greta lächelte in ihren Wein. „Hört sich so an, als würdest du ihn sehr lieben."

„Ist das so offensichtlich?", fragte Enya.

„Ja, allerdings." Greta lachte und Enya stimmte ein. Es war ein gutes Gefühl für Enya, mit jemand neutralem zu reden. Was ihr fehlte, war eine Freundin. Nysa konnte sie oft nicht verstehen, dazu waren sie in zu unterschiedlichen Welten aufgewachsen.

„Du solltest ihn anrufen, ist ja noch nicht so spät."

„Ich lasse ihn noch ein paar Tage schmoren, sonst denkt er wieder, es ist mir nicht ernst."

Sie leerten ihre Gläser.

„Ich gehe dann mal zu mir rüber und schicke Titus heim. Es war wirklich schön, dich kennenzulernen, Enya."

„Ja, fand ich auch."

KAPITEL 7

Mehrere Stunden ließ man Cato im Keller des Prätoriums schmoren. Dann zwang man ihn, die Kleidung eines römischen Bürgers gegen Sklavenkleidung zu tauschen und fesselte seine Hände auf dem Rücken. Grob zerrten sie ihn hinaus in den kalten Wintertag. Er blinzelte, seine Augen gewöhnten sich nach der Dunkelheit nur langsam an das Licht.

Ein hagerer Fuhrmann stieß Cato in Richtung eines Ochsenfuhrwerkes. „Los, steig auf den Wagen, sonst binde ich dich hinten an und du läufst."

Die Ladefläche war gefüllt mit Säcken. Die fünf Männer, die ihn aus der Zelle geholt hatten, trugen zivile Kleidung, aber Cato war dennoch überzeugt, es handelte sich um Soldaten. Ihre Haltung und nicht zuletzt die versteckt getragenen Waffen bestärkten ihn in seiner Vermutung. Wohin sie ihn brachten, konnte er nicht fragen, da man ihn wieder geknebelt hatte, aber er war sicher, sie hätten es ihm ohnehin nicht gesagt.

Nur mit Mühe schaffte es Cato auf die Ladefläche. Er rutschte bis zur Rückwand des Karrens. Zum Schutz der Ware hatte das Gefährt ein Dach aus einem robusten Stoff. Cato vermutete jedoch, dass das Dach bei diesem Transport vor allem dazu diente, zu verstecken, wie er aus der Stadt entführt wurde. Salvius Handeln lag so weit außerhalb römischen Rechts, dass er die Gefangennahme Catos unter allen Umständen verheimlichen musste.

Salvius war ein Säufer, ein Prahler und stets auf seinen persönlichen Vorteil bedacht. Dass diese Aktion nur dazu diente, Titus zum Gehorsam gegenüber Rom zu zwingen, glaubte Cato keine Sekunde. Die immer größer werdenden Schulden, die Salvius bei Cato hatte, schienen ihm da ein wesentlich wahrscheinlicherer Grund zu sein. Titus Verschwinden war für Salvius nur ein erfreulicher Anlass, um Cato loszuwerden.

Catos einzige Chance auf Gerechtigkeit war Pullus. Wenn er die Handelsvereinigung über Salvius rechtswidriges Verhalten aufklärte, würde man gegen den Entzug der Bürgerrechte Klage erheben. Salvius war vielen Händlern aufgrund seiner selbstgerechten Auslegung der Gesetzte ein Dorn im Auge und Cato hatte dort viele Geschäftsfreunde. Catos Familie war nicht nur in Germania inferior bekannt, er hatte auch Verbindungen nach Rom, Salvius konnte also nicht damit rechnen, seine Anklage gegen Cato tatsächlich durchzusetzen. Aber diese Tatsache beunruhigte Cato viel mehr, als dass sie ihm Hoffnung gab. Salvius hatte in dieser Situation nur zwei Möglichkeiten, um ungeschoren aus der Angelegenheit herauszukommen. Er musste Cato heimlich verschwinden lassen und sicherstellen, dass er nie wieder auftauchte oder er musste ein Mittel finden, um Catos Schweigen zu erzwingen. Die zweite Möglichkeit fürchtete Cato beinah mehr als den Tod. Es war allgemein bekannt, wie sehr Cato Enya zugetan war, Enya und die Kinder waren das perfekte Druckmittel. Cato hoffte inständig, dass seine Familie nicht zurückkam. Sie würden direkt in Salvius Falle laufen und er war nicht sicher, ob Enya die Lage schnell genug erfasste, um sich und die Kinder zu schützen.

*

Erst am nächsten Abend erreichten sie ihr Ziel und der kleine Tross hielt auf einem Gutshof. Catos Handgelenke schmerzten, das Seil hatte die Haut blutig gescheuert. Den Knebel hatten die Wachen entfernt, als die Stadt hinter ihnen lag und sie ihm Wasser gaben. Nahrung bekam er nicht. Sein Magenknurren war Cato peinlich. In seiner Zeit bei der Legion hätte es ihm nichts ausgemacht, zwei Tage zu hungern, aber sein Leben als Händler hatte ihn weich werden lassen.

Sie zerrten Ihn vom Karren. Der Gutshof war ein U-förmiges Gebäude. Der Mittelteil beherbergte das Herrenhaus, rechts schienen Küche und Badehaus zu sein. Im linken Teil vermutete Cato die

Sklavenunterkünfte. In der Nähe des aus Steinen errichteten Gebäudes gab es weitere Bauten, die aus groben Brettern und Balken bestanden, wahrscheinlich Ställe für das Vieh und Speicher für die Ernte.

Man brachte ihn zum Herrenhaus. In der Eingangshalle musste er mit einem seiner Wächter warten, während der Kommandant der kleinen Einheit in einem Raum verschwand. Cato war froh über die Wartezeit, da es in der Eingangshalle wärmer war. Seine Kleidung war viel zu dünn für diese kalte Jahreszeit, einen Umhang hatte man für überflüssig gehalten. Besonders die letzte Nacht war für Cato äußerst unangenehm gewesen, da er sich nicht mal bewegen konnte, um sich warmzuhalten. Einzig das Dach des Karrens hatte etwas Schutz vor dem eisigen Wind geboten.

„Bring ihn herein", befahl der Kommandant.

Cato wurde in einen Wohnraum gestoßen, die Einrichtung war schäbig und bestand nur aus wenigen Möbeln. Ein korpulenter, älterer Mann saß in einem Sessel und winkte Cato heran.

„Mein Name ist Decimus Clovius. Du befindest dich auf dem Gut deines Herren Gaius Salvius Gurges. Dein Herr hat befohlen, dass du hierbleibst und als Haussklave gehalten wirst. Ich bin der Gutsverwalter und ich erwarte Respekt und Gehorsam von dir, dann werden wir gut miteinander auskommen."

Cato biss die Zähne zusammen und starrte den Mann finster an.

„Warum wärmt ihr euch nicht in der Küche auf und lasst euch ein Nachtmahl zubereiten", komplimentierte Clovius die Soldaten hinaus, die Cato hergebracht hatten. Statt ihrer betraten drei Männer des Gutshofes den Raum.

Clovius schien sich mit Cato allein in einem Raum nicht wohl zu fühlen, obwohl er noch immer gefesselt war. Ein abfälliges Lächeln umspielte Catos Mund und Clovius Augen wurden schmal. Er gab seinen Männern ein Zeichen und sie drückten Cato auf die Knie.

„Wer bist du?", fragte Clovius.

„Titus Valerius Cato, Bürger Roms."

Auf ein erneutes Zeichen schlug ihn einer der Männer nieder, die beiden anderen zogen den keuchenden Cato wieder auf die Knie. Cato spuckte Blut vor Clovius Füße, was der Gutsverwalter angewidert zur Kenntnis nahm.

„Ich wollte nicht wissen, wer du warst, ich fragte, wer du bist", zischte Clovius.

Cato schwieg.

„Dann werde ich dir sagen, wer du bist. Du bist Cato, der niedrigste meiner Sklaven, weniger wert, als der Dreck unter deinen Fingernägeln. Wenn du versuchst, zu fliehen, werden wir dich töten. Wenn du ungehorsam bist, wirst du die Peitsche zu schmecken bekommen. Willst du essen, musst du arbeiten. Faulpelze füttern wir nicht durch. Du sprichst nur, wenn du gefragt wirst und wenn ich dich auch nur einmal dabei erwische, wie du diesen Namen aus deiner Vergangenheit nennst, wirst du deine Zunge verlieren. Hast du mich verstanden, Dummkopf?"

Cato starrte feindselig zu Clovius auf.

Der Gutsverwalter gab seinen Männern erneut ein Zeichen. Sie zogen Cato auf die Beine, zwei Männer hielten ihn fest, während der anderer Cato gründlich zusammenschlug. Dabei achtete er darauf, die Schläge gleichmäßig über Catos Körper zu verteilen. Er verletzte ihn nicht ernsthaft, brach keine Knochen, wusste aber genau, wohin er zielen musste, um den größtmöglichen Schmerz hervorzurufen.

„Versuchen wir es erneut", sagte Clovius und trat nah an Cato heran, dem Blut aus Mund und Nase rann. „Hast du mich verstanden, Dummkopf?"

„Ja", knurrte Cato.

Clovius gab erneut ein Zeichen, Cato in die Mangel zu nehmen, der inzwischen nur noch durch den festen Griff der beiden Männer auf den Beinen blieb. Kurz bevor er das Bewusstsein verlor, stoppte Clovius die Folter.

„Es heißt: Ja, Herr", zischte er, dann schleppte man Cato nach draußen.

Das Wetter hatte sich inzwischen weiter verschlechtert. Bis sie Cato zu einem der hölzernen Nebengebäude geschleppt hatten, war er bis auf die Haut durchnässt vom eisigen Regen. Das Gebäude war ein Stall. Es roch durchdringend nach Vieh und Cato hörte die Geräusche von Ziegen aus den abgeteilten Boxen. In einer leeren Box ließen sie Cato fallen. Sie banden ihm zusätzlich zu den Händen auch die Beine zusammen und er blieb allein in der Dunkelheit zurück.

Cato atmete noch immer schwer, jeder Atemzug tat weh, jede Bewegung schmerzte, aber beinah noch schlimmer war die durchdringende Kälte.

Als sich seine Augen an die Dunkelheit gewöhnt hatten, sah er in einer Ecke aufgeschichtetes Heu, Futter für die Tiere. Er robbte zu dem Haufen, kroch, so gut es eben ging, in das lockere Heu und schloss die Augen.

Er betete zu den Göttern, dass Enya und die Kinder bei Noel in Sicherheit waren. Cato war früher kein gläubiger Mensch gewesen, aber mit Enya hatte sich das geändert. Er hatte nie mit ihr darüber geredet, aber ihre Existenz war für ihn der Beweis, dass auch die Götter existierten. Sie war das unglaublichste und wundervollste Wesen, das er sich vorstellen konnte und er fühlte sich von den Göttern beschenkt, weil sie ihm ihre Tochter gegeben hatten und er sie lieben durfte. Enya. Wenn er so intensiv an sie dachte, konnte er beinah ihre warme Hand an seiner Wange spüren, ihre weichen Lippen, die seine berührten, ihren nachgiebigen Körper in seinen Armen.

KAPITEL 8

Lilians Herz wäre beinah stehengeblieben, so sehr erschrak sie,
Titus auf den Stufen des Treppenhauses sitzen zu sehen. Sie ließ ihre
Schultasche neben ihn auf den Boden fallen. „Lauerst du mir auf, oder
was machst du hier?"

Titus lächelte schief. „Na ja, ein bisschen vielleicht. Machst du einen
Spaziergang mit mir?"

„Schon mal etwas von Handys gehört? Du hättest mir eine
Nachricht schicken können."

„Ja, stimmt. Gute Idee, das mache ich beim nächsten Mal." Er nahm
ihre Tasche und trug sie die letzten Stufen hinauf.

„Du bist der merkwürdigste Mensch, den ich kenne, Titus."

„Das wundert mich nicht, ich bin eben etwas ganz Besonderes." Er
strahlte sie an und in Lilians Bauch prügelten sich die Schmetterlinge.

„Komm rein, ich habe die Hausaufgaben schon in einer Freistunde
gemacht, aber ich muss noch Latein lernen. Du kannst mir beim
Vokabellernen helfen, wenn du möchtest."

„Ich könnte dir die Sprache auch einfach komplett beibringen",
sagte Titus großspurig.

„Wie viele Jahre bleibst du nochmal bei deinem Vater?", fragte sie
lachend.

Titus warf sich auf ihr Bett und verschränkte die Hände hinter dem
Kopf.

In den letzten fünf Tagen waren sie jeden Nachmittag zusammen
gewesen. Sie waren spazieren gegangen, ins Kino, Eis essen, aber Titus
hatte Lilian nie geküsst. Nicht mal ihre Hand hatte er gehalten, obwohl
sie im Kino die ganze Zeit darauf gewartet hatte. Er war aufmerksam,
machte ihr Komplimente. Im Gegensatz zu den meisten Jungs in

seinem Alter, interessierte er sich tatsächlich für sie. Er hörte ihr zu und wusste auch Tage später noch genau, was sie gesagt hatte. Aber er hatte nicht einmal körperlich ihre Nähe gesucht. Sein Verhalten verunsicherte sie, ließ sie nachts nicht schlafen. Seine Zurückhaltung konnte nicht an Schüchternheit liegen. Titus Selbstbewusstsein passte nur knapp durch die Tür und überschritt die Grenze zur Arroganz häufiger, als sie es normalerweise toleriert hätte, aber bei Titus störte sie das merkwürdigerweise nicht. Es gehörte einfach irgendwie zu ihm.

„Worüber grübelst du nach?", fragte er und sie fühlte die Röte in ihre Wangen steigen.

„Hat nichts mit dir zu tun."

„Du bist die schlechteste Lügnerin der Welt", antwortete er.

Sie setzte sich auf die Bettkante. „Sag mal, magst du mich eigentlich?" So, jetzt war es raus. Sie hoffte nur, sie machte sich nicht völlig lächerlich.

Titus setzte sich im Schneidersitz neben sie. „Ich dachte, das wäre ziemlich offensichtlich. Warum zweifelst du an meiner Zuneigung zu dir?"

Ihre Röte vertiefte sich. „Na ja, du bist irgendwie so distanziert."

„Wir sind ganz allein in der Wohnung. Ich sitze auf deinem Bett, keine dreißig Zentimeter von dir entfernt. Distanziert würde ich das nicht nennen."

„Du berührst mich nie."

„Ich wusste nicht, dass du dir das wünschst. Ich wollte dir nicht zu nahetreten. Es wäre furchtbar, wenn du denkst, ich respektiere dich nicht und nutze die Großzügigkeit deiner Mutter aus."

„Die Großzügigkeit meiner Mutter?"

„Ja, sie lässt dich mit mir allein ausgehen, ich darf mit dir in deinem Schlafzimmer sein." Er sah sie abwartend an.

Die Stille war Lilian unangenehm. „Ich denke nicht, dass ich mich nicht respektiert fühlen würde, wenn du meine Hand hieltest."

Titus nahm ihre Hand in seine, hob sie an seine Lippen und küsste ihre Handfläche. Es war eine merkwürdige Geste. Obwohl er nur ihre Hand berührte, fühlte es sich intimer an, als jeder Kuss, den sie bisher bekommen hatte. Ihr Herz schlug so laut, dass sie sicher war, er könne es hören.

„Würdest du mir die Ehre erweisen, dich küssen zu dürfen?", fragte er.

Sie nickte stumm.

Titus legte seine Hand an ihre Wange und näherte sich. Ihre Lippen waren nur Millimeter voneinander entfernt, als er stutzte. „Ich kann dich nicht lesen", sagte er, setzte sich zurück und sah sie mit gerunzelter Stirn an.

„Was?"

„Ich kann deine Gedanken nicht lesen."

„Zum Glück kannst du das nicht." Sie lachte verlegen, weil sie gedacht hatte, er würde sie küssen und es dann doch nicht tat. Sie hatte bestimmt total bescheuert ausgesehen mit geschlossenen Augen und erwartungsvollen Lippen.

„Komm nochmal her", forderte er. Diesmal legte er beide Hände an ihre Wangen und zog ihren Kopf Stirn an Stirn zu seinem. Es war keine zärtliche Geste.

Lilian fühlte sich, wie ein Versuchskaninchen. „Was machst du da?"

„Das ist mir noch nie passiert. Warum kann ich dich nicht lesen? Bist du Helos?" Er bog ihren Kopf zum Licht und betrachtete ihre Augen.

„Hey, was soll denn das?" Sie schüttelte ihn ab.

„Ich wollte dich nicht erschrecken, aber das ist wirklich merkwürdig. Ich kann sonst jeden lesen, den ich berühre, nur dich nicht. Aber du hast keine Helos-Augen." Er griff nach ihrer Hand und schob den Ärmel hoch.

Lilian stand auf, sie brauchte Abstand.

„Wird deine Haut blau, wenn du krank bist oder frierst?", fragte Titus.

„Was soll der Scheiß. Ich finde das nicht witzig."

„Ich wollte dich nicht erschrecken, verzeih mir. So etwas wie du ist mir nur noch nie begegnet. Ich muss meine Mutter oder Noel fragen, was das sein könnte. Komm mit." Er griff nach ihrer Hand, wollte sie hinter sich herziehen, aber sie stemmte sich dagegen.

„Ich gehe nirgendwohin, bis du mir erklärt hast, was hier los ist."

„Gut, setz dich zu mir, dann werde ich versuchen, es dir zu erklären. Aber du musst versprechen, das bleibt unter uns. Erzähl niemand, was ich dir gleich sage. Es würde dir sowieso keiner glauben."

„Na, da bin ich jetzt aber gespannt", sagte sie zweifelnd. Sie setzte sich neben ihn auf die Bettkante.

Er nahm ihre Hand. „Meine Familie ist etwas Besonderes. Wir haben Fähigkeiten von unserem Urgroßvater geerbt, die uns von allen anderen unterscheiden."

„Warum tust du das. Wenn du mich nicht küssen willst, hättest du es einfach sagen können. Du musst deshalb keine Märchen erfinden."

„Das sind keine Märchen. Mein Urgroßvater war Helos, er stammt nicht von diesem Planeten. Mein Großvater ist ein Hybride, ein Mensch-Helos-Mischling. Mein Vater ist zu einem Viertel außerirdisch, ich zu einem Achtel. Die Fähigkeiten werden schwächer, je geringer der Helosanteil in uns ist, aber ich konnte immer jeden Menschen lesen, den ich berührte."

„Ich denke, du solltest gehen." Sie stand auf.

„Aber das ist die Wahrheit! Ich beweise es dir."

Sie schnaubte. „Es ist nicht schwer, zu erraten, was ich gerade denke."

„Nein, ich beweise es dir auf andere Art." Er stand ebenfalls auf und holte einen silbernen Gegenstand aus seiner Hosentasche. „Das ist mein Sprungauslöser. Wenn ich ihn aktiviere, reise ich zurück in meine Zeit", erklärte er.

Lilian verdrehte genervt die Augen.

Er zog sie zu sich und hielt ihre Hand fest in seiner, dann schaltete er den Sprungauslöser ein, der leicht vibrierte. „Nicht erschrecken, ich bin in ein paar Minuten wieder hier." Titus zog sie näher an sich, sah ihr in die Augen und küsste sie federleicht, dann aktivierte er den Sprungauslöser.

„Und was sollte das jetzt beweisen?" Lilian hatte endgültig genug von Titus bescheuerter Geschichte.

„Erschrick jetzt bitte nicht. Es ist alles gut und ich bringe dich gleich wieder nach Hause." Er trat einen Schritt von ihr zurück, hielt aber ihre Hand weiter fest.

Mit großen Augen sah sich Lilian um. Sie waren nicht länger in ihrem Zimmer, sondern standen in einem mit Marmor ausgelegten Raum, an den Wänden hingen altmodische Wandteppiche. „Aber…", mehr brachte sie nicht heraus.

„Wir sind bei mir zu Hause. Hab keine Angst. Aber wichtiger als das Wo, ist das Wann. Wir sind in Colonia Claudia Ara Agrippinensium, im Jahr 106 nach Christus, nach deiner Zeitrechnung."

„Den Göttern sei Dank, Titus! Du bist wieder da", rief Nysa und wischte sich die Tränen von den Wangen. Titus hatte Nysa niemals so aufgelöst gesehen. Sie war stets der ruhende Pol des Haushalts.

Lilian verstand kein Wort von dem, was diese merkwürdig gekleidete Frau sagte.

„Was ist denn passiert?", fragte Titus die Sklavin.

„Dein Vater wurde verhaftet. Seit dem haben wir nichts mehr von ihm gehört. Wo ist deine Mutter?"

Titus umarmte Nysa. „Sie ist mit den Kindern bei Noel."

„Du musst sie holen, sie muss sofort mit Statthalter Gaius Salvius sprechen", forderte Nysa.

„Ich rede mit Salvius", erwiderte Titus. Er war ein erwachsener Mann und würde sich sicher nicht hinter dem Rock seiner Mutter verstecken.

KAPITEL 9

Titus legte beide Hände an Lilians Wangen und zog sie nah zu sich. „Ich werde dir jetzt unsere Sprache übertragen, bleib ganz ruhig."

Lilian versuchte, sich seinem Griff zu entziehen, sie wollte Antworten von Titus, keine merkwürdige Kuschelstunde, bei der sie auch noch von dieser komischen Frau beobachtet wurden.

„Lilian, bitte. Tu, was ich sage und lass es zu. Du musst dich einfach nur entspannen", forderte er.

„Wie soll ich das den machen", schnaubte sie, aber er ließ sie nicht los. Genervt atmete sie durch und sah in seine verwirrendblauen Augen.

Und dann spürte sie es. Die Worte sickerten in ihren Verstand wie vorbeigleitende Traumbilder. Immer größer wurde der Strom der Informationen, den ihr Gehirn kaum bewältigen konnte.

„Lass es zu", flüsterte Titus.

Es dauerte eine ganze Weile, bis er Lilian wieder freigab und sich an die Frau wandte, die die ganze Zeit schweigend wartete.

„Nysa, das ist Lilian. Sie kommt von dort, wo auch Noel herkommt", erklärte Titus.

Nysa nickte nur, für Freundlichkeiten hatte sie momentan keinen Sinn.

„Ich kann verstehen, was du sagst", stammelte Lilian.

„Gern geschehen", antwortete Titus und lächelte.

„Was ist hier los?", fragte sie.

Bevor Titus ihr antwortete, wandte er sich an die Sklavin. „Bitte, hole für Lilian etwas Passendes anzuziehen und bring es zu mir nach oben. Sie wird bei dir bleiben, während ich mit Salvius spreche." Dann nahm er Lilians Hand und zog sie mit sich in sein Zimmer.

Noch immer geschockt sah Lilian zu, wie Titus eine Truhe öffnete und eine Legionsuniform herausholte.

„Würdest du dich bitte umdrehen, damit ich mich umkleiden kann?", bat er.

„Was? Ist mir doch scheißegal, ob du dich umziehen willst. Ich will jetzt endlich wissen, was das soll? Was hast du mit meinem Kopf gemacht? Wo sind wir hier? Wie kommen wir hier her?"

Genervt verdrehte Titus die Augen. Er hatte jetzt keine Zeit für Lilians Nervenzusammenbruch. Doch als er sie zitternd vor sich stehen sah, legte er die Uniform zur Seite und zog sie in seine Arme. „Ich passe auf dich auf. Du bist bei mir in Sicherheit. Ich muss nur diese eine Sache erledigen, dann bringe ich dich sofort wieder nach Hause."

Ängstlich klammerte sie sich an ihn. „Was soll das alles? Was sind das für Tricks, die du da gemacht hast?"

„Das sind keine Tricks. Ich weiß nicht, warum du mir in meine Zeit folgen konntest, Menschen können normalerweise nicht durch die Zeit reisen."

Sie stieß ihn von sich und trat ans Fenster, hatte genug von seinen kryptischen Bemerkungen. Vor ihr lag die belebte Straße einer römischen Stadt. Keuchend wandte sie sich wieder Titus zu. „Was bist du?"

„Ich habe es dir doch erklärt. Ich bin zu einem Teil Helos. Mein Urgroßvater stammt nicht von der Erde. Wir haben Fähigkeiten, die Menschen nicht haben, unter anderem gehört das Zeitreisen dazu. Ich weiß auch nicht, warum du es auch kannst." Er näherte sich ihr wieder, vorsichtig darauf bedacht, ihr keine Angst zu machen. „Komm, setz dich hier her", er schob sie auf die Bettkante, dann zog er sich um.

Als er in seiner Uniform vor ihr stand, hatte sich die Erkenntnis, wo sie sich befanden, langsam in Lilians Gehirn gefressen, auch wenn sie noch immer nicht verstand, wie das alles passiert war. „Du bist ein Legionär, das war keine Verkleidung", flüsterte sie.

„Richtig. Warte einen Moment, ich habe meine Waffen in der Zukunft gelassen, ich werde die meines Vaters holen."

Bevor er den Raum verlassen konnte, hing Lilian bereits an seinem Arm.

„Ich bin gleich wieder da", versuchte er, sie zu beruhigen.

„Ich bleibe hier nicht allein, auf keinen Fall."

Auf dem Flur kam ihnen Nysa mit einem Kleid von Enya über dem Arm entgegen. „Ich hoffe, das passt Euch, Herrin."

„Hilf Lilian beim Ankleiden, ich bin sofort zurück", versuchte es Titus erneut, aber Lilian hielt weiterhin seinen Arm fest. Erst im Schlafgemach seiner Eltern ließ sie ihn los.

Titus kramte in der Truhe seines Vaters, bis er dessen Schwert und Dolch gefunden hatte und legten den Schwertgurt an.

„Dein Helm ist unten in der Halle", sagte Nysa.

„Ich gehe jetzt zu Salvius. Pass auf Lilian auf, bis ich zurück bin. Sie darf das Haus keinesfalls verlassen", sagte Titus zu der Sklavin. Nysa nickte, aber Lilian war absolut nicht einverstanden.

„Du gehst nicht ohne mich!"

„Du kannst so nicht auf die Straße", wandte Titus ein.

Schon zog Lilian den Pullover aus. Er wandte sich diskret ab, während Nysa dem Mädchen beim Anlegen des Kleides und der Schuhe half. Dank der Schnürung passte ihr das Kleid leidlich, hatte Enya doch durch die vier Schwangerschaften ihre schmale Taille eingebüßt.

„Fertig", sagte Nysa und Titus wandte sich wieder um. Er lächelte Lilian warm an und ihre Angst verschwand für einen Augenblick.

„Ich kann dich nicht mitnehmen. Ich weiß nicht, was mich bei Salvius erwartet", sagte er.

„Vergiss es. Ich bleibe hier nicht allein." Beharrte das Mädchen und Titus gab nach. Er streckte die Hand nach ihr aus und sie griff schnell zu.

„Das halte ich für keine gute Idee", warf Nysa ein, aber Titus hatte sich entschieden. Er prüfte, ob er den Sprungauslöser in dem Beutel an seinem Gürtel verstaut hatte. Wenn es gefährlich werden sollte, konnte er mit Lilian schnell zurück in die Zukunft springen. Titus setzte seinen Helm auf und Nysa legte dem Mädchen einen Umhang um. Lilian starrte Titus mit offenem Mund an. Er kam ihr plötzlich so fremd vor, als sähe sie ihn zum ersten Mal. Sie hatte nie verstanden, was Frauen an Männern in Uniform fanden, aber Titus mit seinen strahlenden, blauen Augen, der athletischen Figur und in dieser martialischen Kleidung sah umwerfend aus. Das war nicht mehr der Junge, mit dem sie herumgealbert hatte, das hier war ein erwachsener Mann, ein Soldat und sie war absolut sicher, dass er sich zu verteidigen wusste. Er hatte es ja selbst gesagt, man hatte ihm das Töten beigebracht und sie hatte keinen Zweifel mehr an seinen Worten. Wenn sie irgendwo in diesem merkwürdigen Traum, aus dem sie einfach nicht aufwachte, sicher war, dann an seiner Seite.

Lilian musste laufen, um mit Titus raschem Schritt mitzuhalten, dabei hätte sie sich vieles gern genauer angesehen. Wenn man schon so einen realistischen Traum hatte, konnte man sich doch wenigstens mal umsehen.

Die Wachen ließen Titus und Lillian sofort durch, als er verlangte, den Statthalter zu sprechen.

Gaius Salvius saß mit einigen Soldaten zusammen. „Da ist ja unser verlorengegangener Legionär!", begrüßte er Titus mit einer Herzlichkeit, die ihm Lilian keinen Augenblick abnahm.

„Statthalter Salvius", grüßte Titus förmlich.

„Wo seid Ihr gewesen, mein Junge. Man hatte Euch doch befohlen, unserem Kaiser zukünftig als Anführer der Usipier zu dienen."

„Ich war nicht in der Stadt. Als ich von Eurem Befehl erfahren habe, bin ich sofort hergekommen."

„Ja, etwas spät, würde ich sagen. Ihr habt Euren Vater in arge Bedrängnis gebracht."

„Ich entschuldige mich, wenn Ihr meinetwegen Schwierigkeiten hattet, aber mein Vater hatte nichts mit meiner Abwesenheit zu tun."

„Da hat er mir anderes berichtet. Aber das ist ja nun alles nebensächlich. Die Hauptsache ist doch, dass Ihr wieder hier seid und Eure Befehle nun ausführt."

Titus nickte erleichtert. „Ich werde sofort nach der Rückkehr meines Vaters aufbrechen, Statthalter."

„Oh, das sehe ich anders. Man könnte Euer Verhalten, wenn man Euch Böses wollte, als Desertation auslegen. Ihr kennt die Strafe, die darauf steht?"

„Der Tod", sagte Titus.

Lilian zuckte für alle sichtbar zusammen.

„Wer ist die reizende Dame in Eurer Begleitung?" Salvius musterte Lilian interessiert, insbesondere an ihren kurzen Haaren verweilte sein Blick.

„Das ist meine Verlobte, Lilian."

Salvius lachte. „Dachte ich es mir doch, Eure Abwesenheit hat mit einem hübschen Mädchen zu tun."

Titus lächelte unangenehm berührt.

„Ich mache Euch einen Vorschlag. Ich vergesse die Desertation und Ihr reist mit Eurer Verlobten zu Eurem Großvater. Zum Schutz gebe ich euch selbstverständlich eine ausreichende Eskorte mit. Bis die Machtübernahme bei den Usipiern zu unser aller Zufriedenheit erfolgt ist, bleibt Cato mein Gast."

Titus biss die Zähne zusammen. Das hier lief gar nicht so, wie er gehofft hatte. Er musste zumindest Lilian raushalten. „Lilian ist meine Verlobte, eine Hochzeit ist aber noch nicht möglich, da ich ja noch in der Legion bin. Es wäre daher nicht schicklich, wenn sie mich jetzt schon auf diese Reise begleitet."

„Wie alt bist du, mein Kind?", fragte Salvius Lilian.

„Sechzehn."

„Das beste Alter für eine Hochzeit, würde ich sagen. Und so wie sie sich an Euch festhält, Titus, scheint sie Euch auch sehr zugetan zu sein. Ich gebe Euch eine Sondererlaubnis, Eure Braut jetzt schon zu heiraten. Es ist im Interesse des Reiches, dass Ihr möglichst viele römische Kinder zeugt, die unsere rechtsrheinische Herrschaft sichern."

„Bitte, Statthalter, lasst mich Lilian zu ihrer Familie bringen, dann werde ich sofort zu den Usipiern aufbrechen."

„Nein, ich habe eine viel bessere Idee." Er verließ den Raum und gab einige Befehle, dann kam er mit einem breiten Grinsen zurück. „Der Priester ist bestellt. Sobald die Zeremonie durchgeführt wurde, brecht ihr zu Halvor Maso auf. Ich lasse für euch einen Platz auf einem Schiff reservieren, dann ist die Reise bequem und schnell."

Titus trat einen Schritt auf Salvius zu. „Bitte, Herr."

„Na, wer wird denn da solche Angst vor einer Ehe haben?" Salvius winkte Titus und Lilian hinaus. Doch dann rief er ihnen doch noch etwas nach. „Ach Titus, diese Ehe und die gemeinsame Reise von Euch und Eurer Gemahlin sind selbstverständlich Bestandteile unserer kleinen Vereinbarung. Ihr wollt doch sicher nicht, dass Eurem Vater etwas passiert."

Titus presste die Kiefer zusammen, nickte einmal und folgte den beiden Soldaten hinaus, die Salvius instruiert haben musste, als er den Priester bestellte. Sie wurden zu seinem Elternhaus eskortiert und die Soldaten bezogen Posten in der Halle.

Titus führte die völlig verstörte Lilian nach oben in sein Zimmer. „Es tut mir so leid", sagte er.

„Was tut dir leid? Ich verstehe das alles nicht. Wer war der schleimige Typ eben und wie kommst du darauf, zu erzählen, ich sei deine Verlobte?"

„Sollte ich sagen, du bist meine Hure?", fragte Titus.

„Dazwischen gibt es ja wohl noch ein paar Abstufungen."

„Nicht in dieser Zeit. Du hättest dir das alles erspart, wenn du hiergeblieben wärst, wie ich es gesagt habe."

„Jetzt bin ich schuld?", sagte sie empört.

Titus warf den Helm aufs Bett und fuhr mit beiden Händen durch seine Haare. „Nein, du bist natürlich nicht schuld, entschuldige. Aber versteh bitte, dass ich dich in dieser Situation nicht wieder nach Hause schicken kann."

„Ich verstehe nicht."

„Die Behauptung, du seist meine Verlobte, war rückblickend wohl keine gute Idee, aber es ist nun, wie es ist."

„Was ist, wie es ist?", fragte Lilian.

„Du musst mich heiraten. Wir werden selbstverständlich nicht wirklich als Eheleute leben, aber wir müssen es spielen. Ich vermute, Salvius wird bei der Hochzeit dabei sein. Du musst so tun, als würdest du mich wirklich heiraten wollen. Sobald wir bei meinem Großvater sind und ich dort alles geklärt habe, schicke ich dich zu deiner Mutter zurück. Ich verspreche es."

Lilian sah ihn empört an.

Titus versuchte, ihre Hand zu nehmen, aber sie entzog sie ihm sofort wieder.

„Du verstehst den Ernst der Lage nicht. Salvius hat meinen Vater entführt. Wenn ich nicht tue, was er sagt, wird er ihn umbringen oder in die Sklaverei verkaufen. Ich kenne Salvius, er ist ein hinterhältiges Schwein."

„Ich kann das nicht", stammelte Lilian.

Er griff wieder nach ihrer Hand und diesmal ließ sie es zu. „Bitte. Ich weiß, du liebst mich nicht, das soll ja keine echte Ehe sein. Wenn du wieder zu Hause bist, kannst du das alles einfach vergessen. Ich verspreche, du siehst mich dann nie wieder."

Unwillig sah sie ihn an.

„Was würdest du tun, wenn das Leben deiner Mutter auf dem Spiel stünde?", fragte er, griff auch nach ihrer zweiten Hand und zog sie näher zu sich. Sein Atem streifte ihr Gesicht und sie versank in seinen blauen Augen. Sie seufzte resigniert, dann nickte sie.

Titus schlang die Arme um sie und drückte sie fest an sich. „Danke, Lilian."

Die Tür wurde geöffnet, Titus und Lilian fuhren auseinander.

Nysa sah Titus mit großen Augen an. „Die Legionäre sagen, du heiratest jetzt gleich?"

„Salvius hat es befohlen. Er lässt Vater erst frei, wenn ich mit Lilian bei Halvor bin und er mir die Führung der Usipier übertragen hat", erklärte Titus.

„Ach so, dann ist es natürlich besser, wenn ihr vorher heiratet. Es wäre sonst nicht schicklich", sagte Nysa.

Lilian enthielt sich eines Kommentars, die waren hier doch alle verrückt.

„Komm, Kind. Wir haben wenig Zeit, um aus dir eine hübsche Braut zu machen." Nysa schob Lilian aus dem Raum, die sich das apathisch gefallen ließ.

Die Sklavin brachte das Mädchen in Enyas und Catos Schlafzimmer und schob sie auf den Hocker vor dem Frisiertisch. Unzufrieden zupfte Nysa an Lilians kurzen Haaren herum. „Na ja, du wirst sowieso einen Schleier tragen." Nysa verließ kurz den Raum und kam mit einem orangefarbenen Kleid über dem Arm zurück. „Es ist so schade, dass niemand von der Familie dabei sein wird, wenn Titus heiratet." Lächelnd zeigte sie Lilian das Kleid.

Das Mädchen sah Nysa nur unverständig an.

„Es ist das Hochzeitskleid von Titus Mutter. Ich bin sicher, sie würde sich freuen, wenn du es bei deiner Hochzeit trägst."

„Ein Hochzeitskleid. In Orange. Seid ihr Bhagvan Jünger, oder was?", stammelte Lilian.

„Wir haben jetzt keine Zeit, um zu diskutieren. Ich versichere dir, du wirst eine hübsche Braut sein und du wirst Titus gefallen."

*

Ein Mädchen stürmte in das Schlafzimmer. „Seid ihr fertig? Der Priester und Gaius Salvius sind bereits eingetroffen."

„Wir kommen. Mehr kann ich doch nicht tun", antwortete Nysa und schaute unzufrieden auf Lilian. Das Kleid passte ihr, aber die Haare konnte auch der Schleier nicht verbergen.

Lilian fand, sie sah wie eine Mandarine aus, aber sie hatte jetzt wirklich andere Sorgen als ihr Äußeres. Sie wollte das alles nur schnell hinter sich bringen, damit Titus sie wieder nach Hause brachte und sie endlich aus diesem Albtraum erwachte.

Titus, Salvius und der Priester warteten im Wohnzimmer. Lilian trat ein und Titus ernster Blick verschwand. Lächelnd kam er ihr entgegen und nahm ihre Hand. „Du siehst so hübsch aus, Lilian." Er küsste ihre Wange.

„Wir sollten beginnen, das Schiff wartet nicht ewig auf euch", forderte Salvius.

Lilian konnte den Worten des Priesters kaum folgen. Die extrem kurze Zeremonie plätscherte an ihr vorbei, ohne dass sie etwas dazu beitragen musste. Man gratulierte Titus und ihr und schon wurde sie von Nysa wieder nach oben geschleppt und in ein warmes Kleid gesteckt.

„Ich wünsche Titus und dir alles Glück der Welt. Er ist ein guter Mann, behandle du ihn auch gut", sagte Nysa zum Abschied zu Lilian.

Am späten Nachmittag kamen sie am Hafen an. Titus und Lilian wurden von fünf Legionären begleitet, die jedoch zivile Kleidung trugen. Auch Titus hatte seine Uniform nach der Zeremonie gegen Zivilkleidung gewechselt. Sobald sie das Schiff betraten, legte es auch schon ab.

Es war nur ein kleines Schiff mit einem Segel und zehn Ruderern. In der Mitte des Bootes waren Amphoren gelagert. Es gab keinen Schutz gegen den kalten Wind auf dem offenen Wasser und Lilian fror erbärmlich. Titus stellte sich schützend vor sie und legte die Arme um ihre Taille, sie kuschelte sich in seine Wärme und atmete erleichtert aus.

Er schmunzelte. „Zumindest die Wärme deines Ehemannes scheint dir zu gefallen."

„Du bist nicht mein Ehemann. Das war doch keine Hochzeit", murmelte sie, ohne den Kopf zu heben.

„Wenn ich dich nach Hause gebracht habe, kannst du das so sehen, wenn das dein Wunsch ist. Hier bist du mein Eheweib und ich werde immer dein Ehemann sein."

Sie blickte nun doch zu ihm auf. „Du hast gesagt, wir spielen das nur."

„Das war eine offizielle Zeremonie. Wir sind nach römischem Recht Mann und Frau, aber du musst dich nicht vor mir fürchten. Ich werde dich nicht zu einer Hochzeitsnacht zwingen, aber ich werde es dir nicht ersparen können, das Schlafgemach mit mir zu teilen, da wir den Schein wahren müssen. Ich schlafe selbstverständlich auf dem Boden."

Über eine Hochzeitsnacht hatte sie sich gar keine Gedanken gemacht. Er hatte sie ja noch nicht mal richtig geküsst. Nach dieser merkwürdigen Hochzeit, hatte er lediglich einen Kuss auf ihre Stirn gehaucht. Sie war sich vorgekommen wie ein Kind.

Obwohl ihr noch immer kalt war, löste sie sich von ihm und setzte sich auf den Boden, den Rücken an die Reling gelehnt. Titus ließ sich neben ihr nieder.

„Wo fahren wir eigentlich genau hin?", fragte sie. Sie wollte nicht über ihre verdrehte Beziehung sprechen, es gab Dringenderes, was sie endlich erfahren musste.

„Der Vater meiner leiblichen Mutter, Alsuna, ist der Anführer der Usipier. Das ist ein germanischer Stamm, der auf der rechten Rheinseite lebt. Das Gebiet beginnt etwa auf der Höhe von Vetera, du kennst es als Xanten, und reicht bis auf die Höhe von Köln. Ich wurde gezeugt, um Halvor Masos Nachfolger zu sein. Die Römer und auch die Usipier versprechen sich von mir einen dauerhaften Frieden und eine Verbesserung der Handelsbeziehungen."

„Und du wirst gar nicht gefragt, ob du das machen willst?"

„Ich bin Soldat, ich bekomme Befehle. Mir war immer klar, was auf mich zukommt, nur meine Mutter, Enya, will es nicht einsehen."

„Seid ihr deshalb zu deinem Vater Noel gereist?"

„Nicht nur. Meine Adoptiveltern hatten in letzter Zeit ein paar Probleme, ich war nur der Auslöser ihres Streits. Ich denke, Mutter wäre es lieber, ich bliebe bei Noel in der Zukunft. Sie hat noch immer Angst um mich, als wäre ich ein Kind."

„Willst du nicht lieber in der Zukunft leben? Hier ist es doch furchtbar."

Titus lachte. „Ich mag mein Leben bei der Legion. Wenn sie mich nicht schon jetzt zum Anführer der Usipier machen wollten, würde ich gar nicht darüber nachdenken, ob ich bei Noel leben will."

„Wo wurden eigentlich Enya und Noel geboren, oder vielmehr wann?"

„Enya und Noel stammen aus deiner Zeit. Mutter ist nur durch Zufall durch die Zeit gefallen, direkt auf Cato." Titus grinste.

„Und sie ist einfach so hiergeblieben?"

„Einfach war es wohl nicht. Enya war zuerst Sklavin im Haushalt meines Adoptivvaters, der damals noch mit meiner leiblichen Mutter verheiratet war."

Lilian sah ihn erstaunt an. „Also hat Noel die erste Frau deines Adoptivvaters geschwängert?"

Titus zuckte nur mit den Schultern und nickte.

„Trotzdem verstehe ich nicht, wie man sich freiwillig für diese Zeit entscheiden kann."

„Auch wenn sich meine Adoptiveltern oft und lautstark streiten, sie lieben sich. Ich kenne kein anderes Paar, das eine so enge Beziehung hat wie die beiden. Cato ist für Enya wertvoller als die Annehmlichkeiten deiner Zeit."

„Du bist ja ein Romantiker, Titus. Hätte ich dir gar nicht zugetraut."

Er lächelte verlegen. „Ja, kann sein. Ist keine besonders männliche Eigenschaft."

„Ich finde das sehr schön."

Er legte seine Hand auf ihre und streichelte ihre Handfläche mit dem Daumen. „Du musst dich hier nicht fürchten. Mein Großvater ist etwas gewöhnungsbedürftig, aber meine Großmutter, Dankrun, wirst du bestimmt mögen."

„Ich habe gehofft, ich muss nicht so lange hierbleiben."

Titus ließ ihre Hand los. „Ich weiß, du möchtest schnell von mir fort. Ich werde mich bemühen, deinen Aufenthalt hier so kurz wie möglich zu halten, aber ich bitte dich um etwas Geduld."

Sie spürte, ihre Worte hatten ihn verletzt, aber sie wollte nach Hause.

*

Es war lange dunkel, nur durch das Mondlicht waren noch Umrisse der Landschaft sichtbar, als das Schiff endlich an einem kleinen Hafen anlegte. Der ganze Ort bestand nur aus wenigen Häusern, wovon eines ein Wirtshaus war.

Sobald die Reisegruppe den Schankraum betrat, kam der Wirt auf sie zu, erfreut über die zahlungskräftig aussehenden Gäste.

„Bringt ein Nachtmahl und Wein. Außerdem brauchen wir Schlafplätze für diese Nacht", kommandierte Titus.

„Ich habe drei schöne, warme Kammern, Herr. Sie sind sauber und die Betten bequem", antwortete der Wirt geschäftstüchtig. Titus öffnete den Beutel und drückte dem schmierig wirkenden Mann einige Münzen in die Hand, dann folgten sie ihm nach oben.

Die schönen warmen Kammern entpuppten sich als winzige, zugige Räume. Titus wählte das größte der nebeneinanderliegenden Zimmer aus, die anderen beiden Kammern mussten sich ihre fünf Begleiter teilen. Der Wirt entzündete zwei Öllampen, die den Raum in Dämmerlicht tauchten.

„Bring das Nachtmahl für meine Gemahlin und mich zu uns hinauf, Wirt", befahl Titus.

Der Wirt wieselte geschäftig davon.

„Viel Spaß, Venetus! Wir bleiben noch eine Weile im Schankraum, ihr könnt also ruhig laut sein, wenn du deine kleine Frau in ihre ehelichen Pflichten einweist", lästerte ein Legionär.

„Wenn du Hilfe brauchst, frag nur", rief ein anderer. Lautes Gelächter begleitete die Legionäre, als sie wieder hinuntergingen.

„Entschuldige, es ist üblich, zotige Witze zu reißen, wenn man ein Brautpaar in die Hochzeitsnacht entlässt. Nimm es ihnen nicht übel", sagte Titus und schob Lilian in das Zimmer. Kritisch musterte sie das Bett, das aus einer, auf dem Boden liegenden, strohgefüllten Matratze und zwei fadenscheinigen Decken bestand.

„Ich hätte dir gern etwas Besseres geboten, aber ich verspreche, morgen wirst du in einem sauberen Zimmer schlafen."

Entsetzt über die Zustände schüttelte sie den Kopf. „Ich frage mich echt, warum du dich nicht schon lange dafür entschieden hast, bei Noel zu bleiben."

Titus breitete eine Decke auf der Matratze aus und bedeutete Lilian, sich darauf zu setzen. Dann ließ er sich auf dem Boden vor ihr nieder. „Ich habe hier Freunde, meine Familie. Ich mag den Dienst in der Legion, das Kampftraining, die Patrouillen. Gut, Wacheschieben ist doof, aber wenn ich erst Tribun geworden wäre, hätte ich das nicht mehr machen müssen."

„Musstest du schon einmal richtig kämpfen, ich meine, nicht nur zum Training."

„Ja, einmal."

„Gegen wen habt ihr gekämpft?"

„Gegen die Chatten, ein germanischer Stamm, mit dem es immer wieder Ärger gibt. Ihr Gebiet ist südlich von dem der Usipier."

„Und hast du schon einmal jemanden getötet?"

„Das ist kein Thema für die Hochzeitsnacht, meinst du nicht?" Titus lächelte, aber dem Lächeln fehlte seine übliche Herzlichkeit.

Bevor sie weiter fragte, brachte der Wirt ein Tablett mit Wein, Brot, Käse und zwei Schalen mit einem dampfenden Getreidebrei. Ein weiterer Mann brachte eine Kohlepfanne herein, die für etwas Wärme sorgte.

Titus zog das Tablett zwischen sie, es war wie bei einem Picknick.

„Ist etwas unbequem so, aber ich hatte das Gefühl, dass du lieber nicht bei den Männern unten essen wolltest", sagte er.

„Ich finde es eigentlich ganz schön so." Sie griff nach einer Schale mit dampfendem, grauen Brei und schnüffelte daran.

„Das ist Puls, der Treibstoff der Legion."

Sie probierte, es schmeckte nach Sellerie, Karotten und Zwiebeln. Definitiv nicht so schlecht wie es aussah.

Titus grinste. „Hey, du bist ja doch geeignet, eine echte Römerin zu werden."

„Ich glaube, ich habe noch nie so einen Hunger gehabt, ich würde gerade alles essen."

Titus schenkte Wein ein.

„Ich darf eigentlich noch keinen Alkohol trinken, wenn meine Mutter nicht dabei ist", sagte Lilian.

„Du bist jetzt meine Frau. Wenn ich dir erlaube, Alkohol zu trinken, ist das in Ordnung."

Lilian lachte, dann stutzte sie. „Das war gar kein Witz, oder?"

„Natürlich war das kein Witz. Trink nur", forderte sich auf.

„Du glaubst doch nicht, nur weil wir so tun, als wären wir verheiratet, mache ich, was du sagst."

„Ich habe es dir heute Nachmittag schon erklärt. Hier in dieser Zeit tun wir nicht so, als wären wir verheiratet, hier sind wir es. Und als meine Frau musst du selbstverständlich tun, was ich dir sage."

„Ha, das hat sich bei deiner Mutter aber anders angehört."

„Ja, Enya ist ein Sonderfall, würde ich sagen. Aber ihre Dickköpfigkeit bringt sie oft genug in Schwierigkeiten. Hätte sie Cato gehorcht, wären wir jetzt nicht in dieser Situation."

„Dann hätten wir uns vielleicht nie kennengelernt", sagte Lilian.

„Stimmt, das wäre wirklich sehr schade", antwortete er warm lächelnd. In Lilians Bauch flogen die Schmetterlinge Pirouetten, wie immer, wenn sie in diese blauen Augen sah, die ihr im Dämmerlicht noch viel leuchtender erschienen.

Nachdem sie eine gehorsame Ehefrau war und ihren Wein getrunken hatte, fühlte sich Lilian so müde, dass sie die Augen kaum noch offenhielt. Der Tag war lang und anstrengend gewesen, der Alkohol spielte dabei nur eine kleine Rolle.

Titus stellte das Tablett vor die Tür und löschte eine der Öllampen.

„Leg dich hin. Ich schlafe auf dem Boden", sagte er.

Sie rutschte bis zur Wand zurück. „Das ist doch Quatsch. Warum sollen wir beide frieren, wenn wir es gemeinsam warm haben können."

Dank der Kohlepfanne war es zwar inzwischen so warm im Raum, dass sie die Mäntel abgelegt hatten, aber das würde sich schnell ändern, wenn die Glut erlosch.

Weder Lilian noch Titus zogen ihre Kleidung aus, als sie sich nebeneinander auf die Strohmatratze legten. Titus breitete die beiden Mäntel und die Decke über sie und Lilian kuschelte sich in seinen Arm. Die Nase in seiner Tunika vergraben, atmete sie ein.

„Schnüffelst du an mir?", fragte er amüsiert.

„Wie kommst du denn auf die bescheuerte Idee." Gut, dass es beinah dunkel war und er nicht sah, wie rot sie wurde.

Titus drückte einen Kuss in ihr Haar und atmete ebenfalls tief ein.

„Ich finde, du riechst sehr gut. Nach Wind und Fluss und nach dir."

„Danke. Du machst sehr kreative Komplimente."

„Alles, damit meine Frau glücklich ist."

Sie schloss die Augen und, obwohl sie das am Morgen noch für unmöglich gehalten hätte, fühlte sie sich sicher und geborgen.

KAPITEL 10

„Greta, ist etwas passiert?", fragte Noel, als er die Wohnungstür öffnete.

„Ich suche Lilian, ist sie bei euch?"

„Ich glaube nicht, komm rein, ich sehe nach." Noel schaute ins Wohnzimmer, aber nur Enya war dort. Die Kinder hatten sie schon vor drei Tagen zu den Großeltern gebracht, die sich riesig über den unerwarteten Besuch freuten.

„Weißt du, wo Titus ist?", fragte Noel seine Schwester.

„Er wollte zu Lilian, das war aber schon kurz nach Mittag."

Greta betrat das Wohnzimmer. „Bei uns sind sie nicht, aber Lilians Jacke hängt an der Garderobe. Ihr Handy und die Geldbörse liegen in ihrem Zimmer. Sie geht wochentags nie länger als bis 20.00 Uhr aus. Sie hätte mich angerufen und um Erlaubnis gefragt, wenn sie ausgehen wollte."

Enya sah jetzt ebenfalls besorgt aus. Sie schaute in Titus Zimmer, das früher einmal ihres gewesen war. „Titus Jacke ist auch noch hier."

„Und sein Handy?", fragte Greta.

„Titus hat kein Handy." Enya wühlte in den Schubladen. „Noel, weißt du, ob Titus seinen Sprungauslöser mit hergebracht hat?"

„Keine Ahnung. Aber wenn er zurückgesprungen wäre, müsste Lilian doch hier sein."

„Ist es dir wirklich nicht aufgefallen?", fragte Enya ihren Bruder.

„Was soll mir aufgefallen sein?"

„Versuch mal, Greta zu lesen."

Greta sah zwischen Noel und Enya hin und her und verstand kein Wort. Noel runzelte die Stirn, dann trat er näher an seine Nachbarin heran und legte die Hand an ihre Wange. Empört trat sie zwei Schritte zurück. Der Aufreißer kannte wirklich überhaupt keine Hemmungen.

„Was bist du?", fragte Noel und versuchte, in Gretas Augen zu sehen, als wäre sie ein interessantes Insekt.

„Sie ist ein Geist", mischte sich Enya ein.

„Das kann doch nicht sein. Wo soll denn die Helos DNA herkommen."

„Von mir oder von dir, schätze ich. Die DNA hat sich in den letzten zweitausend Jahren so weit verdünnt, dass sie die blauen Augen und die Fähigkeit zu Lesen verloren hat."

„Scheiße, du meinst, sie kann springen und Lilian kann das auch?" Noel klang nun panisch, was auch Gretas Herz beschleunigte.

„Kann mir mal jemand erklären, was hier los ist? Was hat euer verdammter Sohn mit meiner Tochter gemacht?", fragte Greta.

„Ganz ruhig. Es ist nur eine Vermutung. Lilian passiert nichts", versuchte Enya, Greta zu beruhigen, bewirkte aber genau das Gegenteil.

„Ihr sagt mir jetzt sofort, wo meine Tochter ist."

„Das verstehst du ja doch nicht", sagte Noel und erntete einen bösen Blick von Greta.

„Wenn dein Sohn meiner Tochter etwas angetan hat, dann zeige ich ihn an, darauf kannst du dich verlassen."

Enya zog Greta von Noel fort, bevor sich die beiden an die Gurgel gingen. „Titus passt gut auf Lilian auf, da bin ich ganz sicher. Ich würde gern testen, ob meine Vermutung stimmt, aber dazu werde ich dir einen ziemlichen Schreck einjagen müssen. Du musst keine Angst haben. Wir sehen nur schnell nach, ob Titus mit Lilian zu uns nach Hause gegangen ist und kommen dann sofort zurück."

„Warum rufst du nicht einfach deinen Mann an und fragst nach", wollte Greta wissen.

„Weil der fast zweitausend Jahre von uns entfernt ist", antwortete Noel.

„Bitte, muss das echt sein?", schimpfte Enya.

„Warum willst du sie mitschleppen. Spring, sieh nach und komm zurück."

„Wenn Greta in meiner Nähe ist, können wir ausprobieren, ob sie und damit auch Lilian springen kann. Wenn sie damit nicht zurechtkommt, lösche ich eben ihre Erinnerungen", erklärte Enya.

„Wo ist denn plötzlich meine prinzipientreue Schwester hin", lästerte Noel und stellte sich so nah hinter Greta, dass ihr Rücken seine Brust berührte.

„Hey", Greta wollte nach vorn ausweichen, aber Enya trat in ihren Weg. Sie fasste Noel an den Händen, so dass Greta zwischen ihnen gefangen war, dann dachte sie: *Sprung.*

*

„Was soll denn das", schimpfte Greta. Erst als Enya zurücktrat, sah sie, dass sie nicht länger im Wohnzimmer ihres Nachbarn stand. Sie blinzelte irritiert und schaute sich in der Eingangshalle von Enyas Heim um.

„Scheiße!", fluchte Noel.

„Ich ziehe Titus die Ohren lang, wenn er Lilian tatsächlich mit hergebracht hat", schimpfte Enya und stapfte Richtung Küche. „Nysa!", rief sie.

„Was ist passiert? Wo sind wir hier?", stammelte Greta.

„Das verstehst du ja doch nicht", antwortete Noel und ging in das benachbarte Wohnzimmer. Dort warf er sich in einen Sessel und wartete.

„Du sagst mir jetzt sofort, was hier los ist!"

„Wie du willst. Enya und ich sind Helos-Hybriden, du und deine Tochter seid scheinbar unsere Nachkommen. Wir können durch die Zeit reisen und Enya glaubt, dass Titus Lilian mit hergenommen hat."

Greta schüttelte ungehalten den Kopf. „Was?"

„Ich sagte ja, du würdest es nicht verstehen."

Da von diesem Widerling nichts zu erwarten war, folgte Greta Enya. Sie fand sie in der Küche mit einer weinenden Frau, die schluchzend in einer Sprache auf Enya einredete, die Greta nicht verstand.

„Enya, was ist hier los?", wollte Greta wissen.

Enya blickte über Gretas Schulter, als diese sich umwandte, sah sie, dass Noel ihr gefolgt war.

„Noel, würdest du Greta bitte die Sprache beibringen", forderte Enya.

Er verdrehte die Augen, griff Gretas Arm und legte die andere Hand an ihre Wange. Sie versuchte, ihn wegzustoßen.

„Lass ihn das tun", sagte Enya und Greta hielt widerwillig still.

„Jetzt nochmal langsam, Nysa. Wo ist Cato?", fragte Enya.

„Er wollte zu Salvius, um zu verhindern, dass Titus aufgrund seiner Abwesenheit Ärger bekommt. Salvius hat ihn verhaften lassen, wir haben ihn seit Tagen nicht gesehen", brachte Nysa mühsam hervor.

Gretas Herz schlug immer heftiger. Sie verstand nun die Worte, wusste jedoch noch immer nicht, wo sie war oder was passierte, aber sie war von Minute zu Minute sicherer, dass Lilian in Gefahr war. Ihre Angst war so groß, dass sie gar nicht über die merkwürdige Tatsache nachdachte, innerhalb von Minuten eine ihr fremde Sprache erlernt zu haben.

„Wo ist meine Tochter?", fuhr Greta die Sklavin an.

Nysa schaute mit verweinten Augen auf. „Sind sie Lilians Mutter?"

„Ja."

„Titus ist mit Lilian zum Statthalter gegangen, um Cato zurückzuholen, aber Salvius weigerte sich. Er will Cato erst freilassen, wenn Titus die Führerschaft der Usipier übernommen hat."

„Was ist mit Lilian?" Gretas Stimme war nur ein heiseres Flüstern.

„Titus hat Lilian bei Salvius als seine Verlobte vorgestellt, daraufhin hat der Statthalter darauf bestanden, dass Lilian ihn zu den Usipiern begleitet. Natürlich mussten sie dazu vorher heiraten, dadurch kann Salvius sicher sein, dass auch in der nächsten Generation der Anführer der Usipier römisch ist."

„Ich verstehe kein Wort", sagte Greta verzweifelt.

„Nysa, bring Wein ins Wohnzimmer und setz dich zu uns, wir müssen besprechen, was wir tun können", versuchte Enya, Ruhe in die Situation zu bringen.

Erst als Enya und Nysa die Ereignisse nochmals durchgingen, nahm Greta tatsächlich auf, was gesagt wurde. Die Zusammenhänge verstand sie aber noch immer nicht.

„Bitte, ich muss das verstehen. Du sagst, wir sind in der Römerzeit", sagte Greta zu Enya.

Sie nickte.

„Und Lilian ist mit Titus ebenfalls hier?"

Enya nickte erneut.

„Aus irgendeinem Grund, der mir ehrlichgesagt scheißegal ist, hat Titus meine Tochter geheiratet."

„Ja, so sieht es aus."

„Und wohin verschleppt er meine Tochter gerade?"

„Zu seinem Großvater. Der ist der Anführer eines germanischen Stammes auf der anderen Rheinseite."

„Und warum sitzen wir dann noch hier? Wir müssen doch nur zu Lilian und dann bringt ihr uns wieder nach Hause." Greta war am Ende ihrer Geduld.

Enya legte ihre Hand auf die der aufgewühlten Frau. „Lilian ist bei Titus in Sicherheit. Sie haben eine Eskorte, die sie schützt und bei Titus Großvater sind die Kinder ebenfalls vollkommen sicher. Wir werden Lilian holen, aber zuerst muss ich herausfinden, wo mein Mann ist."

„Dein Mann ist mir sowas von egal, ich will zu meiner Tochter!"

„Ich verspreche, wir brechen so schnell wie möglich auf, aber ich spreche zuerst mit Salvius."

Nysa räusperte sich, sie traute sich nicht, ungefragt an dem Gespräch teilzunehmen, weil Greta anwesend war.

„Ja, Nysa?", fragte Enya.

„Seid vorsichtig, wenn ihr mit Salvius sprecht, Herrin."

„Greta ist eine Freundin, du kannst normal mit mir sprechen", forderte Enya Nysa auf. Die Sklavin nickte erleichtert.

„Salvius war bei der Hochzeit hier. Er hat sich durch das Haus bewegt, als gehöre es ihm. Ich will ja kein dunkles Orakel sein, aber ich habe Angst um den Herren."

„Ich gehe sofort zu Salvius." Enya stand auf, aber Nysa hielt sie zurück.

„Es ist heute schon zu spät, du kannst jetzt nicht mehr ins Prätorium gehen."

Unwillig blickte Enya zu Boden. Die Sorge um Cato fraß sie auf, aber wenn sie so spät zum Statthalter ginge, musste sie anschließend die Erinnerungen von vielen Menschen löschen und konnte dabei nicht sicher sein, dass sie nicht etwas übersah. Es war besser, bis zum Morgen zu warten.

„Noel, am besten bringst du Greta wieder nach Hause, ich schaffe das auch allein. Ich hole dir meinen zweiten Sprungauslöser, Cato wird ihn sicher wieder in meine Kommode gelegt haben", sagte Enya.

Noel schüttelte den Kopf. „Ich lasse dich doch nicht mit diesem Fiasko allein, vergiss es."

„Dann muss Greta allein springen."

„Ich gehe nicht ohne meine Tochter. Wenn ihr sie nicht suchen wollt, werde ich eben allein gehen." Sie rauschte so schnell aus der Tür, dass Enya sie erst auf der Straße einholte.

Greta stand mit großen Augen in der Mitte der Gasse und starrte die Menschen an, die so spät noch unterwegs waren. Glücklicherweise waren es nicht viele.

„Bist du verrückt, du kannst doch in dieser Kleidung nicht auf die Straße gehen!", schimpfte Enya und schleppte Greta zurück ins Haus.

*

Greta rekelte sich unter der warmen Decke. Das war ja mal ein verrückter Traum, dachte sie und öffnete die Augen. Eine Sekunde später stand sie neben dem fremden Bett.

„Scheiße", fluchte sie aus tiefstem Herzen und zog den Vorhang vom Fenster zurück. Durch die dicke Glasscheibe konnte sie kaum etwas erkennen, aber mit etwas Mühe ließ sich das Fenster öffnen. Aus der ersten Etage blickte sie auf das unruhige Treiben einer römischen Straße.

„Ihr seid wach, Herrin. Ich bringe euch ein Kleid." Nysa legte das Kleidungsstück auf das Bett. Greta starrte sie nur an.

„Soll ich Euch beim Ankleiden helfen?"

„Ich denke, ich bin alt genug, mich allein anzuziehen."

„Verzeiht, aber als Enya anfangs bei uns war, brauchte sie auch bei vielen Dingen Hilfe, das ist keine Schande."

Greta sah auf das Kleid und die Tücher daneben.

„Okay, vielleicht brauche ich doch etwas Hilfe."

Die aus Tüchern bestehende Unterwäsche fühlte sich merkwürdig an, als Greta die Treppe zur Eingangshalle hinunterging. Sie zupfte an sich herum, bis sich Nysa hinter ihr räusperte.

„Enya und Noel sind bereits im Wohnzimmer und frühstücken", sagte Nysa und wies Greta den Weg.

„Auch endlich wach?", fragte Noel, den Greta in der römischen Kleidung kaum wiedererkannte. Benommen setzte sie sich an den Tisch, Nysa bediente sie.

„Ich kann jetzt nichts essen", stammelte Greta.

„Du weißt nicht, was uns heute erwartet. Iss", forderte Enya und Greta gehorchte.

„Ich möchte, dass ihr mich beide begleitet. So kann ich am besten auf euch aufpassen", sagte Enya. Noel und Greta nickten. Enya war klar, weder Noel noch Greta hätten untätig hier auf sie gewartet, deshalb sparte sie sich die überflüssige Diskussion. „Und Noel, du lässt mich das allein machen, halt dich raus, ja?" Enya kannte den unbesorgten Umgang ihres Bruders mit seinen Heloskräften. Sie selbst setzte ihre Fähigkeiten fast nie ein, aber um Cato zurückzuholen, war sie zu beinah allem bereit.

Noel hob ergeben die Hände, genervt davon, wie sich Enya mal wieder aufführte. Nur weil ihre Kräfte ausgeprägter waren, musste sie sich ja nicht als Oberlehrerin aufspielen.

*

Enya und Noel nahmen Greta auf dem Weg zum Palast des Statthalters in ihre Mitte. Greta hielt den Kopf gesenkt, als ob sie fürchtete, von jemandem erkannt zu werden.

Im Vorzimmer des Statthalters herrschte reger Betrieb. Enya drängte sich durch die Menge und blieb am Schreibtisch des Sekretärs stehen.

„Wir möchten mit Gaius Salvius sprechen."

„Hinten anstellen", maulte er. Enya stützte die Hände auf den Schreibtisch und fixierte den Mann mit ihrem Blick.

„Du gehst jetzt da rein und meldest mich an. Mein Name ist Enya Valerius, Salvius kennt mich."

Der Mann hastete in den Nebenraum, nach einem Augenblick kam er zurück.

„Entschuldigt, aber Salvius hat heute keine Zeit für euch."

Enya drang in die Gedanken des Mannes ein. Der Sekretär trat zur Seite und ließ Enya und ihre beiden Begleiter durch, dann schloss er die Tür hinter ihnen.

Wütend starrte Salvius sie an. „Was erlaubst du dir!"

„Raus", fauchte Enya die drei Männer an, die sich außer Salvius im Raum befanden. Nach einem kleinen gedanklichen Stoß von Enyas machten sie, dass sie wegkamen.

„Wo ist mein Mann?" Enya ging geradewegs auf Salvius los. Der stand schnell auf, Enya war ihm unheimlich und es war ihm unangenehm, dass sie auf ihn hinunterblickte.

„Euer Mann befindet sich in meiner Obhut, bis Euer Sohn seine Pflicht gegenüber dem Kaiser erfüllt."

Enya hatte keine Geduld, sich Salvius Ausreden anzuhören. Sie trat noch näher an ihn heran, bis sich ihre Nasen beinah berührten. Dann sandte sie den Statthalter auf die Knie. „Wo ist mein Mann?"

Salvius konnte den Blick nicht von Enyas bedrohlich leuchtenden Augen lösen.

Greta sah ängstlich von Enya zu Noel, der nur mit den Schultern zuckte.

„Man soll sich nicht mit meiner Schwester anlegen", flüsterte er Greta zu.

Salvius zitterte inzwischen vor Angst. „Er ist auf meinem Gut in der Nähe von Bonna."

„Was hast du mit ihm getan?"

„Ich habe ihm die Bürgerrechte entzogen, er ist dort als mein Sklave."

„Welche Befehle hast du seinen Wachen gegeben?"

„Sie sollen sicherstellen, dass er nicht flieht."

„Hast du ihnen befohlen, ihn zu töten?"

„Nur wenn er einen Fluchtversuch unternimmt."

Enya beugte sich zu dem verängstigten Mann hinunter. „Wenn Cato stirbt, bringe ich dich um, und zwar sehr sehr langsam. Jedes Leid, das man ihm zufügt, werde ich dich tausendmal erleiden lassen. Du wirst nie wieder jemandem aus meiner Familie, aus meinem Haushalt oder aus meinem Freundeskreis schaden. Du wirst akzeptieren, wenn Titus das Erbe seines Großvaters ablehnen will. Jeden Befehl, den du meinem Sohn zukünftig erteilst, wirst du vorher von mir absegnen lassen. Hast du mich verstanden?"

Salvius nickte im Zeitlupentempo und Enya löste den mentalen Griff, mit dem sie ihn eisern festgehalten hatte. Salvius plumpste unelegant auf seinen Hintern.

Enya rauschte aus dem Audienzzimmer. Sie zeigte auf einen Legionär. „Du, wie lange braucht man bis zu Salvius Gut bei Bonna?"

„Ein bis zwei Tage", antwortete der Mann.

„Geh, besorg vier Pferde aus Salvius Stall und komm damit zum Tor."

Der Legionär lief los, Enyas verbal und gedanklich übermitteltem Befehl, konnte er sich nicht entziehen.

Als sie am Tor warteten, sah Enya auf ihre zitternden Hände. Noel zog sie kommentarlos in seine Arme, während Greta sie noch immer fassungslos anstarrte.

„Ich bin so wütend. Ich hätte ihn beinah umgebracht, als ich in seinen Gedanken gesehen habe, wie er Cato und Titus behandelt hat", wisperte Enya.

„Cato ist ein harter Brocken, den bekommen sie nicht so schnell klein", sagte Noel.

„Du weißt nicht, wie es hier sein kann", antwortete Enya.

„Ich war auch schon ein Sklave, ich denke, ich kenne mich da ganz gut aus."

Greta trat nervös von einem Fuß auf den anderen. „Was ist denn nun mit Lilian?"

„Die holen wir, sobald wir Cato zurückhaben", bestimmte Enya.

„Ich lasse mich von dir nicht so herumkommandieren, wie die Leute dort drin. Ich will jetzt sofort zu meiner Tochter!", verlangte Greta.

Enya fuhr zu ihr herum. „Du kommst entweder mit uns und hältst uns dabei nicht auf, oder du kannst deine Tochter allein suchen. Aber überleg dir gut, wie weit du in dieser Welt kommst!"

Noel zog Enya von Greta fort. „Hey, lass sie in Ruhe. Greta kann nichts dafür."

Enya atmete tief durch, um sich wieder in den Griff zu bekommen. „Entschuldige meinen Ton, Greta, meine Aussage werde ich aber nicht zurücknehmen."

Gretas Lippen bebten. Sie musste doch zu ihrer Tochter! Lilian war allein und hilflos in dieser verrückten Welt. Sicher hatte sie Todesangst und jetzt sollte sie in die entgegengesetzte Richtung reisen, noch weiter von Lilian fort?

Noel blickte von seiner aufgelösten Schwester zu Greta, die am Rand eines Nervenzusammenbruchs stand und entschied sich, die Greta-Katastrophe zuerst in Angriff zu nehmen. Er zog Greta einige Meter von Enya fort und legte den Arm um sie. „Wir holen Lilian, ich verspreche es. Sie ist jetzt Titus Frau, niemand wird wagen, sie anzufassen, und Titus ist ein guter Schwertkämpfer, ein guter Soldat."

Erst jetzt, wo Noel es sagte, sickerte die Tatsache in Gretas Bewusstsein, dass man ihre Tochter mit diesem römischen Barbaren, diesem Ergebnis eines inzestuösen Verhältnisses zwischen dem ekelhaftesten Macho und seiner größenwahnsinnigen Schwester verheiratet hatte. „Wenn dein kranker Sohn meine Tochter anfasst, bringe ich dich um", fauchte sie Noel an.

„Hey, was habe ich denn damit zu tun. Deine Tochter hat sich doch meinem Sohn an den Hals geworfen."

„Er hat doch nur ihre Unerfahrenheit ausgenutzt, um sie hierher zu entführen, wo sie ihm hilflos ausgeliefert ist!"

Noel lachte. Er lachte! Greta hatte ihre Angst inzwischen vollständig in Wut umgewandelt und die traf Noel ungebremst. „Du kranker Bastard, du findest das auch noch witzig? Ich hätte Lilian niemals erlauben dürfen, mit dem Sohn von dermaßen verdorbenen Menschen auszugehen."

„Enya und ich? Verdorben?"

„Alle paar Tage schleppst du eine andere Frau in deine Wohnung und dann fickst du auch noch deine eigene Schwester!", brüllte Greta.

„Was?" Noel kochte vor Zorn.

„Wenn dein verkommener Sohn meine Tochter vergewaltigt, bringe ich erst dich und dann ihn um!"

„Du bist eine frigide, männerfeindliche, verklemmte alte Jungfer. So redest du weder von meiner Schwester, noch von meinem Sohn!"

Greta und Noel starrten sich aus schmalen Augen an. Bevor Greta zum verbalen Gegenschlag ausholte, schritt Enya ein.

„Schluss jetzt. Für euren Scheiß habe ich keine Zeit. Noel", sie boxte ihrem Bruder auf den Oberarm, der sich die schmerzende Stelle rieb und sie böse anfunkelte, „Greta hat nur Angst um Lilian. Die hättest du auch, wenn du an ihrer Stelle wärst. Und du, Greta, du kennst weder Noel noch Titus oder mich. Bevor du dir ein Urteil erlaubst, solltest du vielleicht mal genauer nachfragen. Titus ist mein Neffe, nicht mein Sohn. Cato und ich haben ihn adoptiert, deshalb nennt er mich Mutter, Cato Vater und Noel Papa. Er ist ein guter Junge, ein aufrichtiger Mann. Lilian wäre bei niemandem besser aufgehoben und ich würde mir eher Gedanken um Titus Tugend machen als um Lilians, so wie deine Tochter meinen Sohn anschmachtet."

Noel und Greta blickten Enya betreten an. Bevor sie weiter streiten konnten, kam der Legionär mit den Pferden.

KAPITEL 11

Cato blinzelte der aufgehenden Sonne entgegen, die durch die offene Stalltür in sein Gesicht schien. Die Regenwolken von gestern hatten sich verzogen.

„Na, auch endlich wach?"

Suchend sah Cato sich um und blickte in das Gesicht eines Mannes, einige Jahre jünger als er selbst. Der Mann drehte ein Messer in den Händen.

„Kannst du mir bitte die Fesseln lösen, ich fühle meine Hände schon nicht mehr", bat Cato.

Grob drehte der Mann Cato auf den Bauch, dann durchschnitt er die Hand- und Fußfesseln. Cato setzte sich auf und rieb seine Hände, die jetzt, wo das Blut wieder ungehindert zirkulierte, kribbelten und schmerzten. Der Mann reichte ihm einen Wasserbeutel und ein Stück Brot.

„Danke." Cato und trank den halben Beutel leer, dann aß er das trockene Brot. „Wie ist dein Name?"

„Tiro. Du bist Titus Valerius Cato."

„Warst du gestern dabei, als mich Clovius so nett begrüßt hat?"

Tiro schnaubte. „Nein, leider nicht."

Cato sah sich den Mann genauer an. „Kenne ich dich irgendwoher, Sklave?"

„Sklave... Das könnte ich zu dir jetzt auch sagen. Zum ersten Mal stehen wir auf einer Stufe. Das habe ich mir früher oft gewünscht, da habe ich aber nicht damit gerechnet, dass du auf meine Stufe herunterkommen würdest."

„Tiro ..., du hast mal meinem Vater gehört, du bist Arsinoes Sohn!", wurde Cato klar.

„Hätte nicht gedacht, dass du dich an mich erinnerst."

„Wie kommst du hier her?"

Tiros verkniffener Gesichtsausdruck wurde noch bitterer.

„Lucius hat mich verkauft, als ich zwölf war, wusstest du das nicht?"

„Nein, Arsinoe hat das nie erwähnt und ich war nicht mehr oft im Hause meines Vaters, seit ich zur Legion gegangen bin."

„War klar, dass dich das nicht interessiert hat."

„Hey, ich habe Arsinoe sehr gern gehabt, sie war für mich viel mehr eine Mutter, als es meine Stiefmutter gewesen ist."

„Ja, sie hat dich vergöttert, ich erinnere mich sehr gut."

„Du bist mir immer nachgelaufen, als du noch aufrecht unter dem Tisch stehen konntest", sagte Cato mit einem Lächeln.

„Und du hast mich nicht beachtet."

„Ja, kann sein."

„Lucius ist tot, habe ich gehört", warf Tiro ein.

„Ja, schon seit vielen Jahren."

„Hat er dir meine Mutter vererbt?"

Cato nickte. „Sie hat bis zu ihrem Tod in meinem Haus gelebt."

Tiro blickte zu Boden. Er presste die Kiefer so fest zusammen, dass man das Spiel der Muskeln in den hageren, eingefallenen Wangen sah.

„Hast du nicht gewusst, dass sie Tod ist?"

„Nein, woher sollte ich das wissen. Ich bin ja nur eine Sache, kein Mensch, warum sollte man mir sagen, dass mein ehemaliger Herr ein Stück seines Eigentums verloren hat."

„Dein Verlust tut mir leid, ich habe Arsinoe ebenfalls betrauert. Aber ich kann dir versichern, sie hatte ein gutes Leben und ist friedlich eingeschlafen."

Tiro sah Cato verächtlich an. „Ein gutes Leben, klar. Erst wird sie von ihrem Herrn vergewaltigt und geschwängert, dann nimmt er ihr das Kind weg, als die Ähnlichkeit mit ihm zu offensichtlich wird."

„Lucius war dein Vater?"

„Hättest du ihm nicht zugetraut, was? Der große Herr, der edle Geschäftsmann hat regelmäßig seine Sklavinnen beehrt, ob sie wollten oder nicht. Ich denke, wir haben mehr Halbgeschwister als Finger."

„Oh doch, das traue ich ihm sehr wohl zu." Catos Lippen waren nur noch schmale Striche als er an die Nacht dachte, in der Enya das Gleiche passiert war wie Arsinoe.

„Warum hast du dann nichts unternommen?", fragte Tiro.

„Was hätte ich tun sollen? Als Lucius dich mit deiner Mutter zeugte, war ich vielleicht acht oder neun. Ich habe das damals nicht mitbekommen und als ich erfuhr, was er mit einer Sklavin gemacht hat, habe ich den Kontakt zu ihm abgebrochen."

„Das ist eine Lüge, Bruder. Ich weiß genau, warum du keinen Kontakt mehr zu Lucius hattest."

„Woher willst du das wissen? Du warst da doch schon lange nicht mehr in unserem Haus."

„Lucius hat mich an Clovius verkauft, der damals ein besonders guter Freund unseres Vaters war. Er hat ihm gesagt, ich bräuchte eine harte Hand. Clovius hat das sehr wörtlich genommen. Obwohl ich heute denke, Clovius wäre nicht anders zu mir gewesen, wenn Lucius das nicht gesagt hätte. Aber jeder Schlag bekommt eine eigene Qualität, wenn dein Vater sowas von dir behauptet. Clovius hat bis zum Hals in der Revolte von Saturninus gesteckt. Als Maximus Saturninus besiegt hat, sind Clovius und alle anderen, die Saturninus unterstützt haben, in Ungnade gefallen. Alle, außer unserem Vater natürlich. Lucius ist ja schon immer auf den Füßen gelandet, egal wie tief der Fall war. Eine Eigenschaft, die du offensichtlich nicht geerbt hast, Bruder." Das letzte Wort klang verächtlich wie ein Schimpfwort.

„Nein, scheinbar nicht. Meinst du, Clovius glaubt, dass ich Vater damals geschützt habe?"

„Natürlich glaubt er das, ist ja auch die Wahrheit."

„Maximus hat ihn um meinetwillen verschont, also stimmt es irgendwie schon. Hat mir Clovius deshalb gestern seine volle Aufmerksamkeit geschenkt?", fragte Cato.

„Er hat Lucius aus tiefster Seele gehasst, ich vermute, es war ihm eine besondere Freude, dich hier zu begrüßen."

Frustriert sah Cato nach draußen auf den Hof. „Ich muss hier weg. Du kennst dich hier besser aus. Gibt es eine Möglichkeit, zu fliehen? Du könntest mitkommen."

Der Sklave sah ihn mit schrägem Blick an. „Du würdest mich mitnehmen?"

„Sicher würde ich das. Wenn ich meine Bürgerrechte zurückhabe, kaufe ich dich Clovius ab und lasse dich frei."

Tiro schnaubte. „So schöne Versprechen."

„Lucius hat Arsinoe und dir so viel Schmerz zugefügt, ich würde mich freuen, wenn ich etwas davon wiedergutmachen kann."

Der Sklave stand auf und forderte Cato mit einer Geste auf, ihm zu folgen. Nur schwer kam Cato auf die Beine, jeder Muskel schmerzte.

Tiro führte ihn in den benachbarten Stall und drückte ihm eine Mistgabel in die Hand. „Hier, mach die Ställe sauber. Ich muss etwas erledigen, dann komme ich und hole dich."

Cato sah seinem neuentdeckten Halbbruder nach. Was für ein Zufall, ihn hier zu treffen, sonst hätte er wahrscheinlich nie erfahren, dass er einen Halbbruder hatte. Das Arsinoe nicht gesagt hatte, wer Tiros Vater war, wunderte Cato nicht. Sie hatte in seiner Kindheit niemals schlecht über die Familie gesprochen. Erst als Cato erwachsen war, hatte es hier und da eine Andeutung gegeben, aber sie war zu keiner Zeit deutlich geworden. Wahrscheinlich hatte sie ihn nicht unglücklich machen wollen, überlegte er. Arsinoe hatte ihn sehr geliebt, das hatte Cato immer gewusst. Als sie starb, war das für ihn wesentlich schmerzhafter gewesen als Lucius Tod.

*

Es ging auf Mittag zu und Cato war noch immer nicht mit dem Ausmisten der Ställe fertig. Auf dem Hof war den ganzen Morgen reger Betrieb gewesen. Eine Gruppe Reiter war angekommen, Germanen vermutete Cato, von welchem Stamm, konnte er aus der Entfernung nicht sagen. Vor einer Viertelstunde waren die Reiter dann wieder verschwunden, hatten aber zwei gefesselte Sklaven mitgenommen, die sie mit Stricken an den Handfesseln hinter ihren Pferden herführten. Clovius schien einen Sklavenhandel mit einem germanischen Stamm zu unterhalten. Ob Salvius das wusste?

„Cato", flüsterte Tiro und winkte ihn zu sich. Cato stellte die Mistgabel zur Seite und folgte seinem Halbbruder.

KAPITEL 12

Lilian seufzte wohlig und drückte ihr warmes Kissen an sich, das sich ungewohnt hart anfühlte. Sie blinzelte und fuhr auf.

„Guten Morgen, meine Gemahlin." Titus grinste.

„Scheiße, das war kein Traum!"

„Ich hatte gehofft, das würden nicht die ersten Worte meiner Frau nach der Hochzeitsnacht sein."

„War nicht persönlich gemeint und entschuldige, dass ich dich als Kissen missbraucht habe."

„Es war mir eine Ehre."

Lachend und mit zerzausten Haaren erkannte sie den Jungen wieder, den sie in ihrer Zeit kennengelernt hatte. Bevor sie sich zurückhalten konnte, strich sie eine der blonden Strähnen aus seiner Stirn, sein Haar fühlte sich weich an.

Sie lächelte zu ihm hinunter. Titus legte die Hand in ihren Nacken und zog sie zu sich, bis sich ihre Lippen berührten.

Jemand polterte an die Zimmertür. „Ich unterbreche die Liebesnacht ja ungern, aber wir müssen los", hörten sie eine männliche Stimme von draußen.

Titus nahm die Hand fort. „Entschuldige, ich wollte dich nicht bedrängen", sagte er. Er setzte sich auf, zog die Stiefel an und nahm seinen Mantel. „Ich lasse dir Wasser zum Waschen bringen und warte unten auf dich."

Und weg war er. Lilian starrte die geschlossene Tür an. Was war das denn gerade? Ständig flirtete er mit ihr, aber immer, wenn sie sich endlich näher kamen, ergriff er die Flucht.

Der Wirt brachte Lilian nicht nur Wasser sondern auch ein Frühstück in ihre Kammer. Beleidigt verschmähte sie das Essen. War sie echt so lästig, dass Titus und seine bescheuerten Legionäre nicht mal mit ihr frühstückten?

Vor dem Gasthaus wartete ihre Reisegruppe mit Pferden auf sie.

„Ich kann nicht reiten", stammelte Lilian und wich ängstlich vor den großen Tieren zurück.

„Wir dachten, dein Gemahl hätte dir das in der letzten Nacht beigebracht. Sollen wir dir nochmal erklären, wie das funktioniert, Venetus?", sagte ein Legionär zu Titus, die anderen schüttelten sich vor Lachen.

Titus ignorierte die Männer und schob die widerspenstige Lilian zu einem Pferd, dann nahm er ihre Hand und ließ das Tier daran schnuppern. „Sie ist ganz brav. Schau, sie mag dich." Er tätschelte den Hals der Stute.

Lilian fühlte das weiche Maul des Pferdes und strich vorsichtig über das warme Fell. „Mag ja sein, dass sie brav ist, aber ich habe keine Ahnung, wo bei so einem Teil Gas, Bremse und Lenkrad sind."

Titus verzog unwillig das Gesicht. „Mit einem Wagen sind wir zu langsam. Ich will meinen Vater nicht unnötig lange in Salvius Gefängnis schmoren lassen. Wärst du bereit, mit mir auf einem Pferd zu reiten, auch wenn ich dir dann unangemessen nah kommen würde?"

„Was?"

„Entschuldige, war ein dummer Vorschlag, wir besorgen einen Wagen", ruderte er zurück.

„Das meine ich doch nicht. Natürlich reite ich mit dir, ich verstehe nur nicht, was der Spruch von der unangemessenen Nähe soll. Ich habe heute Nacht auf dir geschlafen, falls du dich erinnerst. Wie kommst du darauf, es wäre für mich ein Problem, mit dir auf einem Pferd zu sitzen?"

Er nickte. „Du hast natürlich Recht. Du bist meine Gemahlin, da ist es nicht unschicklich. Ich muss mich erst an den Gedanken gewöhnen, ein verheirateter Mann zu sein."

Bevor Lilian etwas erwiderte, hatte er sie schon auf das Pferd gehoben und stieg hinter ihr auf. In dem Kleid konnte sie nur quer auf dem Pferd sitzen, ihre Beine baumelten beide zu einer Seite herunter, aber Titus Arme, die die Zügel hielten, gaben ihr Halt.

„Wehe, du lässt das Monster schneller rennen, als ich gehen kann", knurrte Lilian und klammerte sich an Titus.

„Ich lasse dich nicht herunterfallen, schließlich ist es meine Aufgabe, dich zu beschützen und dafür zu sorgen, dass es dir gutgeht."

„Du nimmst deine ehelichen Pflichten aber ziemlich ernst", zog sie ihn auf.

Er lächelte und trieb das Pferd an. „Nicht alle."

„Leider", brummte Lilian und biss sich gleich darauf auf die Zunge. Das Wort war ihr herausgerutscht, bevor sie es aufhalten konnte. „Ich habe das nicht so gemeint, wie es geklungen hat", schob sie schnell nach.

„Wie hast du es denn gemeint?" Das Gespräch schien Titus zu amüsieren.

„Oh, vergiss es. Wenn du das nicht selbst weißt, kann ich dir auch nicht helfen."

Sie schwiegen eine Weile, aber Lilian war die Stille unangenehm. „Warum nennen die Männer dich eigentlich nicht Titus?"

„Venetus ist ein Spitzname. Die meisten Römer haben sowas, weil es nicht so viele verschiedene Namen gibt, wie in deiner Zeit. Diese Spitznamen unterscheiden uns."

„Aber deine Familie nennt dich immer Titus."

„Ich habe den Namen ja auch erst bekommen, als ich älter war. Meine Mutter mag meinen Spitznamen gar nicht, weil er zu sehr auf unsere Besonderheit hinweist."

„Die blauen Augen?"

„Auch, aber ich bin einmal im Winter ziemlich blau angelaufen, hauptsächlich deshalb habe ich den Namen bekommen."

„Sind die Namen deiner Geschwister auch Spitznamen?"

„Oh, ein ganz heikles Thema."

Sie sah ihn interessiert an.

„Die Wahl des Namens ist hier Sache des Vaters. Mein Vater hat für alle seine Kinder römische Namen ausgesucht. Diese Namen kennzeichnen uns als römische Bürger. Meine Mutter, Enya, ist aber auch nach all den Jahren nicht bereit, die römische Gesellschaftsform zu akzeptieren. Sie macht keinen Unterschied zwischen Sklaven, Freigelassenen und Römern."

„Ist ein sehr sympathischer Wesenszug, finde ich."

„Dazu gibt es hier unterschiedliche Meinungen. Jedenfalls hat meine Mutter allen Kindern außer mir Namen gegeben, die normalerweise Sklaven oder freigelassene tragen. Obwohl meine Geschwister offiziell römische Namen haben, hat sie sie konsequent nur bei den Namen gerufen, die sie ihnen gegeben hat und das ganze Haus hat das übernommen. Jedes Mal, wenn ich wieder einen Bruder oder eine Schwester bekomme, bricht dieser Krieg zwischen meinen Eltern erneut aus und jedes Mal verliert Cato am Ende." Titus grinste, das Thema schien ihn sehr zu amüsieren.

„Ich finde, sie sollten sich auf einen Namen einigen, statt zu streiten."

„Dazu sind sie beide zu stur. Erst schreien sie sich an, dann sprechen sie nicht mehr miteinander und ein paar Tage später ist der Sturm dann plötzlich wieder vorbei."

„Dann einigen sie sich also doch?"

„Ich denke, sie einigen sich nicht in der Sache, aber sie einigen sich im Schlafzimmer, wenn du verstehst, was ich meine."

„Oh, okay. Aber diesmal hat das wohl nicht funktioniert, ich meine, weil deine Mutter zu ihrem Bruder abgehauen ist. War der Streit schlimmer als sonst?"

„Glaube ich nicht. Mutter ist meinetwegen zu Noel geflüchtet. Sie will mit allen Mitteln verhindern, dass ich die Nachfolge meines Großvaters antrete."

„Dann vertragen sich deine Eltern wieder, wenn Enya zurückkommt?"

„Ja, da bin ich sicher. Sie lieben sich, ich kann mir nicht vorstellen, dass einer von ihnen ohne den Anderen leben kann."

Lilian dachte eine Weile über Titus Worte und über die gescheiterte Beziehung ihrer eigenen Eltern nach. „Darf ich dich um etwas bitten?", fragte sie.

„Natürlich."

„Wenn wir uns mal streiten, hör nicht auf, mit mir zu reden."

„Ich weiß nicht, ob das immer so eine gute Idee ist. Manchmal ist es besser zu schweigen, als etwas zu sagen, was man später bereut."

„Magst du mich, Titus?"

Er lächelte. „Ja, ich mag dich sehr, meine Gemahlin."

„Ich meine, magst du *mich*."

„Wo ist der Unterschied?"

„Mich, Lilian, nicht das Mädchen, das deine Gemahlin spielt."

„Ja, ich mag dich, Lilian."

„Dann bitte, sag mir das, statt zu schweigen. Solange meine Eltern miteinander geredet haben, bestand immer noch die Chance, sich wieder zu vertragen. Es war erst vorbei, als sie das nicht mehr getan haben."

„Aber was, wenn ich dich in dem Moment gerade nicht mag, weil du ein keifendes, streitsüchtiges Weib bist?", fragte er schmunzelnd.

„Sag es einfach trotzdem."

Er nickte und sie hatte das Gefühl, er hielt sie ein klein wenig fester.

KAPITEL 13

„Ist das Salvius Gut?", fragte Noel den Legionär, den sie mitgenommen hatten, damit er ihnen den Weg zeigte. Es war seit einer Stunde dunkel, aber Enya hatte darauf bestanden, keine Rast zu machen.

Der Legionär nickte.

„Du kannst jetzt zurück reiten", gab Enya ihn frei und der Mann atmete erleichtert auf.

Enya schloss für einen Moment die Augen. Sie hatte den Soldaten nicht gern gezwungen, sie zu begleiten, aber allein hätten sie den Weg niemals so schnell gefunden.

Auch Greta war froh, dass sie endlich ihr Ziel erreicht hatten. Der Ritt war eine einzige Qual für sie gewesen. Die Angst hinunterzufallen, hatte sie die ganze Zeit begleitet, ihr Hintern und ihre Beine schmerzten von den ungewohnten Bewegungen und der Anspannung. Glücklicherweise hatte das Pferd viel Geduld mit Greta. Es ignorierte ihre ungeschickten Versuche, es zu lenken, und trottete immer hinter Noels Pferd her.

Noel und Enya stiegen von ihren Pferden und waren bereits auf dem Weg zur Eingangstür. Greta saß noch immer auf ihrem Reittier und überlegte, wie sie mit den steifen Gliedern hinunterkommen sollte.

Noel bemerkte, dass sie ihnen nicht folgte, kam zu ihr zurück und breitete die Arme aus. „Na los, lass dich fallen, ich fange dich auf."

Skeptisch musterte sie ihn. Auch wenn sie sich seit ihrem Streit mit ausgesuchter Höflichkeit behandelten, war das kein Ausdruck von

Freundlichkeit gewesen, sondern der Versuch, die Distanz wiederherzustellen, die ihr Streit brutal zerstört hatte.

„Ich warte nicht ewig." Noel machte eine auffordernde Bewegung, sich endlich fallenzulassen.

„Okay." Umständlich versuchte sie, beide Beine auf Noels Seite zu bringen, verlor dabei das Gleichgewicht und plumpste wenig elegant in seine Arme. Er stellte sie auf die Beine und strich ihre völlig verstrubbelten, kinnlangen Haare zurück, die ihr die Sicht nahmen.

„Danke", murmelte sie verlegen. Das hier war die erste Situation, in der ihr Noel nicht wie ein Arschloch erschien.

Er wandte sich ab, aber sie legte ihre Hand auf seinen Arm. „Es tut mir leid, dass ich sowas von deiner Schwester und dir gedacht habe."

Er nickte nur und folgte Enya ins Haus.

„Wo ist Cato?" Enya zwang Clovius im Wohnzimmer des Hauses auf die Knie und hielt seinen Verstand mit eisernem Griff.

Noel runzelte besorgt die Stirn. Enyas Verhalten lag so weit von ihrem normalen Wesen entfernt, dass er sich sorgte, wie sie sich fühlen würde, wenn das alles vorbei war. Es war nicht Mitleid mit Clovius, die ihn dazu trieb, Enya zur Seite zu ziehen. „Schalt mal zwei Gänge zurück, Schwesterchen. Er sagt dir auch ohne Folter, wo Cato ist."

Sie nickte geschlagen und erlaubte Clovius, sich zu erheben. „Also, wo ist mein Mann, Titus Valerius Cato?"

Ohne die mentale Schraubzwinge trat Clovius ängstlich von einem Bein auf das andere. „Er ist nicht mehr hier", stammelte er.

„Aber er war hier?", fragte Noel.

Der ungepflegte Mann nickte.

„Das dauert so zu lange", sagte Enya und schob Noel zur Seite. Sie griff nach den Erinnerungen des Mannes und fand die Bilder, wie Clovius Cato zusammenschlagen ließ.

„Wann war das?", fauchte sie mit glühendblauen Augen.

„Gestern Abend", röchelte Clovius. Noel stand nah genug bei dem Gutsverwalter, um seine Gedanken ebenfalls zu sehen. Die Lebenserwartung des Mannes war soeben erheblich gesunken.

„Wo ist er jetzt?", fragte Enya. Sie konnte in Clovius Gedanken sehen, wie man Cato über den Hof in einen Stall schleifte. Sie rannte los.

In einer Box fand sie zwei zerschnittene Seile, von Cato keine Spur. Noel folgte Enya, Clovius brachte er gleich mit. Greta stand noch immer auf dem Hof, sie hielt die Pferde fest, schließlich brauchten sie die Biester, um zu Lilian zu kommen.

Sobald Clovius in Enyas Blickfeld trat, fiel er schon wieder auf die Knie. Enyas gute Vorsätze, sich nicht wie eine Furie zu benehmen, waren dahin. Erneut tauchte sie in die Gedanken des bebenden Mannes ein. Sie beobachtete, wie Clovius am Morgen einen Sklaven zu sich gerufen hatte.

„Tiro, ich habe einen Auftrag für dich", sagte Clovius und steckte sich ein Stück Kuchen in den Mund. Der Sklave schluckte sichtbar. Enya vermutete, dass er Hunger hatte. Seine schäbige Kleidung hing lose an ihm herunter.

„Herr."

„Du hast gesehen, wen uns Salvius gestern geschickt hat?"

„Den Sohn von Lucius Valerius, Herr."

„Ja, welch eine interessante Wendung, nicht wahr? Freut es dich, dass Cato nun ein Sklave ist wie du?"

„Ja, Herr."

Clovius blickte Tiro forschend an, er war nicht sicher, ob er die Aussage des Sklaven glaubte. „Ich denke, es gibt da ein paar Gemeinsamkeiten zwischen euch. Es ist mir früher nicht aufgefallen, aber als Cato gestern blutend vor mir auf den Knien lag, musste ich an dich denken. Es gibt da eine gewisse Ähnlichkeit. Kannst du mir das erklären?"

„Lucius hat bei meiner Mutter gelegen, Herr."

„Das habe ich mir schon gedacht. Es war sicher nicht angenehm, zu sehen, wie Cato alles hatte und du nichts. Wie Cato unterrichtet und auf eine große Zukunft vorbereitet wurde, Lucius Aufmerksamkeit bekam, Freunde hatte, während du Böden gewischt und Ställe gesäubert hast. Ihn hat er zu seinem Erben gemacht, dich hat er verkauft wie ein Stück Vieh."

Tiro biss die Zähne so fest zusammen, dass man es an den Wangen sah.

Clovius nickte zufrieden. „Ich habe eine gute Nachricht für dich. Heute wendet sich das Schicksal. Heute darfst du Cato geben, was er verdient, weil er all das bekommen hat, was dir zustand." Clovius zog das lange Messer aus dem Braten, dem er sich eben hatte widmen wollen. Er wischte es an einem Tuch ab und prüfte die Schärfe, dann reichte er es Tiro. „Er ist im Stall. Du darfst dich mit ihm vergnügen, wie es dir gefällt. Meine einzige Bedingung dabei ist, dass er heute Nachmittag nicht mehr atmet. Und Tiro, gehorche, du weißt, was dir andernfalls blüht."

Tiro nickte und verließ den Raum. Clovius lehnte sich zufrieden zurück. Das hier war eine sehr befriedigende Rache. Persönlich Gewalt anzuwenden, widerstrebte ihm. Er mochte kein Blut auf der Haut oder der Kleidung. Die Drecksarbeit überließ er lieber seinen Sklaven und er hatte keinen Zweifel, dass Tiro die Zeit mit Cato zu seiner Zufriedenheit nutzen würde.

Enya zitterte, bekam keine Luft mehr.

Noel zog sie an sich, bevor sie zu Boden ging. „Clovius hat nicht gesehen, dass Tiro Cato umgebracht hat. Es gibt Hoffnung."

Sie nickte benommen. „Wo ist Tiro?", fragte Enya mit brüchiger Stimme.

Clovius zeigte auf eine weitere hölzerne Hütte.

Als sie die Tür öffneten, sahen sie, dass es sich um ein Sklavenquartier handelte. Die Wände waren löchrig, es war erbärmlich kalt. Die Menschen darin waren schmutzig, trugen verschlissene Kleidung, die viel zu dünn für die Jahreszeit war. Die meisten waren abgemagert und rückten ängstlich zusammen, als sie Clovius sahen.

„Habt keine Angst, wir suchen Tiro", sagte Noel. Enya war nicht mehr in der Lage, zu sprechen.

Eine Frau wies auf die schiefe Tür eines abgeteilten Bereiches.

Noel öffnete die Tür einen Spalt. Er keuchte, schloss die Tür wieder und wollte Enya hinaus zerren, aber sie riss sich los und stürmte in den Raum.

Der Boden war mit blutbesudeltem Stroh bedeck, in dem ein Gegenstand halb versteckt lag. Mit zitternden Händen zog sie ihn heraus. Es war das Messer, das Clovius Tiro gegeben hatte. Dann wurde es dunkel um sie.

*

Enya blinzelte in das helle Sonnenlicht. Die Gnade des Vergessens währte nur eine Sekunde, dann kam der Schmerz des Verlustes mit brachialer Gewalt zurück. Cato war fort. Versklavt, gequält und ermordet von seinem eigenen Bruder und das alles war ihre Schuld. Hätte sie nicht darauf beharrt, die Kinder zu unterrichten, hätte sie nicht mit ihm gestritten, wäre sie nicht mit Titus zu Noel geflohen, wäre all das niemals passiert. Cato, ihr Cato, wäre noch immer in ihrem Haus, das ein so warmes, sicheres Zuhause für ihre Familie gewesen war. Oh Gott, die Kinder, dachte sie. Wie sollte sie ihnen erklären, dass ihr Vater nicht mehr da war? Cato war ihnen ein so guter Vater gewesen. Die Kinder hingen an ihm, besonders die Mädchen.

„Hey, du bist wach." Noel setzte sich auf die Bettkante und strich über ihren Arm.

Sie sah in an und konnte sie die Tränen nicht zurückhalten. Sie fühlte sich, als würde sie fallen, haltlos versank sie in dem Schmerz, der sie gnadenlos nach unten zog.

Noel hielt sie fest, ließ sie weinen, aber sie schien ihn gar nicht wahrzunehmen.

Greta stand im Türrahmen und sah besorgt auf die Geschwister. Sie hätte ihnen gern geholfen, wusste aber nicht, was sie tun sollte. Als Noel Enya gestern Nacht aus diesem schmutzigen Holzverschlag trug, befürchtete sie zuerst, man hätte sie angegriffen. Erst nachdem Noel Enya in dieses Bett legte, hatte er ihr erklärt, was passiert war. Noel hatte die ganze Nacht bei Enya gesessen. Nur einmal hatte er sie gebeten, auf Enya aufzupassen, und war für eine halbe Stunde verschwunden.

*

Greta hatte ihre Armbanduhr abgelegt, als sie die römische Kleidung angezogen hatte, aber sie war sicher, sie beobachtete die

Geschwister schon beinah eine Stunde. Enya hielt sich noch immer an Noel fest, aber ihre Tränen waren versiegt.

„Ich möchte aufstehen." Enyas Stimme klang rau.

Noel half ihr auf und sah sie einfach nur an, wartete, was sie tun wollte.

Sie wischte sich das Gesicht mit dem Ärmel ab und richtete sich gerade auf. „Wo ist Tiro? Wir müssen Catos Leiche finden. Ich will ihn mit nach Hause nehmen, damit wir ihn begraben können, wie es ihm zusteht."

„Komm." Noel legte den Arm um sie und führte sie aus dem Raum. „Clovius habe ich in den Sklavenquartieren fesseln lassen, du kannst entscheiden, was mit ihm passiert. Ich habe die anderen Gutsbewohner beauftragt, Tiro zu suchen. Außerdem habe ich dem Küchenpersonal gesagt, sie sollen für die Sklaven kochen. Die sehen alle aus, als würden sie bald verhungern", berichtete Noel auf dem Weg ins Erdgeschoss.

Greta folgte den beiden. Was Noel alles organisiert hatte, war ihr völlig entgangen. Ein schlechtes Gewissen regte sich in ihr, weil sie ihm nicht geholfen hatte.

„Das ist gut, danke", antwortete Enya.

Sie betraten das Zimmer, in dem sie Clovius gestern angetroffen hatten. Zwei männliche Sklaven standen neben einem Stuhl, auf dem ein dritter Mann saß. Tiro. Er schaute nicht auf, als Enya, Noel und Greta den Raum betraten. Enya versteifte sich, als sie ihn sah. Zitternd atmete sie ein und aus.

„Lass mich seine Gedanken untersuchen", sagte Noel. Er wollte Enya ersparen, den Mord an Cato durch die Augen seines Mörders zu sehen, aber Enya ließ sich nicht aufhalten.

„Wo ist er?", hauchte sie, durchwühlte Tiros Gedanken jedoch nicht, wie Noel erleichtert wahrnahm.

Tiro schwieg.

Greta sah, wie der Mann zitterte. Er hatte Angst und das aus gutem Grund, wenn sie an Enyas furchterregenden Auftritt vom gestrigen Abend dachte. „Lasst mich mit ihm sprechen", sagte sie. Noel und Enya sahen nicht aus, als ob sie weitere Horrornachrichten vertrugen.

„Vielleicht keine schlechte Idee. Du kannst die Bilder nicht sehen", sagte Noel und drückte Enya in einen Sessel.

Greta stellte einen Stuhl gegenüber von Tiro auf und setzte sich. In ihrem Beruf als Rettungssanitäterin hatte sie häufig mit Personen zu tun, die unter Schock standen und genauso wirkte der Mann vor ihr auf sie. Die Erfahrung zeigte, man kam in einer solchen Situation mit Ruhe und Geduld am schnellsten ans Ziel. „Mein Name ist Greta. Wie ist dein Name?"

Er antwortete nicht.

Noel machte Anstalten, aufzustehen, aber Greta bedeutete ihm, noch etwas Geduld zu haben.

„Clovius hat uns gesagt, dass er dir den Befehl gegeben hat, Cato umzubringen. Wo hast du Cato hingebracht?", fragte sie.

Zögernd blickte der Mann auf. „Bitte, sagt es nicht Clovius, Herrin. Ich habe wirklich versucht, ihm die Kehle durchzuschneiden, aber dann konnte ich es nicht. Bitte, er wird mir... bitte, das überlebe ich nicht."

„Wir haben das Blut gesehen und das Messer gefunden", erklärte Greta.

„Hat Clovius das gesehen? Hat er es geglaubt?" Hoffnung glomm in den Augen des Mannes auf.

Nun war Enya nicht mehr zu bremsen. Tiros Worte bedeuteten einen kleinen Funken Hoffnung und jede Hoffnung erschien ihr besser als diese abgrundtiefe Verzweiflung. Aber sie scheute noch immer, in die Gedanken des Mannes einzutauchen. „Clovius erfährt nicht, was du uns sagst. Wir werden dir helfen, dich hier rausholen, aber du musst uns jetzt sagen, was du mit Cato gemacht hast."

Tiro schüttelte den Kopf, seine Angst vor Clovius war zu groß.

„Holt Clovius her", sagte sie zu den beiden Männern, die Tiro bewachten.

„Nein!", keuchte Tiro.

Minuten später schleppten die Sklaven Clovius herein und ließen ihn auf den Boden fallen. Er war noch immer an Händen und Füßen gefesselt. Ängstlich schaute er zu Enya auf, die wie eine Rachegöttin über ihm stand.

„Du wirst mir ohne Zögern die absolute Wahrheit auf meine Fragen sagen. Womit hast du Tiro gedroht, damit er Cato umbringt?", fuhr sie Clovius an.

„Ich sagte, ich schneide ihm seine Eier ab, die braucht er zum Arbeiten nicht."

„War das eine leere Drohung oder hast du sowas schon getan?"

„Ungehorsame Sklaven gehorchen nach der Behandlung besser. Ich habe schon einige Male den Befehl dazu gegeben."

„War Tiro bei einer solchen Folter anwesend?"

„Er hat einmal den Sklaven festgehalten, ja."

Das Blau in Enyas Augen wurde von Sekunde zu Sekunde leuchtender. Noel wusste, sie kochte vor Wut, aber er würde sie diesmal nicht aufhalten. Das Schwein hatte absolut alles verdient, was Enya mit ihm tun würde. Er erwartete, dass Clovius nun seine letzten Atemzüge tat.

Ein Sklave reichte Enya ein Messer und sie schnitt die Fesseln des Gutsverwalters durch. Verängstigt lag er vor ihr, konnte sich nicht rühren, weil Enya ihn mental festhielt. Dann legte sie ihre Hände an seine Wangen. „Du hast den Schmerz gesehen, den du diesen Menschen hast zufügen lassen?", fragte sie.

Clovius nickte.

„Steh auf!"

Nur mit Mühe schaffte es der Gutsverwalter auf die Beine.

Enya trat nah an ihn heran. „Du wirst nie wieder jemandem Leid zufügen. Ab heute wirst du dein Leben dafür einsetzen, alles was du den Menschen hier angetan hast, wiedergutzumachen. Streck deine Hand aus!"

Clovius gehorchte und Enya legte das Messer hinein. Ihre Stimme war vollkommen beherrscht, als sie weitersprach. „Geh in den Wald, nimm das Messer und tu das, was du Tiro hättest antun lassen, bei dir selbst."

Clovius schluckte sichtbar, dann wandte er sich um und ging hinaus.

„Sie lässt ihn einfach gehen?", fragte Greta irritiert von dieser Szene.

„Clovius kann sich Enyas Befehl nicht entziehen. Falls er das überlebt, wird er seine Familienplanung wohl begraben müssen", antwortete Noel. Er wollte Enya in den Arm nehmen, aber sie entwand sich ihm. Sie musste jetzt endlich Gewissheit haben.

„Tiro, glaubst du mir, wenn ich dir sage, dass dir von Clovius jetzt keine Gefahr mehr droht?", fragte sie.

Der Sklave nickte, geschockt über das eben gesehene. Die Seherin mit den magischen Augen machte ihm Todesangst.

„Wo ist Cato? Keine Ausflüchte mehr!"

KAPITEL 14

Am Tag zuvor

Tiro sah sich noch einmal um, prüfte, ob Cato ihm wirklich folgte, dann zeigte er auf den Wald. „Die meisten sitzen gerade in der Küche beim Essen, sie haben mich geschickt, dich zu holen. Jetzt ist die beste Gelegenheit, um abzuhauen."

„Danke", sagte Cato.

Ungesehen erreichten sie die Bäume.

„Komm, wir müssen uns beeilen!", drängte Tiro.

Cato hatte Mühe, ihm durch das Gestrüpp zu folgen, noch immer schmerzte jede Bewegung und seine Muskeln brannten. Früher hätte er länger durchgehalten.

Zehn Minuten später stießen sie auf einen schmalen Pfad. Cato hörte Pferde und zog Tiro zurück in den Wald.

„Das gehört zu meinem Fluchtplan, sie helfen uns", sagte Tiro, aber Cato zögerte.

„Vertraust du mir nicht, weil ich nur dein Bastardbruder bin?", fragte Tiro, lief auf den Weg und winkte den Reitern zu. Cato folgte ihm zögernd. Es waren die Germanen mit den beiden Sklaven.

Je näher die Reiter kamen, umso unbehaglicher wurde es Cato. „Das halte ich für keine gute Idee. Lass uns abhauen", zischte er seinem Bruder zu.

„Nein, das sind Freunde."

„Das sind keine Freunde, komm!" Cato wandte sich um und wollte Tiro mitziehen, aber der weigerte sich standhaft. Schließlich ließ Cato ihn los und rannte allein in den Wald. Er hörte, wie die Reiter ihre

Tiere beschleunigten, dann schrie Tiro Catos Namen. Cato sah sich um, die Germanen hatten Tiro inzwischen hinter sich gelassen und waren nur noch wenige Meter hinter ihm. Hätte er nicht gezögert, hätte er das dichte Unterholz vielleicht noch erreicht, aber da traf ihn der Stiefel des ersten Reiters bereits im Rücken und er ging zu Boden. Benommen versuchte er, auf die Beine zu kommen, aber der Germane sprang vom Pferd und drückte ihn in den Schlamm. Grob zog er Catos Arme auf den Rücken und fesselte ihn. Dann legte er ihm eine Schlinge um den Hals, deren anderes Ende er an einer Öse am Sattel seines Pferds befestigte, die wahrscheinlich genau für diesen Zweck gedacht war.

Cato sah sich nach Tiro um, erwartete, dass es ihm genauso erginge, aber Tiro stand frei neben den Reitern.

„Was soll das? Warum tust du das?", fuhr Cato Tiro an.

„Du machst deinem Namen heute aber keine Ehre, Cato, der Schlaue. Jetzt liegst du im gleichen Dreck, in den deine Familie mich getreten hat."

„Aus Liebe zu Arsinoe werde ich dich nicht umbringen, aber komm mir nie wieder unter die Augen", knurrte Cato.

Mit unbewegter Miene starrte Tiro Cato nach, der hinter dem Pferd herlaufen musste, um nicht stranguliert zu werden.

*

Cato war verschwitzt und keuchte, als die Reiter endlich anhielten. Erschöpft fiel er ins Gras, obwohl es nass und schlammig war. Den anderen beiden Sklaven ging es nicht viel besser. Die Germanen hatten vermutlich versucht, schnell Abstand zwischen das Gut und ihren gestohlenen Sklaven zu bringen.

An ihrem Dialekt erkannte Cato, dass seine Entführer Chatten waren. Gerade den Chatten musste er in die Hände fallen. Der Saturninusaufstand, in dem die Chatten den Usurpator unterstützt hatten, lag zwar schon viele Jahre zurück, aber es hatte einige Strafexpeditionen der Legion in das Chattengebiet gegeben, von denen besonders eine völlig aus dem Ruder gelaufen war. Der Auftrag der Truppen war damals, Vieh und andere Wertgegenstände in den

Dörfern zu beschlagnahmen. Wenn sie auf Widerstand trafen, sollte dieser natürlich mit allen Mitteln niedergeschlagen werden, der Auftrag lautete aber nicht, ganze Dörfer auszurotten. Dennoch hatte die letzte Strafexpedition genau das getan. Für die Chatten war der Name Lucius Valerius direkt mit diesem Massenmord verbunden.

Lucius war die treibende Kraft bei der Gewinnung von Unterstützern für Saturninus gewesen und er war neben den Usipiern der Einzige, der ohne Schaden aus dem ganzen Fiasko hervorgegangen war. Jeder würde in dieser Situation glauben, dass Lucius seine Verbündeten verraten hatte, um den eigenen Kopf zu retten. Und das Cato an Maximus Seite gegen Saturninus gekämpft hatte, machte das Ganze in den Augen der Chatten wahrscheinlich noch schlimmer.

Niemals hätte Cato gedacht, dass ihn das Erbe seines verfluchten Vaters nochmal so bitter einholen würde. Erst durch Tiro und, wenn die Chatten erfuhren, wer er war, auch noch durch sie. Er musste seine Identität unbedingt verbergen. Dummerweise hatte Tiro den Namen Cato bereits laut herausgeschrien, den konnte er nicht mehr verstecken, aber wer würde bei einen Sklaven schon vermuten, dass er der Sohn von Lucius Valerius Germanicus war.

Einer der Chatten reichte einen Wasserbeutel an die beiden Sklaven, die selbstständig trinken konnten, da man ihre Hände vorn gefesselt hatte. Erst als die Person zu ihm kam, sah Cato, dass es sich nicht um einen Mann, sondern um eine junge Frau handelte. Ihre langen roten Haare hatte sie zu einem dicken Zopf geflochten, der hinten in ihrem Umhang verschwand. Als sie Cato den Beutel reichen wollte, sah sie das Problem.

„Leif, fessle seine Hände vorn", rief sie.

Ein Mann, höchstens zwanzig, kam zu ihnen und sah abfällig zu Cato hinunter. „Vergiss es, er hat kein Wasser verdient." Er trat nach Cato, der ungeschickt auswich.

Die Frau, die dem jungen Mann ähnlichsah, schubste Leif zur Seite, kniete sich neben Cato und hielt ihm den Beutel an die Lippen.

„Danke", sagte Cato. Er sah zu Leif, der die Pferde zum Bach brachte. „Dein Bruder?"

„Ja. Du darfst mich Elfeda nennen, auf Förmlichkeiten legen wir keinen Wert. Dein Name ist Cato?"

Er nickte. „Was habt ihr mit uns vor?"

Elfeda sah ihn belustigt an. „Was für eine seltendämliche Frage für jemanden mit deinem Namen."

„Ja, wahrscheinlich. Also nehmt ihr uns mit auf Chattengebiet?"

„So sieht es aus. Für die Zwei werden wir bestimmt einen guten Preis bekommen, sie sehen jung und kräftig aus. Gut für die Feldarbeit. Aber du? Mal sehen, ob wir dich überhaupt noch verkaufen können, alter Mann." Sie grinste und hielt ihm den Wasserbeutel nochmal an die Lippen.

Er trank erneut. „Dann danke ich dir, dass du dein Wasser dennoch an einen Greis wie mich verschwendest."

Sie richtete sich wieder auf. „Die Götter werden mich reich für meine Großherzigkeit belohnen, da bin ich sicher." Sie schlenderte zurück zu den anderen vier Chatten und sprach mit dem ältesten der Gruppe, der ihr kaum bis zur Schulter reichte. Der Mann war wirklich sehr klein, aber Elfeda war auch eine große Frau, nicht verwunderlich, dass er sie zuerst für einen Mann gehalten hatte.

Als die Pferde getrunken hatten, kam der kleine dunkelhaarige Mann mit dichtem Bart zu Cato und half ihm auf die Beine. Er nahm ihm den Strick vom Hals und band ihm das Seil um die Taille. „Besser?", fragte er.

„Ja, noch besser wäre es, wenn ihr mir die Hände nicht auf den Rücken binden würdet", versuchte Cato, seine Lage zu verbessern.

„Hm, das lassen wir lieber", meinte der Chatte.

Elfeda führte ihr Pferd heran. „Jetzt tu ihm schon den Gefallen, Norwin. Du wirst doch wohl keine Angst vor einem alten Mann haben."

Norwin sah Cato abschätzend an, dann schüttelte er verneinend den Kopf. „Nur ein Dummkopf fürchtet sich nicht vor einem alten Wolf."

Elfeda zuckte mit den Schultern, griff nach dem Seil um Catos Taille und stieg auf ihr Pferd. Sie schnalzte mit der Zunge, als würde sie ihr

Pferd antreiben, sah dabei aber Cato an, der nun ihrem Pferd hinterherlaufen musste.

Die Chatten nahmen wenig Rücksicht auf ihre Gefangenen. Schon nach kurzer Zeit keuchte Cato schon wieder und den anderen Sklaven ging es nicht besser. Obwohl er nichts weniger wollte, als auf die andere Rheinseite überzusetzen, war er dennoch erleichtert, als endlich der Fluss und eine Fähre in Sicht kamen. Er war am Ende seiner Kräfte, hatte viel zu wenig getrunken und seit Tagen nur das Stück Brot gegessen, das ihm Tiro am Morgen gegeben hatte. Er stolperte über eine Wurzel und ging zu Boden.

Elfeda zog an den Zügelnd des Pferdes, doch Cato wurde dennoch einige Meter mitgeschleift. Er war froh, dass das Seil nicht länger um seinen Hals lag.

„Steh auf", schnauzte Leif Cato an, der es nicht schaffte, allein auf die Beine zu kommen.

Norwin sprang vom Pferd und half Cato auf, dann ritten sie weiter. Zu den Prellungen, die er Clovius zu verdanken hatte, war nun auch noch ein verstauchter Knöchel gekommen, der bei jedem Schritt Messerstiche durch sein Bein jagte. Er biss die Zähne zusammen und versuchte, nicht nochmal zu stürzen.

Elfeda sah sich nach Cato um und ließ das Pferd etwas langsamer gehen. Das Laufen tat noch immer weh, aber so hatte er zumindest die Chance, es bis zum Boot zu schaffen. Er konnte nur hoffen, dass es nach dem Übersetzen nicht genauso weiterging.

Die Fährleute führten die Pferde auf das Boot, denen das ganz und gar nicht gefiel. Cato konnte das gut nachvollziehen. Wenn er erst einmal im Chattengebiet verschwunden war, konnte er nicht mehr auf Salvius Einsicht hoffen. Er war auf sich selbst angewiesen, eine Flucht war der einzige Ausweg.

Elfeda zeigte zum Bug des Schiffes und Cato ließ sich erleichtert auf die Planken fallen.

„Vergiss das gleich wieder", sagte sie und setzte sich neben ihn.

Cato sah sie fragend an.

„Du überlegst, wie du fliehen kannst. Das tut ihr am Anfang alle."

„Ich fliehe nicht, ich bin schon immer ein Sklave, ob bei den Chatten oder den Römern, was macht das für einen Unterschied", sagte Cato.

Elfeda drückte Catos Oberkörper nach vorn und sah sich seine Hände an, die noch immer auf seinem Rücken gefesselt waren. Sie lachte. „Du warst kein Sklave. Du bist einer von denen, die Salvius diskret verschwindenlassen muss."

„Ihr macht wohl häufiger Geschäfte mit Salvius."

Sie brummte etwas, das nach Zustimmung klang. „Was macht dein Knöchel", fragte sie.

„Es geht schon."

„Spiel nicht den Helden! Du bist ein Mann, ihr seid alle weinerliche Memmen. Sieh dir nur meinen Bruder an."

„Noch eine solche Bemerkung und du schwimmst", knurrte Leif und ging ans Heck.

Jetzt hörte ihnen niemand mehr zu und Cato vermutete, dass Elfeda genau das mit der Beleidigung ihres Bruders bezweckt hatte. Sie knotete das Ende des Seils, das um Catos Mitte lag, an einem Schiffsbalken fest, dann löste sie die Handfesseln.

Cato überlegte kurz, ob er über Bord springen sollte, aber er konnte niemals schnell genug das Seil lösen und es ins Wasser schaffen. Außerdem würde er es in seinem augenblicklichen Zustand und bei der Wassertemperatur nicht bis zum Ufer schaffen.

Elfeda lächelte wissend. „Los, zeig mal den Knöchel."

Cato zog den Stiefel aus und betastete vorsichtig das geschwollene Gelenk. Elfeda schnaubte missmutig, schob seine Hände zur Seite und untersuchte den Knöchel selbst. Sie ging nicht zimperlich mit Cato um und er sog geräuschvoll die Luft ein, als sie den Fuß probeweise in alle Richtungen bog. „Gebrochen ist nichts, aber damit kannst du in den nächsten Tagen trotzdem nicht laufen. Sag mir einen Grund, warum wir nutzlose Ware wie dich nicht gleich über Bord werfen sollten."

„Es gibt keinen", antwortete er.

Sie griff an Catos Kinn und drehte sein Gesicht hin und her. „Du warst mal ein hübscher Junge, als du jung warst, was?"

Er entwand sich ihrem Griff und zog den Stiefel wieder an. „Suchst du jemanden, der dir das Bett wärmt?"

Elfeda lachte. „Immer, aber bestimmt keinen alten Sklaven wie dich. Wie alt bist du?"

„Achtundvierzig."

Sie schnalzte missbilligend mit der Zunge. „Wenn du mir versprichst, alter Mann, keinen Ärger zu machen, bis dein Knöchel verheilt ist, lasse ich dich mit mir reiten."

Das war ein Versprechen, das er leicht halten konnte. Mit dem verletzten Fuß hatte er nicht den Hauch einer Chance auf eine Flucht.

„Ich verspreche es."

„Schwör es, beim Leben deiner Kinder."

Er zögerte kurz, dann nickte er. „Ich schwöre beim Leben meiner Kinder, dass ich keinen Fluchtversuch unternehmen werde, bis ich dazu wieder in der Lage bin."

Elfeda grinste. „Ich mag deine Ehrlichkeit, ich denke, wir werden gut miteinander auskommen."

Am anderen Flussufer angekommen, bestiegen die Chatten wieder ihre Pferde. Norwin sah unzufrieden auf Catos nicht mehr gefesselte Hände, aber sein starkes Humpeln hielt ihn davon ab, gegen Elfedas eigenmächtiges Handeln zu protestieren. Der Sklave schien ihm schlau genug, um zu wissen, dass ein Fluchtversuch momentan aussichtslos war und er würde Elfeda auch nicht verletzen, weil ihm klar sein musste, dass er das mit seinem Leben bezahlen musste.

Die junge Frau reichte Cato die Hand und zog ihn hinter sich auf das Pferd.

„Was soll das?", schnauzte Leif seine Schwester an.

„Halt die Klappe. Er ist mein neues Haustier." Sie trieb das Pferd an und setzte sich an die Spitze ihres kurzen Zuges. Damit nahm sie Cato auch die letzte Chance, einen Fluchtversuch zu starten, da die Chatten ihn immer im Blick hatten.

„Dann erzähl mal, was hast du getan, dass dich Salvius unbedingt loswerden will?", fragte Elfeda.

„Ich habe ihm Geld geliehen." Es machte keinen Sinn, weiterhin zu behaupten, er wäre schon vorher ein Sklave gewesen, seine Hände sahen wirklich nicht nach harter Arbeit aus.

„Dumm von dir."

„Ja, scheint so. Aber was ist mit dir? Was macht eine Frau bei einer Räuberbande wie dieser?"

„Hey, wir sind ehrliche Händler. Wir haben Clovius einen guten Preis für euch bezahlt."

„Für mich wohl eher nicht."

Sie wandte sich halb zu ihm um und grinste. „Du warst ein Geschenk der Götter."

„Habt ihr Tiro dafür bezahlt, dass er mich zu euch lockt?"

„Wen?"

„Den Sklaven, der mich zu euch gebracht hat."

„Ah, nein. Das schien mir eher eine persönliche Sache zu sein. Hast du ihn geärgert?"

„So ungefähr."

„Hat er dir mal gehört?"

„Tiro wurde als Sklave meiner Familie geboren."

„Dann hast du ihn wohl einmal zu oft die Peitsche schmecken lassen."

„Ich schlage keine Sklaven", erklärte Cato.

„Ich schon", sie grinste ihn an. „Woran liegt es dann, dass Tiro so böse auf dich ist, dass wir ihm schwören mussten, du tauchst nie wieder auf der römischen Seite des Rheins auf?"

„Er ist mein Halbbruder."

Sie lachte erneut. „Oh, das kann ich verstehen. Ich würde auch viel dafür geben, wenn diese lästige kleine Kröte Leif nicht mehr versuchen würde, mich herumzukommandieren. Brüder sind eine Plage."

„Das habe ich heute auch gelernt", antwortete Cato dunkel.

KAPITEL 15

„Ist es das?" Lilian sah sich mit bangem Blick in dem kleinen Dorf um, das aus niedrigen Häusern bestand, die um einen Dorfplatz gruppiert waren. Die Wände der Häuser waren, soweit sie das beurteilen konnte, aus Holz und Lehm, die Dächer waren mit Schilf gedeckt. Aus den offenen Stellen in den Dächern qualmte es. Gemauerte Kamine waren hier wohl noch nicht üblich. Überhaupt sah das Dorf viel primitiver aus als römische Städte und erst jetzt wurde ihr bewusst, wie fortschrittlich die römische Technik für diese Zeit tatsächlich war. Rom war wohl sowas wie das Silicon Valley der Antike.

„Ja, in dem großen Haus wohnt meine Familie", erklärte Titus. Er stieg vom Pferd und half dann Lilian herunter.

„Titus!" Eine Frau mit langen blonden Haaren kam auf sie zu gerannt. Titus ging ihr lächelnd entgegen und umarmte die hübsche Frau überschwänglich. Ein kleiner Funke Eifersucht regte sich in Lilian. Die Frau legte ihre Hände an Titus Wangen und strahlte ihn glücklich an. Sie musste dafür nach oben blicken, Titus war mehr als einen Kopf größer als sie.

„Darf ich dir meine Gemahlin vorstellen? Das ist Lilian", sagte Titus.

Lilian trat unbehaglich von einem Fuß auf den anderen. Als Titus Gemahlin bezeichnet zu werden, störte sie, andererseits war sie froh, dass er kein Problem damit hatte, der Germanen-Tussi zu sagen, er war nicht zu haben.

„Lilian, das ist meine leibliche Mutter, Alsuna", stellte Titus ihr die Frau vor.

„Oh, wann haben sie Titus denn bekommen, mit zwölf?", rutschte Lilian heraus.

Alsunas Lippen wurden schmal. „Ich war bereits zwanzig. Nicht jedem ist das Mutterglück in frühen Jahren vergönnt."

„Entschuldigung, ich meinte nur, Sie sehen ziemlich jung aus, für einen siebzehnjährigen Sohn."

„Und dennoch ist er mein Sohn und ich würde dir raten, solche Bemerkungen für dich zu behalten", fuhr Alsuna sie an.

Lilian wich unwillkürlich einen Schritt zurück. Wenn sie gekonnt hätte, wäre sie jetzt sofort nach Hause gelaufen.

„Lilian kommt von dort, wo auch Enya und Noel herkommen. Sie hat es nicht böse gemeint", erklärte Titus.

Sofort wurde Alsunas Blick freundlicher. „Ist Noel auch hier?"

„Nein, aber ich habe Lilian kennengelernt, als ich Papa besuchte und habe sie versehentlich mit hergebracht."

Für einen Wimpernschlag sah man Enttäuschung in Alsunas Augen. „Kommt erst mal herein und wärmt euch am Feuer auf."

Ein Drittel des langen Gebäudes nahm ein einziger Raum ein. Unter der Dachöffnung brannte ein Feuer, darüber hing ein Kessel, aus dem der Duft einer kräftigen Suppe strömte. Lilians Magen knurrte peinlich laut; sie hätte doch frühstücken sollen.

Alsuna schob sie an den langen Tisch und bedeutete auch ihren Begleitern, sich zu setzen. Drei Mädchen brachten Brot, Schalen mit heißer Suppe, Wasser und ein Gebräu, dass wohl sowas wie Bier sein sollte. Lilian zog das Wasser vor, aber Titus schien sich über das Bier zu freuen, genau wie die Soldaten.

„Wie geht es Großvater?", fragte Titus.

Alsunas Freude über das Wiedersehen mit ihrem Sohn war mit einem Mal wie weggeblasen. „Der Heiler sagt, es wird nicht mehr lange dauern. Wenn ihr gegessen habt, solltet ihr zu ihm gehen. Ich bin froh, dass du noch rechtzeitig gekommen bist, das wird ihn sehr freuen."

Im Gegensatz zu den anderen Häusern des Dorfes, lebten im Haus von Titus Großvater nur Menschen. Alle anderen Familien teilten ihr

Heim mit ihrem Vieh. Im Anschluss an den großen Koch- und Wohnraum gab es eine Folge von Kammern, die sich an einem schmalen Flur aneinanderreihten. Alsuna klopfte leise an eine Kammertür und eine ältere Frau öffnete. Ihre Augen sahen aus, als habe sie seit Tagen nicht geschlafen. Als sie Titus erkannte, kam jedoch etwas Leben zurück.

„Den Göttern sei Dank, du bist gekommen!"

„Ja, ich bin auch froh, hier zu sein." Titus umarmte die kleine Frau, drückte sie fest an sich, dann trat er an das Bett und setzte sich auf den danebenstehenden Hocker. „Großvater?"

Das Gesicht des Mannes in dem Bett war blass, die Wangen eingefallen. Als er die Augen öffnete sah Lilian, dass das Weiß in ihnen gelb gefärbt war.

„Titus." Seine Stimme war sehr dünn, kaum zu verstehen. Er versuchte, die Hand zu heben, aber sie fiel kraftlos auf die Decke.

Titus hob die Hand seines Großvaters an seine Wange. Halvor lächelte, dann fielen seine Augen wieder zu. Titus blieb schweigend neben ihm sitzen.

„Und wer bist du?", fragte Dankrun mit einem von Trauer getrübten Lächeln, hinter dem Lilian dennoch die Herzlichkeit der Frau erkannte.

„Lilian. Ich bin…, äh, ich…"

„Sie ist meine Frau. Wir haben geheiratet, bevor wir zu euch aufgebrochen sind", sagte Titus, ohne sich umzuwenden.

„Wie wunderbar, ich freue mich, dich kennenzulernen, Lilian." Jetzt war Dankruns Lächeln für einen Moment tatsächlich echt.

„Danke, ich finde es auch schön, Titus Familie kennenzulernen."

„Lassen wir Titus und Halvor einen Moment allein, dann können wir uns ein wenig kennenlernen." Dankrun schob Lilian zurück in den großen Raum. Alsuna folgte ihnen.

„Es wundert mich, dass Cato so schnell eine Ehe für Titus arrangiert hat. Als Legionär durfte er doch gar nicht heiraten", sagte Dankrun und setzte sich schwerfällig an den Tisch.

„Das wurde nicht arrangiert und der Statthalter hat es erlaubt", erklärte Lilian.

Die ältere Frau sah sie erstaunt an. „Woher kennst du Titus dann?"

„Meine Mutter und ich sind Nachbarn von Titus Vater."

„Dann bist du Römerin?"

„Nein, wir wohnen neben seinem anderen Vater."

Dankrun runzelte die Stirn. Alsuna warf Lilian einen warnenden Blick zu, der noch bedrohlicher auf Lilian wirkte, als der, nach der Bemerkung über Alsunas Alter.

„Sie meint, sie kommt aus Vetera, wo Cato früher gewohnt hat", half Alsuna Lilian aus der Klemme.

„Ach so. Wenn es keine arrangierte Hochzeit war, war es eine aus Liebe?" Dankrun lächelte verschmitzt und legte ihre Hand auf Lilians Bauch.

„Oh Gott, nein, ich bin nicht schwanger!"

„Das kann man nie wissen, wenn man verheiratet ist", sagte Dankrun.

„Nein, bin ich wirklich nicht."

Dankrun tätschelte Lilians Hand. „Entschuldigt mich einen Moment." Dann ließ sie Lilian und ihre neue Schwiegermutter allein.

Lilian befürchtete, einen erneuten Rüffel für ihre leichtfertige Äußerung zu kassieren, aber Alsunas Blick war mitfühlend. Sie beugte sich zu ihr, sollte wohl nicht jeder hören, was sie zu sagen hatte. „Warst du einverstanden, meinen Sohn zu heiraten? Du kannst ruhig offen mit mir sprechen."

Lilian überlegte, ob sie das wirklich konnte. Alsuna machte ihr Angst, aber schließlich war sie Titus Mutter. „Ich mag Titus, aber heiraten…"

Alsuna legte ihre Hand auf Lilians. „Die Ehe kann für eine junge Frau beängstigend und unangenehm sein. Ist mein Sohn geduldig mit dir?"

„Ich weiß gerade nicht so genau, wovon Sie reden."

Alsunas Blick wurde noch mitleidiger. „Er hat noch nicht bei dir gelegen?"

Lilians Wangen wechselten zu einem satten Rotton.

„Es sollte nur beim ersten Mal schmerzhaft sein. Titus ist ein ehrenwerter Mann, wenn du ihm sagst, dass du Probleme mit den ehelichen Pflichten hast, wird er rücksichtsvoll sein, da bin ich sicher. Wenn du möchtest, rede ich mit ihm."

„Ich denke nicht, dass das nötig ist", murmelte Lilian.

Bevor das Gespräch noch peinlicher wurde, setzte sich ein blonder, bärtiger Mann neben Alsuna. „Ich habe gehört, Titus ist angekommen", sagte er.

„Rolo, das ist Lilian, Titus Gemahlin", stellte Alsuna sie vor.

Der Mann sah Lilian erstaunt an. „Schon wieder eine Sondergenehmigung für einen Legionär aus der Valerius Familie? Der Kaiser scheint es auf alle Männer der Sippe abgesehen zu haben."

„Rolo!", tadelte Alsuna. „Verzeih meinem Gemahl, ihm fehlt es häufiger an Manieren."

Rolo lachte und legte den Arm um Alsuna. „Nicht böse sein, Lilian. Ich freue mich, dich kennenzulernen, und hoffe, dass Titus und du dieses Haus schnell mit vielen kleinen Schreihälsen füllen werdet. Wo ist er überhaupt?"

„Ich bin hier!" Mit ausgebreiteten Armen kam Titus auf Rolo zu und die beiden Männer umarmten sich herzlich.

„Ist dein Vater auch hier?", fragte Rolo.

„Nein, aber ich muss dir etwas erzählen."

Titus achtete darauf, dass niemand sie belauschte, dann erzählte er Rolo und Alsuna von seinem Besuch bei Noel, ihrer unbeabsichtigten Zeitreise und der Gefangennahme Catos durch Statthalter Salvius. Rolos Miene wurde von Minute zu Minute finsterer.

Titus schien nicht so pessimistisch zu sein. „Sobald Halvor mich als seinen Nachfolger eingesetzt hat, werden die Legionäre, die uns begleitet haben, zurück nach Colonia Agrippinensium reisen und Salvius lässt meinen Vater frei."

Rolo kratzte seinen Bart. „Ich kenne Salvius nicht persönlich, aber was ich von ihm gehört habe, ist nicht besonders vielversprechend. Du sagst, Cato hat ihm Geld geliehen?"

„Ja, aber der Handel mit euch macht nicht nur Cato, sondern auch Salvius reich. Wenn ich die Usipier anführe, kann er sich nicht erlauben, sich mit mir anzulegen. Er muss Vater freilassen."

„Wir werden sehen. Was hat Halvor gesagt?"

„Er wird morgen mit den Sippenführern der umliegenden Dörfer sprechen und verkünden, dass ich ihm als Führer der Usipier nachfolge. Für ein Thing ist seine Zeit nicht mehr ausreichend, meint er."

„Hoffen wir, dass das reicht." Rolo klang besorgt.

„Warum sollte das nicht reichen. Man kennt mich hier, jeder weiß, dass ich Halvors Nachfolger bin."

„Die Zeiten haben sich geändert, seit du zuletzt hier warst. Halvor ist schon seit einiger Zeit nicht mehr der starke Anführer, der er einmal war. Vor allem Wieland hat in der letzten Zeit immer lauter nach einem neuen Anführer geschrien und ich denke, er hat dabei an sich selbst gedacht."

„Wieland ist ein Bauerntölpel. Die Römer ziehen ihn gnadenlos über den Tisch, wenn er die Geschäfte übernehmen würde", winkte Titus ab.

„Du denkst wie ein Römer. Wieland hat nicht die Absicht, länger Geschäfte mit den Römern zu machen. Er will sie von unserem Gebiet vertreiben."

Titus schnaubte. „Das wäre doch totaler Unsinn. Ihr…, wir profitieren doch genauso von dem Handel wie die Römer."

„Es geht nicht immer um Profit, Junge. Viele Usipier stört der wachsende Einfluss Roms. Ihr Geld, ihre Lebensart, ihre Götter."

„Aber die Römer leben doch viel besser als ihr", mischte sich Lilian in das Gespräch.

Rolo sah sie ungehalten an. „Du bist jetzt eine Germanin, eine Usipierin. Solch eine Bemerkung an der falschen Stelle, kann uns alle in Schwierigkeiten bringen." Dann wandte er sich an Titus. „Du solltest ihr befehlen, zu schweigen."

Titus nickte und Lilian schnaubte fassungslos. „Ich lasse mir doch nicht den Mund verbieten!"

„Du darfst reden, wenn es um den Haushalt oder um Kinder geht", erklärte Rolo.

Lilian sah hilfesuchend zu Alsuna, die aber nur schweigend und mit gesenktem Blick neben ihrem Mann saß. „Titus!", forderte sie Unterstützung bei ihm ein.

„Es ist besser so. Wenn du etwas sagen willst, warte, bis wir allein sind."

Sie starrte mit offenem Mund, brauchte einige Sekunden, um das gehörte zu verarbeiten, dann explodierte sie. „Ich bin verdammt nochmal nur hier, weil du mich aus lauter Blödheit hergeschleppt hast! Ich habe diese bescheuerte Farce von einer Hochzeit mitgemacht und bin geblieben, weil du mich darum gebeten hast! Das ist alles allein deine Schuld und jetzt willst du mir den Mund verbieten? Ich bin doch nicht dein Eigentum!"

„Na ja, wenn man es genau betrachtet, doch", sagte Rolo trocken.

„Was?", fauchte Lilian.

Titus legte seine Hand auf ihre, aber sie zog sie weg. „Mit der Heirat bin ich dein Vormund geworden. Ich entscheide für dich", erklärte Titus bemüht ruhig.

„Das war doch gar keine richtige Hochzeit. Wir haben doch nur so getan, als ob wir heiraten!"

„Du hast die offiziellen Papiere vor Zeugen unterzeichnet. Echter kann eine Hochzeit nicht sein."

„Aber wir können nicht verheiratet sein, du hast mich ja noch nicht mal richtig geküsst!" Sie hörte selbst, ihre Stimme klang inzwischen hysterisch.

Rolo schnalzte missbilligend mit der Zunge. „Titus, du solltest schleunigst die Ehe mit deinem Weib vollziehen, sonst könnte man die Gültigkeit tatsächlich in Zweifel ziehen."

Wütend funkelten Lilians Augen. „Nur über meine Leiche. Verdammte hinterwäldlerische, sexistische Proleten!" Sie lief aus dem Haus, hatte das Gefühl, noch nie in ihrem Leben so wütend und so hilflos gewesen zu sein.

Sie hatte den Dorfplatz noch nicht überquert, da fing Titus sie bereits ein. Bevor sie wusste, wie ihr geschah, warf er sie über seine Schulter und trug sie zurück ins Haus. Sie strampelte und kreischte, aber er hielt sie mit eisernem Griff.

„Ich will das Laken sehen", rief ihnen Rolo lachend nach.

Erst in einer Kammer ließ Titus sie wieder herunter. Er schlug die Decke aus Fellen auf dem Bett zurück.

„Wag es nicht, mich anzufassen", fauchte Lilian.

Titus zog seinen Dolch und Lilian trat erschrocken einen Schritt zurück.

Er schnaubte, dann setzte er einen Schnitt in seine linke Handfläche und schmierte das hervorquellende Blut auf das Laken.

„Was machst du denn da?", fragte sie irritiert.

Titus legte seinen Finger an die Lippen und bedeutete ihr, still zu sein.

„Ich rede, wenn ich reden will", brüllte sie.

Er griff ihre Oberarme und zog sie ganz nah an sich heran.

„Ich mag dich, Lilian", knurrte er.

Mit einem Schlag fiel die Anspannung von ihr ab und sie sah ihn resigniert an. Nicht mal richtig zusammen, stritten sie bereits, wie ihre Eltern in ihren schlimmsten Zeiten. Sie schloss die Augen und atmete tief durch, erst dann sah sie ihn wieder an. „Ich mag dich auch, Titus", flüsterte sie. Im Gegensatz zu ihm klang sie, als meine sie, was sie sagte.

Auch Titus Wut verpuffte. Er zog sie näher, bis kein Raum mehr zwischen ihnen war, dann küsste er sie. Lilian schlang die Arme um Titus Hals, öffnete sich dem leidenschaftlichen Kuss. Er presste sie fester an sich und sie fühlte seine Erregung hart an ihrem Bauch. Ihr Atem beschleunigte und sie schmiegte sich an ihn, ohne dass sie darüber nachdachte. Titus hatte mit dem Kuss einen Strudel ausgelöst, der sie automatisch mitriss.

Doch dann trat Titus einen Schritt zurück. Seine Brust hob und senkte sich schnell. „Entschuldige, ich wollte dir nicht zu nahetreten. Ich weiß, diese Ehe existiert für dich nicht und ich werde das respektieren. Du musst dich nicht vor mir fürchten."

„Ich fürchte mich doch nicht vor dir!" Sie griff nach seiner Hand.

„Das sah aber anders aus, als ich den Dolch in der Hand hatte."

„Du hast mich nur erschreckt. Was sollte das überhaupt?" Sie zeigte auf das blutige Laken.

„Du hast es doch gehört, Rolo will das Laken sehen."

Sie fühlte, wie sie rot anlief.

„Man muss denken, dass wir die Ehe vollzogen haben, sonst ist sie tatsächlich nicht gültig. Aber ich werde dir deine Jungfräulichkeit natürlich nicht wirklich nehmen. Du wirst unversehrt in deine Zeit zurückkommen, du hast mein Wort", beteuerte er.

Lilian setzte sich auf die Bettkante. „Warum ist es dir eigentlich so wichtig, dass alle denken, ich sei deine Frau?"

Er setzte sich ebenfalls auf die Bettkante, jedoch so weit wie möglich von ihr entfernt. „Ich kann besser auf dich aufpassen, wenn du in meiner Nähe bist und das kannst du nur sein, wenn wir verheiratet sind."

„Aber wir sind doch bei deiner Familie. Meinst du wirklich, ich bin hier in Gefahr?" Lilian sah ihm an, dass ihm dieses Gespräch unangenehm war.

„Nein, du bist nicht in Gefahr."

„Und warum sollte ich dann den Mund halten?"

„Wenn du andeutest, Alsuna ist nicht meine Mutter oder Cato nicht mein Vater, könnte man meinen Anspruch auf Halvors Nachfolge in Zweifel ziehen."

„Dann hast du dich dazu entschieden, hierzubleiben?"

Er starrte auf seine Füße. „Die Leute hier verlassen sich auf mich. Wenn ich die Nachfolge nicht antrete, werden Menschen wie Wieland die Macht an sich reißen und die Usipier in einen Krieg gegen die Römer führen, den sie nicht gewinnen können."

„Die verlangen ganz schön viel von dir. Du bist doch erst siebzehn."

„Hier ist es anders. In unserem Alter ist man erwachsen. Alsuna hat Vater geheiratet, als sie vierzehn war."

Lilian rutschte näher zu Titus und legte ihre Hand auf seine. „Ich werde aufpassen, was ich sage, wenn wir nicht allein sind. Aber ich verstehe immer noch nicht wirklich, warum du es für so wichtig hältst, dass wir als verheiratet gelten."

Er lächelte sie schief an. „Vielleicht gefällt es mir ja einfach, dein Kopfkissen zu sein."

„Warum hast du das nicht gleich gesagt? Das Argument hätte mich sofort überzeugt." Sie schmunzelte.

Titus legte den Arm um Lilian. Diesmal war sein Kuss federleicht, zärtlich. Lilian schlang die Arme um seinen Hals und wollte ihn in die Horizontale ziehen.

„Moment", sagte Titus.

Enttäuschung machte sich in Lilian breit, aber diesmal wollte er ihr nicht ausweichen. Er zog nur seine Stiefel aus und tat das Gleiche mit ihren. Sie ließ ihn das tun und rutschte dann an die Wand, um Platz für ihn im Bett zu schaffen.

Sie erwartete, er würde sie weiter küssen, aber er legte seine Hand an ihre Wange und sah sie nur an.

„Was ist?", fragte sie.

„Ich genieße den Moment. Ich werde dich vermissen, wenn du wieder in der Zukunft bist."

„Aber du kannst doch jederzeit zu mir kommen."

Er lächelte bitter. „Nein. Wenn ich Halvors Nachfolger bin, muss ich hierbleiben. Du musst dein Leben ohne mich leben."

„Das will ich aber nicht."

„Wenn du nicht hierbleiben willst, wirst du das aber müssen."

Hierbleiben? In einer primitiven Hütte in einem Wald leben? Ein Leben bei den Römern fand sie schon vollkommen indiskutabel, ein Leben bei den Germanen wäre die Hölle für sie.

Titus sah ihr an, was sie dachte. „Ist schon gut. Ich habe nie erwartet, dass du dazu bereit sein würdest."

Sie hätte die Bitterkeit in seinen Worten gern vertrieben, aber sie wollte auch nicht lügen. Sie fand keine Worte, aber sie gab ihren Gefühlen für Titus Raum in ihrem Kuss.

Was zärtlich anfing, wurde schnell intensiver. Lilian nestelte am Gürtel um Titus Tunika. Er tat ihr den Gefallen, legte ihn ab und zog das Oberteil gleich mit aus. Ihre Hände wanderten über seine warme Haut, unter der sich die Muskeln deutlich abzeichneten. Er hatte eine athletische Figur, keine übertriebenen Muskelberge aus einem Fitness Studio. Sie sah Widerspruch in Titus Augen, als sie das Kleid auszog und es neben das Bett warf, aber um sie aufzuhalten, war er dann doch nicht edel genug.

Sie kam sich lächerlich in der aus Tüchern bestehenden römischen Unterwäsche vor, aber Titus dunkler Blick beschwichtigte ihre Zweifel. Er zog die Felldecke über sie beide, es war nicht gerade warm im Raum, und Lilian schmiegte sich wieder in seine Arme.

„Es ist tatsächlich schön, dich als Kopfkissen zu haben", flüsterte sie.

„Ist das für dich wirklich in Ordnung, wenn ich dich so berühre?",
fragte er.

„Alsuna hat mich auf meine ehelichen Pflichten hingewiesen und
Rolo dich auf deine. Wir machen nur, was die alle wollen."

„Nein, das machen wir nicht. Aber dich so halten zu dürfen, fühlt
sich gut an. Du fühlst dich gut an."

Sie küsste ihn, grub ihre Hände in seine blonden Haare, presste
ihren Körper an seinen. Titus Hose fühlte sich rau an ihrem nackten
Bein an, als sie es zwischen seine schob.

„Lilian, was tust du da", flüsterte er an ihren Lippen.

„Zieh die blöde Hose aus, die stört." Sie küsste ihn weiter und
konnte sein Grinsen spüren.

„Du willst mir doch nicht etwa meine Tugend rauben", murmelte
er.

Sie löste sich etwas von ihm, um ihn anzusehen. „Hättest du mich
vorgewarnt, dass du mich hierher verschleppst, hätte ich Kondome
mitgenommen. Ich vermute, hier bekommt man keine auf der
Herrentoilette der örtlichen Kneipe?"

Er runzelte die Stirn. „Du hast schon mal bei einem Mann gelegen?"

„Natürlich habe ich schon mal rumgeknutscht. Du nicht?"

Er sah sie unwillig an.

„Hast du noch nie ein Mädchen geküsst?", fragte sie erstaunt.

„Sicher habe ich schon Mädchen geküsst, ich bin schließlich ein
erwachsener Mann", sagte er mit einem beleidigten Unterton.

Sie stützte den Kopf auf den Arm und musterte ihn interessiert.
„Warst du schon mal verliebt?"

„Du willst sowas gerade jetzt wissen?"

„Wir haben keine Kondome, ist vielleicht ganz gut, sich etwas zu
unterhalten."

Er lächelte verschmitzt und rückte seine Hose zurecht. „Ja, kann
sein", antwortete er.

Lilian grinste. „Also, wer war deine erste Liebe?"

„Sie hieß Monima."

„Bist du mit ihr zur Schule gegangen?"

„Nein, sie war zwei Jahre älter als ich und Sklavin im Haus meines
Vaters."

„Heiß, eine ältere Frau."

„Machst du dich über mich lustig?"

„Ein wenig. Erzähl, wie ist das, wenn die Freundin einem sozusagen gehört?"

„Monima gehörte ja nicht mir, sondern meinem Vater. Ich kenne sie schon mein Leben lang und irgendwann…"

„Hast du mit ihr geschlafen?", fragte Lilian.

„Natürlich nicht!"

„Aber ihr habt geknutscht."

Titus wurde tatsächlich rot, Lilian hielt ihr Lachen mühsam zurück.

„Ich musste doch üben, nicht dass meine Frau Grund zu klagen hat", verteidigte er sich.

„Hat deine Frau nicht."

Er strich durch ihre kurzen Haare. „Weißt du, das war gerade das erste Mal, dass du dich selbst als meine Frau bezeichnet hast."

„Und das hat dir gefallen?"

„Ja, sehr! Lilian, ich schwöre, ich werde deine Jungfräulichkeit nicht verletzen, aber können wir in der Zeit, in der du hier bist, vielleicht in allen anderen Belangen zusammen sein wie Mann und Frau?"

„Fragst du mich, ob ich mit dir gehen will?" Sie kicherte.

Er sah sie unverständig an.

Lilian riss sich zusammen. „Es würde mir sehr gefallen, deine Freundin zu sein."

„Eine Freundin, die ich küssen darf?"

„So oft du willst", flüsterte sie.

KAPITEL 16

Enya ritt neben Tiro vorn, Noel und Greta folgten auf ihren Pferden. Von Clovius hatten sie nichts mehr gesehen, seit Enya ihn in den Wald geschickt hatte, aber sie waren nach Tiros Geständnis, Cato zwar nicht umgebracht, aber an die Chatten übergeben zu haben, auch sofort aufgebrochen. Was aus dem Gutsverwalter werden würde, interessierte Enya nicht. Tiro hatten sie mitgenommen, damit er ihnen den Weg zeigte, auf dem die Chatten wahrscheinlich unterwegs waren. Den schnellsten Weg zu einer Rheinfähre.

„Warum hast du Cato eigentlich nicht umgebracht? Ich habe gesehen, wie viel Angst dir Clovius eingejagt hat, als er noch Eier hatte", sagte Enya.

„Ich weiß es nicht. Ich wollte es tun, aber dann lag Cato da im Stroh, schmutzig, gefesselt, blutig. Nicht mehr der Junge, der alles einfach bekam, ohne dass er sich dafür anstrengen musste."

„Du warst früher eifersüchtig auf deinen Bruder, das wäre wohl jeder in deiner Situation gewesen. Aber wenn du ihn nicht mehr gehasst hast, warum hast du ihn dann nicht laufenlassen?"

„Ich sage nicht, dass ich ihn nicht mehr gehasst habe. Ich hätte ihn gern umgebracht, konnte ihm aber nicht die Kehle durchschneiden."

Enya sah Tiro erstaunt an. Eine solch offene Antwort hatte sie von dem ängstlichen Bündel, dass Tiro noch vor zwei Stunden gewesen war, nicht erwartet. Sie drang in seine Gedanken ein und merkte erst jetzt, dass der Zwang, nicht zu lügen, noch immer in ihm wirkte. Auch wenn es falsch war, sie ließ ihn noch einen Moment in diesem Zustand. „Warum hast du ihn den Chatten übergeben?"

„Hätte ich ihn laufenlassen, hätten Clovius Leute ihn bestimmt wieder eingefangen. Ich weiß, wie man sich fühlt, wenn Clovius einen verprügeln lässt, Cato wäre nicht weit gekommen. Dann hätte Clovius gewusst, dass ich seinen Befehl nicht ausgeführt habe und ich wäre meine Eier losgewesen. Die Sklaven, die wir an die Chatten verkaufen, tauchen nie wieder auf. Nur unter dieser Bedingung bekommen sie sie zum Sonderpreis."

„Und was machen die Chatten mit den Sklaven?"

„Sie nehmen sie mit auf die andere Rheinseite. Vermutlich verkaufen sie sie irgendwo, tief in germanischem Gebiet."

Die Sorge um Cato schnürte Enya die Kehle zu. „Denk an den letzten Moment, in dem du Cato gesehen hast", forderte sie heiser und sah mit Schrecken Catos geschwollenes, mit Hämatomen übersätes Gesicht. Sie hielt die Zügel so verkrampft, dass ihre Knöchel weiß hervortraten, als sie Cato mit einem Strick um den Hals, die Hände gefesselt, hinter einem Pferd laufen sah. Dann nahm sie alle Zwänge von Tiro. Sie konnte ihm nicht verzeihen, dass er Cato an die Chatten übergeben hatte, aber sie konnte seine Wut auf die Ungerechtigkeit verstehen, unter der er sein Leben lang gelitten hatte.

Der Rhein kam in Sicht und Enya beschleunigte ihr Pferd. Sie hatte die Gedanken des Fährmannes bereits durchsucht, als ihre drei Begleiter auch am Ufer ankamen.

„Sie waren nicht hier", sagte Enya verzweifelt.

„Gibt es noch eine andere Möglichkeit, den Rhein hier in der Nähe zu überqueren?", fragte Noel den Mann, der Enya noch immer ängstlich anstarrte.

Er zeigte rheinaufwärts und sie machten sich wieder auf den Weg.

Diesmal ritt Noel neben Enya. „Ich will ja nicht so nervig sein, wie du es früher immer warst, aber meinst du nicht, du übertreibst etwas?", fragte er.

Sie sah ihn erstaunt an.

Noel fuhr fort. „Die Sache mit Clovius war schon krass, aber das kann ich verstehen. Der Fährmann da eben hatte aber nichts getan, er hatte nicht verdient, dass du ihm Angst gemacht hast."

„Ich weiß ja, aber ich habe solche Angst um Cato. Wenn ich daran denke, was Clovius mit ihm getan hat, was die Chatten vielleicht mit ihm machen, könnte ich vor Wut und Unruhe platzen."

„Trotzdem musst du dich zusammenreißen. Ich will ja kein dunkles Ohmen sein, aber ich fürchte, wir werden Cato nicht so einfach finden, wie wir uns das wünschen. Du musst Geduld haben."

Wütend funkelte sie ihn an. „Ist ja klar, dass du das nicht verstehst! Du liebst ja auch niemanden. Für dich ist alles immer nur Spaß. Keine Verantwortung, keine Probleme. Wird es schwierig, haust du ab."

„Ja, du weißt ja immer alles!" Noel biss die Zähne zusammen und ließ sein Pferd hinter Enyas zurückfallen.

Greta hatte das Gespräch mitbekommen, sie waren ja laut genug gewesen. Obwohl sich Enyas Aussage über ihren Bruder mit dem deckte, was sie über ihn wusste, tat er ihr dennoch leid. Sie kannte Noel inzwischen gut genug, um seine Körpersprache deuten zu können. Enyas Worte hatten ihn tief getroffen und Enya hatte es nicht einmal bemerkt.

Es dämmerte, als die zweite Fähre in Sicht kam. Sie hatten Stunden durch diesen Umweg verloren, was Greta ebenso frustrierte wie Enya. Nicht wegen Cato, sondern wegen ihrer Tochter. Weder Noel noch Enya machten den Eindruck, dass sie die Suche nach Cato unterbrechen würden, um sie zu Lilian zu bringen. Greta konnte nur hoffen, dass Titus Lilian inzwischen wieder nach Hause gebracht hatte.

*

Enya und Noel hatten seit Stunden nicht mehr miteinander gesprochen. Inzwischen brannte Enyas ungerechte Behandlung des Fährmanns Löcher in ihr Gewissen. Bevor sie sich diesmal dem Fährmann näherte, atmete sie tief durch, damit ihre Augen nicht wieder vor Aufregung glühten. „Guten Abend. Darf ich Ihnen eine Frage stellen?"

„Sicher, aber wenn du auch eine Antwort willst, wird dich das etwas kosten", antwortete er. Dem übelriechenden Mann fehlten die unteren Schneidezähne, dafür waren die oberen besonders groß. Er sah aus wie ein schmuddeliges Kaninchen, fand Enya.

Sie holte eine Münze aus ihrem Beutel, den der Fährmann interessiert musterte. „Wir sind auf der Suche nach einer Gruppe von fünf Chatten. Sie haben drei Sklaven bei sich."

Der Mann streckte die Hand aus und Enya legte die Münze hinein. „Habe ich nicht gesehen", antwortete er. Doch Enya beobachtete seine Gedanken und erkannte Cato darin. Er sah noch schlimmer aus als in Tiros Gedanken. Durchnässte, noch schmutzigere Kleidung, vermutlich war er gestürzt und mitgeschleift worden, er humpelte stark.

„Danke für die Auskunft. Würden Sie uns bitte auf die andere Seite übersetzen?"

„Heute nicht mehr, ist schon zu dunkel."

Enya wollte widersprechen, riss sich aber zusammen, als sie in den Gedanken des Fährmanns sah, dass das keine faule Ausrede war. Sie zügelte also ihren Drang, Cato möglichst schnell zu folgen, und ging zurück zu ihrer wartenden Gruppe.

„Und?", fragte Greta.

„Sie haben den Rhein hier überquert. Wir bleiben heute hier und folgen ihnen morgen weiter." Enya wollte ihr Pferd zu dem Wirtshaus ein paar Meter von ihnen entfernt führen, aber Greta hielt sie zurück.

„Ich verstehe, du musst deinen Mann unbedingt finden, aber könnte mich nicht vielleicht Noel oder Tiro zu Lilian bringen?"

Enya kaute auf ihrer Lippe, sie konnte nachvollziehen, wie viel Angst Greta um ihre Tochter hatte, aber Cato war in wesentlich größerer Gefahr und sie konnten nicht riskieren, die Suche nach ihm zu unterbrechen. „Wenn wir Cato jetzt nicht folgen, werden wir die Spur vielleicht nie wiederfinden. Ich kann Menschen beeinflussen, Gedanken lesen, aber ich bin machtlos, wenn ich niemanden mehr finde, der ihn gesehen hat. Wir müssen weiter und ich lasse Noel und dich nicht allein durch diese Zeit reiten. Ihr kennt euch hier nicht aus und Noels Fähigkeiten bieten euch keinen ausreichenden Schutz. Lilian ist bei Titus, er passt auf sie auf. Vielleicht hat er sie sogar schon wieder nach Hause gebracht."

„Wir könnten nachsehen, ob sie wieder zu Hause ist", schlug Noel vor.

Greta nickte hoffnungsvoll. Sie wäre so unglaublich froh, wenn dieser Albtraum endlich ein Ende hätte.

„Gute Idee. Geht ihr nach Hause. Tiro kann mich begleiten", sagte Enya.

„Auch wenn du mich für einen unzuverlässigen Nichtsnutz hältst, ich lasse dich hier nicht allein. Ich bin bald wieder da", sagte Noel.

Enya wollte Noel anfassen, aber der hatte bereits seinen Sprungauslöser in der Hand und zog Greta an seine Seite. Enya trat schnell einige Schritte zurück, damit sie nicht mitgezogen wurde. Niemals würde sie diese Zeit verlassen, solange Cato nicht in Sicherheit war.

*

Greta stürmte sofort in ihre Wohnung. „Lilian?"

Noel folgte ihr, allerdings mit wenig Hoffnung. Genau wie Enya würde Titus nicht wagen, Cato in Gefahr zu bringen. Er würde genau das tun, was Salvius von ihm verlangt hatte, um seinen Vater zu retten. Den Vorschlag, zu Hause nachzusehen, hatte Noel nur gemacht, um Greta loszuwerden. Sie sah bereits seit der Ankunft auf dem Gutshof aus, als hielte sie nicht mehr lange durch. Er würde ein Bad nehmen, etwas Vernünftiges essen und dann ohne Greta zu Enya zurückkehren.

„Sie ist nicht da!" Greta zitterte vor Enttäuschung und Angst.

„Dann ist sie noch bei Titus. Auch wenn dir die Vergangenheit bedrohlich vorkommt, Titus besucht nur seinen Großvater. Die Leute sind nett, ich kenne die meisten dort. Ihr passiert nichts", sagte Noel, obwohl er die meisten Leute dort alles andere als nett fand. Zu deutlich erinnerte er sich daran, wie sie mit ihm umgesprungen waren und wie sie Alsuna behandelt hatten.

„Können wir nicht einfach dorthin springen, wo Lilian jetzt ist?", fragte Greta.

„So funktioniert das leider nicht. Wenn wir zurückspringen, kommen wir genau dort wieder an, wo wir abgesprungen sind."

„Okay, dann lass uns zu Enya zurückkehren."

Noel schüttelte den Kopf. „Nicht bevor ich etwas gegessen und ein Bad genommen habe."

Greta sah ihn misstrauisch an. „Du springst nicht ohne mich zurück!", zischte sie.

Mist, das Biest war schlauer, als er gedacht hatte. „Natürlich gehe ich nicht ohne dich. Ich hole dich in zwei Stunden ab." Er ging zu seiner Wohnung, aber Greta folgte ihm in weniger als einem Meter Abstand.

Er fuhr zu ihr herum. „Was? Willst du jetzt mit mir baden?"

„Ungern, aber ich werde dich zur Not auch ins Bad begleiten, solange du den Sprungauslöser hast."

Noel verdrehte die Augen und drückte ihr das silberne Gerät in die Hand. „Hier wird nicht gespannt." Er schlug ihr die Badezimmertür vor der Nase zu und eine Minute später hörte sie das Wasser rauschen.

Noel schlang sich ein Badetuch um die Hüften und ging in Richtung Schlafzimmer. Er hatte diverse Outfits, die für Besuche bei Enya passend waren und war froh, die dreckigen Kleider nicht wieder anziehen zu müssen. An der offenen Wohnzimmertür blieb er stehen. Greta war auf dem Sofa eingeschlafen, den Sprungauslöser in der Hand.

Vorsichtig nahm er den kleinen, silbernen Gegenstand an sich. Schlafend sah sie gar nicht so zickig aus, dachte Noel und lächelte, als sie leise schnarchte. Er breitete eine Decke über seine Nachbarin, holte ein Bier aus dem Kühlschrank und setzte sich in den Sessel. Missmutig betrachtete er den Sprungauslöser. Eigentlich sollte er jetzt sofort zu Enya zurückspringen, aber andererseits konnte er im Augenblick dort auch nichts tun. Er dachte an die flohverseuchten Matratzen in dem Wirtshaus und kratzte sich. Nein, er würde den Wecker stellen, ein paar Stunden in seinem eigenen Bett schlafen und zum Sonnenaufgang wieder zu Enya springen. Die schlafende Greta ließ er im Wohnzimmer zurück.

*

„Scheiße, was soll denn das!", fluchte Noel. Das Licht der Schlafzimmerlampe stach in seine Augen. Ein Blick auf die Uhr zeigte, er hatte nicht einmal zwei Stunden geschlafen. Greta stand in der Tür und starrte ihn an.

„Ist was passiert?", fragte er.

„Ich dachte, du wärst ohne mich zurückgesprungen. Ich wollte nicht einschlafen, aber ich war so müde", stammelte sie.

„Schon mal auf die Idee gekommen, dass ich auch müde bin? Warum weckst du mich?"

Sie zerrte an seiner Decke. Im letzten Moment verhinderte Noel, dass sie einen Blick auf ihn in seiner ganzen Männlichkeit bekam. Er hielt nichts von Nachtwäsche, wenn er das Bett nicht mit Flöhen teilte.

„Steh auf, wir müssen zurück zu Enya", schnauzte sie ihn an.

„Da schlafen doch sowieso alle. Wenn wir jetzt da ankommen, stehen wir vor dem verschlossenen Gasthof und frieren uns den Arsch bis zum Morgen ab."

Unzufrieden sah ihn Greta an. „Du gehst nicht ohne mich!"

„Ja, ja. Geh in deine Wohnung, ich hole dich dann ab."

Sie schnaubte abfällig und legte sich auf die andere Seite seines breiten Bettes.

„Hey! Habe ich dir irgendwie signalisiert, ich will dich in meinem Bett haben?", empörte er sich.

„Nein, aber ich traue dir nicht."

„Du bist das nervigste Weib, das mir je begegnet ist. Weißt du das?"

„Und du bist der ekelhafteste Macho, den ich kenne."

Da Greta nicht aussah, als ließe sie sich vertreiben, stand er auf und löschte das Licht.

„Kannst du dir nicht etwas anziehen", maulte sie.

„Ich habe dich weder in meine Wohnung, noch in mein Bett eingeladen, also beschwer dich nicht." Er schlüpfte wieder unter seine Decke.

„Ist ja gut! Du musst dich nicht immer gleich so aufregen", sagte Greta.

Noel klopfte sein Kissen in Form und drehte ihr dann den Rücken zu. Er schloss die Augen, versuchte, Greta zu ignorieren und weiterzuschlafen, aber sie hatte seinen wunderschönen, erholsamen Schlaf wirkungsvoll vaporisiert. Er schnaubte unzufrieden und drehte sich auf den Rücken.

„Was ist?", fragte Greta.

„Jetzt kann ich nicht mehr schlafen, verdammt."

„Ja, ich auch nicht. Ich muss immer an Lilian denken."

„Enya ist auch so eine Glucke wie du."

„So ist man eben, wenn man Kinder hat", erklärte Greta verschnupft.

„Ich bin auch Vater, schon vergessen?"

„Vater sein ist etwas anderes, als Mutter sein."

„Das ist der größte Schwachsinn, den ich jemals gehört habe. Väter sorgen sich genauso um ihre Kinder, wir sind nur nicht solche Drama-Queens."

„Meine Tochter ist ganz alleine in der Vergangenheit. Ich habe ja wohl allen Grund, mir Sorgen zu machen."

„Hast du nicht. Titus ist bei ihr, der passt schon auf."

„Die haben meine Tochter gezwungen, einen Fremden zu heiraten!", empörte sie sich.

„Ein Fremder ist Titus für Lilian ja wohl kaum. So wie sie Titus angehimmelt hat, wird nicht viel Zwang notwendig gewesen sein." Er hörte Greta für die nächste Verbalattacke einatmen und kam ihr schnell zuvor. „Diese Ehe zählt doch hier gar nicht. Wenn Lilian wieder hier ist, kann sie das alles einfach vergessen. In der Vergangenheit ist diese Ehe ein Schutz für sie und vögeln könnten die beiden auch ohne Trauschein."

„Lilian würde nicht…", aber Greta führte den Satz nicht zu Ende.

Noel lachte leise. „Deine Tochter ist total verschossen in meinen Sohn."

„Ja, das ist sie." Man hörte ihr Schmunzeln.

„Titus ist in einer anderen Zeit aufgewachsen. Im Vergleich zu den Jungs hier ist er harmlos. Nur falls du dir Sorgen machst, bald Oma zu werden. Ich kann mir nicht vorstellen, dass er Lilian anfasst. Die

Jungfräulichkeit ist dort noch etwas wert, die wirft man nicht dem erstbesten hübschen Knaben nach und Titus wird das respektieren."

„Die Jungfräulichkeit meiner Tochter ist momentan echt das Letzte, worüber ich mir Sorgen mache. Sie ist sechzehn und trotz seines unmöglichen Vaters, scheint Titus ein netter Junge zu sein. Ich hätte kein Problem damit, wenn die beiden Sex hätten, ich ärgere mich nur, dass ich ihr nicht die Pille hab verschreiben lassen."

„Für so tolerant hätte ich dich gar nicht gehalten."

„Ich bin nur realistisch. Schließlich war ich auch mal sechzehn."

„Warst du eine wilde Sechzehnjährige?" Er stützte den Kopf auf seine Hand.

„Ein wenig vielleicht. Aber ich habe schon mit siebzehn meinen späteren Mann kennengelernt."

„Ich wünschte, Enya wäre als Sechzehnjährige auch etwas wilder gewesen. Cato war der Erste, den sie an sich rangelassen hat, und damit meine ich nicht nur Sex."

„Sie fehlt dir."

„Ja, wir waren uns immer sehr nah, haben immer zusammen gewohnt und plötzlich war sie weg."

„Warum hast du keine Beziehung, Noel. Bei den zig Frauen, die dieses Bett schon getestet haben, muss doch mal eine dabei gewesen sein, die bleiben wollte." Sie erwartete einen Machospruch, aber er überraschte sie.

„Ich kann die Gedanken der Frauen hören, wenn sie mir nah sind. Da war niemand, der mich wirklich gewollt hat, zumindest nicht aus den richtigen Gründen."

„Das kann ich mir nicht vorstellen."

„Nicht? Du findest mich doch auch furchtbar."

„Natürlich finde ich dich furchtbar, aber zu mir bist du ja auch abscheulich. Zu den Frauen, die sonst hier rumliegen, wirst du ja wohl netter sein."

Er drehte sich auf den Rücken und starrte in die Dunkelheit. „Vielleicht sollte ich es wie mein Vater machen und schwul werden. Mit einem Kerl käme ich bestimmt besser aus."

„Ich denke nicht, dass das mit der Homosexualität so funktioniert."

„Warum nicht? Emron und meine Mutter hatten eine echt krasse, aber leider sehr kurze Beziehung. Sie starb kurz nach unserer Geburt. Solange ich Emron kenne, lebt er schon mit Shiro zusammen. Er bezeichnet ihn als seinen Bruder, obwohl sie nicht verwandt sind."

„Vielleicht sind sie nur Freunde."

„Nein, glaube ich nicht. Es ist nicht, was er von Shiro erzählt, sondern wie er von ihm spricht. Wenn sein Name fällt, lächelt er immer."

„Hast du Shiro mal kennengelernt?"

„Nein, er ist nur ein Mensch, mein Vater ein halber Helos. Emron kann uns Besuchen, Shiro kann nicht Zeitreisen und Enya und ich sind bereits an die Vergangenheit gebunden."

„Du könntest Emron fragen. Vielleicht wäre er froh, wenn er zugeben könnte, einen Mann zu lieben."

„Emron hätte mit Sicherheit kein Problem damit, zuzugeben, homosexuell zu sein. Ich glaube nicht, dass er in diesen Kategorien denkt."

„Wie meinst du das?"

„Für Emron zählen unsere Konventionen nicht. Er ist zum Herrscher über die Erde erzogen worden und auch, wenn er später seine Macht verloren hat, kann ich mir nicht vorstellen, dass er sich dafür interessiert, was jemand über sein Privatleben denkt. Außerdem fühlt er sich selbst nur bedingt als Mensch, daher glaube ich, er liebt einfach die Person, egal welches Geschlecht sie hat."

„Und du denkst, du könntest das auch?"

Noel lachte. „Nein, auf keinen Fall."

„Weißt du, so im Dunkeln, wenn man dich nicht sieht, bist du gar kein so großes Arschloch."

„Und du keine keifende, vertrocknete, alte Jungfer."

KAPITEL 17

Der Tag wechselte zur Nacht, aber die Chatten machten noch immer keine Anstalten, ein Lager aufzuschlagen. Sie schienen ein Ziel für den heutigen Tag zu haben, das sie unbedingt erreichen wollten, überlegte Cato. Der Vollmond tauchte den Wald in silbernes Licht, so dass sie dem Pfad noch immer folgen konnten. Mitleidig sah sich Cato zu seinen beiden Leidensgenossen um, die den Anstieg vom Rhein herauf hatten laufen müssen. Das hätte er mit dem verletzten Fuß niemals geschafft und er war Elfeda für ihre Rücksicht ehrlich dankbar.

„Da ist es", sagte Norwin und beschleunigte sein Pferd.

Fünf niedrige, reetgedeckte Gebäude standen im Kreis um einen schlammigen Dorfplatz. Als sie abstiegen, kamen drei Männer aus einem Haus. Jeder von ihnen trug einen schweren Knüppel.

„Wir hofften, du hast einen Krug Met für uns und jetzt willst du uns erschlagen, Sonnwin?", sagte Norwin und ging mit ausgebreiteten Armen auf die Männer zu.

„Norwin, alter Gauner", begrüßte Sonnwin den kleinen Mann, der ihm kaum bis zur Schulter reichte. „Meine Söhne kümmern sich um eure Pferde. Kommt rein und bringt die Ware am besten gleich mit."

„Sieh sie dir bei Tageslicht an", winkte Norwin ab.

Sonnwin schnalzte tadelnd mit der Zungen. „Die Sklaven sind wohl in ziemlich schlechter Verfassung, wenn ich sie nicht nach einem kleinen Spaziergang begutachten soll."

„Wir sind seit dem Morgen unterwegs", knurrte Norwin unzufrieden, weil Sonnwin ihn durchschaut hatte.

Sonnwin musterte die Sklaven missbilligend, während sie an ihm vorbei ins Haus gingen, als er Cato sah, lachte er. „Wo habt ihr den Krüppel her? Den wollt ihr mir doch nicht ernsthaft andrehen."

„Er ist gestürzt, hat sich den Knöchel verstaucht. Das ist in einer Woche vergessen", sagte Elfeda.

Sonnwins Augen weiteten sich erfreut. „Elfeda! Du bist noch schöner geworden, seit ich dich zuletzt sah. Wie geht es deinem Vater?"

„Gut." Sonnwins Kompliment ignorierte sie. Für Schmeicheleien hatte sie generell nichts übrig und Sonnwin hatte sie noch nie leiden können. Wenn sein Handelspunkt nicht so dicht an der Grenze läge, wären sie sicher nicht zu ihm geritten, um ihre Ware zu verkaufen.

Sonnwin begrüßte auch die anderen und bewirtete seine Gäste mit heißem Met und Eintopf. Die Sklaven mussten innen neben der Tür stehenbleiben. Cato senkte den Blick und folgte aufmerksam den Gesprächen am Tisch, die sich hauptsächlich um die letzte Ernte und den Handel mit den Römern drehten.

„Dann will ich mir die flohverseuchten Hungerleider mal ansehen, die ihr mitgebracht habt." Sonnwin schlenderte zu den Sklaven, umrundete sie, sah sich ihre Zähne an und tastete die Muskeln ab. Er untermalte seine Untersuchung mit missbilligendem Stöhnen und Knurren.

Leif gesellte sich zu ihm. „Sie sind stark und gesund. Wir machen dir einen guten Preis, wenn du alle drei nimmst."

„Du, geh ein Stück", forderte Sonnwin Cato auf, der sich zusammenriss, um nicht zu sehr zu humpeln. Ein nicht verkäuflicher Sklave würde hier nicht lange überleben, vermutete er.

„Zieh das Hemd aus", forderte Sonnwin.

Cato gehorchte. Kaum eine Stelle seines Körpers war nicht mit Hämatomen bedeckt und schmutzig. Sein Blick begegnete Elfedas, die ihn ungerührt musterte.

„Der ist wohl nicht nur ein Krüppel, sondern dazu auch noch ungehorsam. Den nehme ich keinesfalls."

Elfeda erhob sich. „Der ist auch gar nicht verkäuflich, er gehört mir." Sie schob Cato aus dem Haus. Cato erwartete, ihr Abgang würde von den Männern mit anzüglichen Bemerkungen begleitet, aber sie führten einfach ihre Verhandlungen über die anderen beiden Sklaven weiter.

„Wasch dich", forderte Elfeda.

Cato zerschlug die dünne Eisschicht auf dem ausgehöhlten Baumstamm, der als Tränke diente. Auch wenn es eiskalt war, empfand er Erleichterung, den gröbsten Schmutz loszuwerden.

„Wasch auch die Tunika und deine Hose, ich gebe dir gleich etwas anderes anzuziehen."

Cato wartete, dass sie sich umdrehte, aber das hatte Elfeda offensichtlich nicht vor, also zog er sich komplett aus und tat, was sie gefordert hatte. Erst als er selbst und seine Kleidung tropfnass und leidlich sauber waren, forderte sie ihn auf, in den benachbarten Stall zu gehen.

Dort hatten Sonnwins Söhne die Pferde bereits versorgt und die wenigen Habseligkeiten der Chatten gestapelt. Elfeda kramte darin herum und warf dem zitternden Cato Hose und Tunika zu. Er beeilte sich, in die saubere Kleidung zu kommen, und hängte seine nassen Sachen zum Trocknen auf.

„Warum tust du das?", fragte er Elfeda.

„Habe ich doch gesagt, du bist jetzt mein Haustier. Ich kümmere mich um meinen Besitz."

„Danke", sagte er.

Elfeda winkte ihn in den Teil des Stalls, in dem das Heu gelagert wurde. „Dort hin."

Cato setzte sich in das weiche Heu.

Sie zog zwei geflochtene Lederbänder aus ihrem Gürtel. „Die Arme nach hinten." Sie drückte seine Arme nach oben, so dass er sie beugen musste. Dann fesselte sie die Unterarme von den Handgelenken bis zu den Ellenbogen aneinander. So konnte er sich kaum noch rühren, aber das Band schnürte ihm die Handgelenke nicht ab. Sie band zusätzlich noch seine Füße zusammen, warf eine Decke über ihn und ließ ihn in der Dunkelheit allein. Trotz seiner unbequemen Zwangshaltung dauerte es nicht lange und Cato schlief ein.

*

„Jetzt sei doch vernünftig, Elfeda. Er hält uns nur auf. Was willst du mit dem Krüppel?" Es war Leifs Stimme, die Cato geweckt hatte. Er klang betrunken.

„Ihr wolltet ihn nicht, also gehört er mir und du schlitzt ihm nicht die Kehle auf. Ich bestimme, was mit ihm passiert."

„Das wird Vater nicht gefallen."

„Das lass mal meine Sorge sein, kleiner Bruder und jetzt geh und schlaf deinen Rausch irgendwo anders aus."

Elfeda kam allein in den Stall und stellte eine Öllampe in sicherer Entfernung vom Heu auf einen Balken. Sie stieß Cato mit dem Fuß an.

„Ich bin wach", sagte er.

Sie stellte eine Schüssel auf den Boden, dann kniete sie sich neben ihn ins Heu. „Dreh dich auf den Bauch."

Es dauerte einen Moment, bis sie die Knoten des Lederbandes um seine Arme gelöst hatte. Sie reichte ihm die Schale und einen hölzernen Löffel. Hungrig aß er den dünnen Eintopf, während Elfeda ihn dabei beobachtete.

„Du hast in deinem Leben noch nicht oft gehungert, was?", fragte sie.

Cato antwortete nicht. Je weniger er über seine Herkunft sagte, umso geringer die Gefahr, sie brachte ihn mit Lucius in Verbindung.

„Hat es dir die Stimme verschlagen?"

„Nein, ich denke nur momentan nicht gern an meine Vergangenheit."

„Ist wahrscheinlich nicht die schlechteste Einstellung. Du hast jetzt ein neues Leben, je schneller du dich damit abfindest, umso besser."

„Ja, als dein Hund."

Sie sah ihn abschätzend an. „Nein, für einen Hund bist du zu hässlich. Du scheinst mir eine ganz eigene Art zu sein. Ein Cato-Tier."

Sie grinste und er schnaubte kopfschüttelnd.

„Wie alt bist du, Elfeda?"

„Dreiundzwanzig, warum?"

„Du könntest meine Tochter sein."

„Könnte ich nicht. Ich bin kein Cato-Tier."

„Was bist du dann?", fragte er.

„Ich bin die Tochter von Vilmar."

Cato versuchte, sich seinen Schrecken nicht anmerken zu lassen. Vilmar war nicht irgendein Chatte, er war ihr Anführer. Glücklicherweise war er ihm persönlich nie begegnet, aber Lucius hatte ihn gekannt. Sehr gut sogar.

„Du hast von meinem Vater gehört", stellte Elfeda fest.

Sie war eine scharfe Beobachterin. Cato nahm sich vor, zukünftig vorsichtiger zu sein. „Wer hat das nicht."

„Kennst du ihn?"

„Nein", antwortete Cato.

„Hast du schon mal mit ihm Geschäfte gemacht?"

„Nein, das hier ist mein erstes Geschäft mit ihm."

„Es wird leichter für dich werden, wenn wir erst in unserem Dorf sind. Wir sind nicht die grausamen Wilden, für die ihr Römer uns haltet. Wenn ich sehe, wie Clovius seine Sklaven behandelt, solltest du definitiv froh sein, als Sklave bei uns zu leben."

„Ich vermute, ich hätte bei Clovius nicht besonders lange überlebt."

„Dein Halbbruder sollte dich umbringen, nicht wahr?"

„Das kann durchaus sein."

„Dann hat er dir vielleicht sogar einen Gefallen damit getan, dich an uns zu übergeben."

„Verzeih, wenn ich es nicht schaffe, Tiro dankbar dafür zu sein, dass er mich an euch verkauft hat."

„Er hat kein Geld bekommen, also hat er dich strenggenommen nicht verkauft. Aber so, wie ich das sehe, hat deine Familie Tiro verkauft und zwar an einen der grausamsten Männer, die ich kenne. Du solltest nicht so hart über ihn urteilen."

„Mag sein", sagte Cato versöhnlich.

„Na dann, bereit für die Nacht?"

Cato sah sie mit erhobenen Augenbrauen an und Elfeda verdrehte die Augen.

„Das hättest du wohl gern. Hände auf den Rücken." Sie zog das Lederband hervor.

„Ich fliehe nicht, zumindest nicht heute Nacht."

„Das kann sein, aber ich habe nicht die Absicht, bei meinem betrunkenen, nach Met stinkenden Bruder zu schlafen und dich kenne ich nicht. Ich will morgen nicht mit aufgeschlitzter Kehle aufwachen." Cato wandte ihr den Rücken zu und sie band seine Arme wieder aneinander, ließ ihm dabei aber etwas mehr Bewegungsspielraum. Sie breitete die Decke, unter der Cato geschlafen hatte, auf dem Heu aus. „Na los, komm schon her", forderte sie. Er robbte ungelenk auf die Decke. Elfeda löschte das Licht, legte sich neben ihn und breitete ihren Umhang über sie beide. „Dreh mir den Rücken zu", befahl sie. Cato gehorchte und Elfeda schmiegte sich an ihn. „Bilde dir nichts darauf ein, es ist nur eiskalt heute Nacht", stellte sie klar.

*

„Du solltest aufstehen, bevor dein Bruder das sieht", sagte Norwin. Cato blinzelte in das trübe Licht. Der kleine Chatte mit dem wettergegerbten Gesicht blickte unwillig auf Cato und Elfeda, die ihren Arm um ihn geschlungen hatte und noch immer an seinen Rücken geschmiegt dalag.

„Ist mir doch egal, was Leif denkt", knurrte sie verschlafen.

„Ist es dir auch egal, was euer Vater mit deinem Sklaven macht, wenn Leif ihm erzählt, du verbringst die Nächte ganz allein mit ihm?"

Elfeda setzte sich auf und riss den Umhang von ihnen. „Er ist gefesselt! Was denkst du, hätte er tun können?"

Auch Cato setzte sich auf. „Ich würde Elfeda nicht verletzen und du musst dir auch keine Sorgen um ihre Tugend machen, wenn sie bei mir ist."

Norwin lachte. „Da würde ich mich eher um deine Tugend sorgen."

„Sehr witzig", knurrte Elfeda und löste das Lederband um Catos Arme. „Du darfst die Fußfessel lösen, aber bring das Band mit, wenn du rauskommst." Sie flocht ihre dichten roten Locken zu einem Zopf, legte ihren Umhang um und rauschte an Norwin vorbei aus dem Stall.

„Lass dich nicht mit deinen dreckigen Händen an dem Mädchen erwischen", warnte Norwin, dann ging auch er hinaus.

Cato rollte seine inzwischen getrocknete Kleidung in die Decke und verließ ebenfalls den Stall. Auf dem Hof herrschte Aufbruchsstimmung. Sonnwin hatte die beiden Sklaven wohl nur teilweise mit Münzen bezahlt, da die Pferde hinter den einfachen, ledernen Sätteln der Chatten mit Säcken voller Vorräte beladen wurden.

„Auf mein Pferd nicht", wies Elfeda einen Sklaven an, der beim Beladen half.

„Er läuft", knurrte Leif seine Schwester an.

„Er kann mit dem Fuß nicht laufen. Du bist doch der mit dem Heimweh, sei froh, wenn ich ihn mit mir reiten lasse, so hält er uns nicht auf."

Leif funkelte seine Schwester feindselig an. „Ich habe kein Heimweh, aber Vater hat befohlen, dass wir sofort zurückkommen, wenn wir seine Nachricht an Clovius überbracht haben."

„Und das machen wir ja auch. Und jetzt kümmere dich um deine eigenen Angelegenheiten, sonst nehmen wir dich beim nächsten Mal nicht wieder mit, Kleiner."

Leif schnaubte abfällig, räumte aber das Feld.

Cato schmunzelte. Die zwei erinnerten ihn an Lana und Hieron. Sein Sohn hasste es auch, sich von seiner älteren Schwester herumkommandieren zu lassen, akzeptierte es aber dennoch meistens.

„Was gibt's da zu grinsen?", fauchte Elfeda Cato an.

Er hob abwehrend die Hände, sagte aber nichts.

„Schlau von dir, die Klappe zu halten", brummte sie. Sie stieg auf das Pferd und reichte Cato die Hand. Er schwang sich hinter sie und hielt sich an ihrer Taille fest.

Leif trieb sein Pferd zu ihnen und starrte wütend auf Catos Tunika.

„Ist das meine Kleidung?"

„Du bekommst sie zurück, wenn wir zu Hause sind", erwiderte Elfeda. Sie ritt vom Hof, bevor Leif die Gelegenheit hatte, erneut seinem Unmut Luft zu machen.

Ohne die beiden Sklaven kamen sie wesentlich schneller voran und Catos Mut sank. Diese Reise barg mit Sicherheit viel bessere Fluchtmöglichkeiten als das Dorf von Vilmar, aber sein Fuß schmerzte heute beinah noch mehr als gestern und war vom Knöchel bis zu den Zehen schwarzblau gefärbt.

„Was grübelst du die ganze Zeit", fragte Elfeda.

„Ich bin voller Vorfreude auf mein neues Leben", antwortete Cato bitter.

„Ich passe schon auf dich auf, du musst keine Angst haben."

„Ich habe keine Angst", schnaubte er.

„Du bist ein schlechter Lügner, alter Mann."

Missmutig blickte Cato zum Himmel. Jetzt begann es auch noch zu regnen. Leifs Kleidung war zwar wärmer als seine Sklavenkleider, aber ohne Mantel würde er innerhalb kürzester Zeit bis auf die Haut nass sein.

„Erzähl mir von deinem alten Leben, das lenkt dich von der Kälte ab", sagte sie, ohne sich zu ihm umzudrehen.

„Kannst du Gedanken lesen?", fragte er.

„Nein. Du glaubst doch nicht etwa, es gibt Menschen mit übernatürlichen Gaben?"

„Ich glaube nicht daran, ich weiß es. Meine Frau weiß immer, was ich denke, wenn sie das will."

Elfeda lachte. „Das ist keine übernatürliche Gabe. Die Gedanken der meisten Männer sind so simpel, die könnte jeder erraten."

„Wenn du meinst", erwiderte er.

„Wie heißt deine Frau?"

„Enya. Wir sind seit sechzehn Jahren verheiratet und haben fünf fabelhafte Kinder."

„Gibt es jemanden, der sich in deiner Abwesenheit um sie kümmert? Römerinnen sollen ja ziemlich unselbständig sein."

„Enya ist etwas Besonderes, ich bin sicher, sie kann sich auch allein behaupten und unsere Kinder beschützen. Außerdem ist sie zu ihrem Bruder geflohen, bevor Salvius mich verschleppen ließ."

„Dann musst du dir doch keine Sorgen machen. Sie wird ab jetzt eben mit euren Kindern bei ihrem Bruder leben."

„Ich hoffe, sie bleibt bei Noel und erfährt niemals, was mit mir passiert ist. Sie würde sich nur in Gefahr bringen."

„Gut, dass du sie vor deiner Verschleppung noch in Sicherheit bringen konntest."

„Sie ist nicht deshalb zu ihrem Bruder verschwunden."

Elfeda sah sich zu ihm um. „Hast du sie geschlagen, oder warum ist sie fortgelaufen?"

„Ich würde Enya niemals schlagen und ich bin sicher, sie würde sich auch nicht schlagen lassen. Es war ein dummer Streit, völlig unnötig, aber sie ist so unglaublich dickköpfig."

„Ha, und ich habe beinah schon gedacht, du wärst nicht wie alle Männer." Sie schüttelte den Kopf.

„Ich wollte nur, dass sie sich mit ihrer verrückten Idee nicht in Schwierigkeiten bringt", verteidigte sich Cato.

„Was war das denn für eine verrückte Idee?"

„Sie wollte eine Schule für römische Kinder, Kinder von Freien und von Sklaven gründen. Alle zusammen unterrichten, verstehst du?"

„Eine schöne Idee."

„Eine gefährliche Idee. Niemand würde soetwas in einer römischen Stadt akzeptieren."

„Bei uns wäre das kein Problem. Mein Bruder und ich haben immer mit den Kindern der Sklaven gespielt. Ich schlafe heute noch manchmal mit einem Sklaven unter einer Decke." Sie grinste ihn an.

„Und dafür bin ich dir dankbar, ich würde nur ungern erfrieren."

KAPITEL 18

Titus und Lilian betraten Hand in Hand den großen Raum des Langhauses. Er erwartete anzügliche Bemerkungen von Rolo, aber der sah ihnen nur mit ernster Miene entgegen.

„Halvor ist tot", sagte er.

„Verdammt." Titus klang eher verärgert als traurig.

„Ja, allerdings. Wieland wird es bestimmt auch schon gehört haben, kann nicht mehr lange dauern, bis er hier auftaucht."

Lilian zog an Titus Hand, um ihn dazu zu bringen, allein mit ihr zu sprechen.

„Du darfst sprechen. Rolo ist ein Freund, ich habe keine Geheimnisse vor ihm", sagte Titus.

Rolo sah Titus belustigt an. „Kaum zu glauben, was eine anständige Hochzeitsnacht bei manchen Frauen bewirkt. Du hast meinen Respekt, Titus."

Lilian holte empört Luft für eine Erwiderung, doch Titus kam ihr zuvor. „Ich habe Lilian die Lage erklärt. Es war mein Fehler, dass ich das nicht schon getan habe, bevor wir herkamen. Ich habe mich dafür bei ihr entschuldigt."

Der bärtige Germane grinste. „Du hast es schneller verstanden als ich damals."

„Was?", fragte Titus.

„Eine gute Frau lässt ihrem Gemahl die Illusion, das Oberhaupt der Familie zu sein." Rolo drückte Lilian einen Kuss auf die Wange. „Gut gemacht, meine Tochter."

Lilian verdrehte die Augen. Wo war Alice Schwarzer, wenn man sie brauchte.

Trotz des regen Treibens im Haus, war es gespenstisch still. Selbst die Kinder schienen sich der gedrückten Stimmung anzupassen und tobten nicht herum, wie sie es gestern noch getan hatten. Dankrun lief umher wie ein Zombie, fand Lilian. Sie hatte nur kurz mit ihr gesprochen und ihr gesagt, wie sehr sie Halvors Tod bedauere und Dankrun hatte sie fest an sich gedrückt. Dann war sie wieder in ihre gezwungene Betriebsamkeit verfallen, die sie davor bewahrte, in das schwarze Loch der Trauer zu stürzen.

„Deine Großmutter hat deinen Großvater wohl sehr geliebt", sagte Lilian zu Titus.

„Dankrun war dreizehn, als sie Halvor heiratete, er war ihr ganzes Leben."

Sie griff nach Titus Hand und er drückte ihre sanft. Gestern war ihr die Welt der Usipier primitiv und fremd vorgekommen, aber jetzt, wo sie die Leute und ihr Leben kennenlernte, stellte sie fest, dass es hier doch nicht so anders war als in ihrer Zeit.

„Wie viele Kinder hatte Halvor eigentlich?", fragte Lilian.

„Er hatte fünf Töchter, aber Alsuna ist die Einzige, die noch in der Nähe lebt. Zwei meiner Tanten sind gestorben, als sie noch sehr jung waren."

„Hat Alsuna noch andere Kinder?"

Er sah sie mit schräggelegtem Kopf an. „Suchst du jemanden, der meine Aufgabe hier übernimmt?"

„Ich fände es eben schön, wenn du mit mir nach Hause gehen könntest."

Er legte den Arm um sie. „Ja, das wäre schön. Aber Alsunas und Rolos Ehe ist bisher kinderlos und Cato und meine Mutter haben sich gleich nach meiner Geburt getrennt. Ob eine meiner beiden Tanten Kinder hat, kann ich dir nicht sagen. Ich bin nicht mal sicher, ob sie überhaupt noch leben."

„Also kein Entkommen für dich."

Er sah zu Boden. „Nein, kein Entkommen."

Ein braunhaariger Mann mit dichtem Bart betrat das Langhaus.

„Wieland kann es wohl wirklich nicht abwarten, ärger zu machen", murmelte Titus und stand auf. „Sei gegrüßt, Wieland."

„Was willst du hier, Römer", fuhr Wieland Titus an.

Angewidert stellte Lilian fest, dass ihm einige Zähne fehlten und die verbliebenen Exemplare ebenfalls aussahen, als würden sie ihrer Aufgabe nicht mehr lange nachkommen. Auch bei den Römern hatte sie Menschen mit schlechten Zähnen gesehen, aber nicht in diesem Ausmaß. Vielleicht lag es an der römischen Sitte, die Zähne mit Hilfe des Zeigefingers und eines weißen Pulvers zu putzen, wie es ihr Titus gezeigt hatte.

„Ich bin Usipier wie du und bitte dich, die Trauer dieses Hauses nicht zu stören", erwiderte Titus bemüht ruhig.

Wieland schnaubte abfällig. „Du bist genauso wenig Usipier wie ich ein Schwein."

„Wenn du das sagst, vielleicht möchtest du dich dann lieber in den Stall begeben."

Wieland griff Titus Tunika und zog ihn zu sich. Es hätte bedrohlicher gewirkt, wenn Titus nicht einen Kopf größer als Wieland gewesen wäre. „Ich weiß genau, was dein Vater und seine Seherin getan haben und ich werde nicht schweigend zuschauen, wie Cato seine Brut hier einschleust und die Usipier zu Römern macht."

Titus stieß ihn von sich. „Geh, Wieland."

Der Usipier stapfte wütend aus dem Haus.

Lilian ging zu Titus und nahm seine Hand. „Der wird noch Ärger machen."

„Ja, Rolo hat das gestern schon prophezeit", antwortete er dunkel.

Im Laufe des Tages trafen immer mehr Leute ein, die das Langhaus, die Ställe und auch die anderen Wohnhäuser bis zum Bersten füllten. Lilian wunderte sich, wie schnell sich die Nachricht von Halvors Tod ganz ohne Telefon herumgesprochen hatte. Zeit zum Nachdenken hatte sie jedoch nicht. Sie hatte Dankrun ihre Hilfe angeboten und schon war sie in die straffe Organisation des Dorfes eingebunden worden.

Was Lilian gestern wie chaotisches Hin- und Herlaufen erschienen war, entpuppte sich als ein bis in die Einzelheiten geregelter

Arbeitsplan. Sie wurde für das Putzen von Gemüse eingeteilt und mühte sich mit dem Säubern und zerkleinern von Rüben ab, was ihr wesentlich lieber war, als das Ausnehmen und zerteilen des Wildes. Das Knirschen der auseinandergerissenen Gelenke des Hirsches bereitete ihr eine Gänsehaut.

„Alles okay bei dir?", fragte Titus bereits zum fünften Mal an diesem Tag. Auch er arbeitete, hielt sich aber trotzdem immer in Lilians Nähe auf, was sie wirklich süß fand.

„Mach dir um mich keine Sorgen. Die Mädchen sind nett."

Er nahm ihre Hand und zog sie in den benachbarten Stall. Drinnen sah er sich kurz um und drängte sie dann gegen die Wand neben der Tür. „Du hast mir gefehlt", flüsterte er und küsste sie.

Dieser Überfall kam überraschend, war Lilian aber sehr willkommen. Sie schlang die Arme um ihn und gab sich seinem leidenschaftlichen Kuss hin.

„Ich bin so froh, dass du meine Frau bist und ich das immer tun darf", raunte er.

Sie lächelte ihn an. „Willst du mir das Leben hier schmackhaft machen?"

„Und, funktioniert es?", fragte er und küsste die empfindliche Stelle hinter ihrem Ohr.

Ihr wurde flau. „Mhm", ihr kleines Geräusch klang eher nach einem Wimmern als nach Zustimmung.

Er lächelte zu ihr hinunter. „Ich habe das Gefühl, ich bin auf dem richtigen Weg."

„Du bist der arroganteste Kerl, der mir je begegnet ist und das will etwas heißen, schließlich kenne ich deinen Vater", antwortete Lilian grinsend.

„Noel ist nicht arrogant, das hat dir deine Mutter eingeredet."

Sie zog ihn wieder an sich. „Mach das an meinem Hals nochmal."

Er lachte sein dunkles Lachen, dass sie seit der letzten Nacht so sehr liebte und widmete sich hingebungsvoll seiner Frau.

Grinsend kam sie eine halbe Stunde später zurück zu ihrer Arbeit und wurde kichernd von den beiden Küchenmädchen begrüßt. Ihnen war nicht entgangen, dass sie mit Titus im Stall verschwunden war, genauso wenig, wie es Wieland entgangen war. Mit einem abfälligen Grinsen ging er an ihr vorbei. Besorgt sah Lilian ihm nach. Der Typ bedeutete Ärger und wenn er so zufrieden aussah, konnte das nur schlecht für Titus sein.

*

Als es dunkel wurde, drängten sich die Menschen im Langhaus. Die Tische bogen sich unter all den Speisen, Met und Bier wurde heftig zugesprochen. Der überhitzte Raum bereitete Lilian Kopfschmerzen, aber sie traute sich nicht, allein hinauszugehen. Nicht nur die Luft schien ihr erhitzt, auch die Stimmung einiger Gäste brodelte.

„Er kann nicht Halvors Nachfolger sein, er ist ein Römer", hörte Lilian vom Tisch in der Nähe der Tür. Auch Titus hatte es gehört, sie bemerkte es, weil er neben ihr versteinerte.

Rolo, der mit Alsuna bei ihnen saß, stand auf und ging zu dem Tisch, an dem natürlich auch Wieland saß. „Das ist das Totenmahl für Halvor, er ist noch nicht mal verbrannt, ihr solltet den Frieden dieses Hauses nicht stören."

„Wir sind Usipier, wir lassen uns den Mund nicht von einem Speichellecker der Römer verbieten", maulte einer von Wielands Freunden.

„Ich bin ebenfalls Usipier, genau wie Halvor und sein Enkel und ihr seid im Haus meiner Familie. Wenn ihr euch nicht benehmt, geht!"

„Der Römer an deinem Tisch ist nicht Halvors Enkel. So blind kannst doch nicht mal du sein", zischte Wieland.

„Was willst du denn damit sagen? Dass Alsuna nicht Halvors Tochter ist?"

„Das würde ich niemals sagen. Alsuna ist eine wahrhafte Usipierin, aber sie ist das Opfer dieses Römers und seiner blauäugigen Seherin." Wieland stand auf und drehte sich mit ausgebreiteten Armen einmal langsam im Kreis. „Die meisten von euch erinnern sich noch daran, wie der Römer und die blauäugige Hexe hergekommen sind, um Alsuna zurück nach Vetera zu holen. Ihr kennt alle die Geschichte, wie die Hexe unsere Brüder unter ihren Bann gestellt hat, wie sie ihnen den Willen genommen hat und Marbod mit ihrem Fluch belegte."

„Enya ist keine Hexe, sie hat niemanden verflucht", knurrte Rolo.

„Ich werde euch sagen, was passiert ist", fuhr Wieland fort. „Der Römer hat Alsuna und auch die Hexe geschwängert. Ihr habt alle gesehen, wie Cato die blauäugige Seherin angesehen hat, du auch Rolo. Ich erinnere mich gut, wie wütend du damals auf den Römer warst."

„Das ist doch Jahre her", meinte Rolo.

„Ja, achtzehn Jahre, um genau zu sein."

„Alsuna wird ja wohl wissen, wer ihr Sohn ist", winkte Rolo ab.

„Und genau da irrst du dich. Die Hexe und Cato haben ihren Bastard gegen das Kind von Alsuna ausgetauscht. Seht ihn euch an! Welchen Beweis braucht ihr noch?" Wieland zeigte auf Titus, der inzwischen aufgestanden war und ihn wütend anstarrte. Seine Augen glühten blau vor Wut.

Lilian griff nach Titus Hand, lenkte seine Aufmerksamkeit auf sich. „Ruhig", flüsterte sie und er atmete bemüht tief durch. Gestern, allein mit Titus in ihrer Kammer, war Lilian bereits aufgefallen, dass sich seine Augen veränderten, wenn er aufgewühlt war. Sie hatte geglaubt, sexuelle Erregung sei dafür verantwortlich und es hatte sie mit Stolz erfüllt, dass sie ihn so fühlen lassen konnte, aber scheinbar gab es noch weitere Gemütszustände, die das Glühen verursachten.

„Es reicht!", schrie Dankrun. „Das ist ein Haus in Trauer. Wer den Frieden stört, geht. Raus, Wieland!"

Aufreizend langsam verließ Wieland das Haus, seine Freunde folgten ihm.

„Das war gar nicht gut", knurrte Rolo, als er sich wieder zu Lilian, Alsuna und Titus setzte.

„Wie können wir beweisen, dass Wieland lügt?", fragte Lilian.

Rolos Blick wurde noch dunkler. „Bis auf die Sache mit dem vertauschten Kind lügt er ja nicht. Und wenn man Titus neben Enya sieht, glaubt jeder, er ist ihr Sohn und nicht Alsunas."

„Aber ihr müsst doch nur von Noel erzählen, dann ist sofort klar, warum Titus so aussieht", flüsterte Lilian.

„Willst du Alsuna umbringen, Kind?" Rolo war eindeutig sauer.

„Was?" Lilian sah hilflos zu Titus.

„Die Untreue einer Frau ist bei den Usipiern keine Sache, die einfach so akzeptiert wird. Wenn jemand beweisen könnte, dass Alsuna Cato betrogen hat und aus dieser Verbindung auch noch ein Kind hervorgegangen ist, würde man sie zu Herrada bringen", erklärte Titus.

„Wer ist Herrada?", fragte Lilian.

Alsuna hatte dem Gespräch mit gesenktem Blick gelauscht. Erst jetzt schaute sie Lilian an, die Augen feucht von Tränen. „Herrada ist eine Seherin, sie fällt Urteile in Fällen wie meinem. Wenn Wieland nicht Ruhe gibt, werde ich mich ihrem Urteil stellen."

„Nein", sagten Rolo und Titus gleichzeitig.

„Was für eine Strafe würde dich denn erwarten?", wollte Lilian wissen.

„Das kann niemand vorhersagen. Vielleicht verlangt sie ein Schaf als Opfer für die Götter, vielleicht versenken sie mich im Moor."

Lilian konnte nicht fassen, was Alsuna erzählte. Seit dem Morgen war ihr diese Welt, wenn man mal über die fehlende Technik hinwegsah, immer normaler erschienen. Sie hatte sich sogar bei dem Gedanken erwischt, wie es wäre, hier zu leben.

„Ich spreche morgen mit Wieland. Wir werden eine Lösung finden, mit der alle leben können. Niemand passiert etwas", flüsterte Titus ihr zu.

Lilian blickte zu Rolo, der gar nicht zuversichtlich wirkte.

Allein in ihrer Kammer setzte sich Titus auf die Bettkante und vergrub das Gesicht in seinen Händen.

„Zieh dich aus und lass uns ins Bett gehen. Ich will einfach nur noch schlafen", forderte Lilian Titus auf. Sie fühlte sich genauso geschafft, wie er aussah.

„Nein, ich bringe dich jetzt nach Hause." Er holte den Sprungauslöser aus seinem Beutel, stand auf und streckte die Hand nach ihr aus.

Sie wich zurück, bis sie mit dem Rücken an der Tür lehnte. „Ich lasse dich jetzt nicht allein. Die halten Enya für eine Hexe. Was werden sie von dir glauben, wenn ich plötzlich verschwinde?"

„Mir fällt schon etwas ein."

„Nein", sagte sie entschlossen.

Resigniert schloss er die Augen. „Ich will ja gar nicht, dass du gehst, aber du willst doch sowieso nicht hierbleiben."

„Pack das Ding weg, sonst haue ich ab", forderte sie, den Riegel der Tür in der Hand.

Er steckte den Sprungauslöser zurück in seinen Beutel und erst jetzt schmiegte sie sich an ihn. „Komm mit mir, leb bei Noel, sei mit mir zusammen. Wir könnten ein Leben haben, ein sicheres Leben. Keine Moore, in denen Leute versenkt werden, keine größenwahnsinnigen Statthalter", versuchte sie, ihn zu überzeugen.

„Keine Familie, nichts, wohin ich gehöre."

„Du hättest Noel und du hättest mich."

„Ich kann nicht. So verführerisch das auch ist. Du hast gesehen, wie die Zukunft dieser Leute aussieht, wenn ich es nicht schaffe, die Macht zu übernehmen. Wieland wird alle ins Unglück stürzen."

Sie vergrub das Gesicht an seiner Brust. „Warum muss das alles so schwer sein? Warum gerade dann, wenn ich mich zum ersten Mal verliebe?"

Er lehnte sich etwas zurück und sah sie an. „So, du bist also verliebt? In wen?"

„Oh, er ist so ein Spinner mit einer Vorliebe für komische Klamotten." Sie öffnete den Gürtel um seine Tunika.

„Ist es für dich in Ordnung, wenn ich die komischen Klamotten heute komplett ausziehe", flüsterte er.

„Absolut und eindeutig ja."

Sie beeilten sich beide, aus ihrer Kleidung herauszukommen. Die bedrohliche Stimmung des Abends verbannte Lilian in den hintersten Winkel ihrer Gedanken und konzentrierte sich auf den Jungen vor ihr, der Titus mit einem Mal wieder war. Verschwunden war der Mann, den die Last seiner Bestimmung niederdrückte.

Er grinste, als er ihren interessierten Blick sah, mit dem sie ihn beim Ausziehen beobachtete. „Zufrieden?", fragte er.

„Ich denke, das geht so in Ordnung."

Mit einer fließenden Bewegung griff er nach ihr und begrub sie auf dem Bett unter sich. Seine Augen glühten blau auf und in Lilians

Bauch schlüpfte ein ganzer Schwarm Schmetterlinge. Sie zog ihn an ihre Lippen, schlang die Beine um ihn und fühlte ihn an ihrer Mitte. Titus rollte sich sofort von ihr herunter. „Entschuldige, ich hätte mich beinah vergessen."

„Schon gut, ging mir ja genauso."

Auf dem Rücken neben ihr liegend, sah er zu ihr hinüber. „Bei allen Göttern, Lilian. Ich würde das wirklich gern mit dir tun."

„Du könntest ja aufpassen."

„Du willst nicht meine Gemahlin sein, also kann ich dir nicht die Jungfräulichkeit nehmen."

„Das ist ein verfluchter Fetzen Haut, ich verstehe echt nicht, was das ganze Theater soll."

Titus lachte. „Du bist das gierigste kleine Ding, das mir jemals begegnet ist."

„Ich bin weder gierig noch ein Ding. Ich bin eine leidenschaftliche, emanzipierte Frau, die ihre Sexualität selbstbestimmt auslebt."

Titus runzelte die Stirn. „Dann bist du wirklich keine Jungfrau mehr? Ich dachte, ich hätte dich gestern falsch verstanden."

„Also ich hatte schon mal einen Freund und wir haben auch geknutscht und sowas, aber technisch gesehen, habe ich noch mit niemandem geschlafen. Wir wollten und ich hatte auch schon Kondome besorgt, aber dann haben wir uns gestritten und es ist nicht mehr dazu gekommen."

„Du hättest irgendeinem Burschen das kostbarste Geschenk gemacht, dass nur deinem Ehemann zusteht?"

Sie verdrehte die Augen. „Wenn du das so sagst, hört es sich an, als ob das falsch wäre."

„Natürlich ist das falsch. Vielleicht sollte ich dich gar nicht mehr nach Hause lassen, du brauchst definitiv jemanden, der besser auf dich aufpasst als deine Mutter."

Lilian schmunzelte. „Und du glaubst, du bist ein guter Wächter über meine Jungfräulichkeit, Mister *Oh-Lilian-ich-würde-das-jetzt-wirklich-gern-mit-dir-tun?*"

„Gut, ich sollte in diesem Fall vielleicht nicht den Moralisten spielen."

„Ist alles gut zwischen uns?", fragte sie.

„Ja, ist es. Ich bin nur froh über diesen Streit mit deinem früheren Gefährten."

„Und was wäre, wenn wir uns damals nicht gestritten hätten? Würdest du mich dann heute anders sehen?"

Er überlegte eine ganze Weile und Lilian wurde langsam sauer.

„Nein, das würde nichts an meinen Gefühlen für dich ändern", erklärte er.

„Glück gehabt, mein lieber Ehemann." Sie drückte ihn auf den Rücken und setzte sich rittlings über ihn. Dann beugte sie sich vor und küsste ihn, dabei bewegte sie ihre Hüften.

„Bitte, sag nochmal, dass ich dein Ehemann bin", stöhnte er in ihren Mund.

„Du gehörst mir, Titus Valerius", flüsterte sie.

Er griff zwischen sie, fasste seine Erektion und sah in ihre Augen. Lilian hob ihr Becken an und senkte sich dann langsam auf ihn herab. Ein scharfer Schmerz ließ sie zusammenzucken, aber sie hielt erst inne, als sie ihn vollständig in sich aufgenommen hatte. Sie dachte an das nicht vorhandene Kondom, aber sie hatte kurz bevor sie hergekommen war menstruiert und, wenn sie im Biologieunterricht richtig zugehört hatte, war die Wahrscheinlichkeit, heute schwanger zu werden, eher gering.

Titus Augen hatten niemals so blau gewirkt, seine Lippen waren leicht geöffnet und sein Atem sprach von mühsamer Zurückhaltung. Sie richtete sich auf, so dass er tiefer in sie eindrang, dann bewegten sie sich gemeinsam, seine Hände an ihren Hüften. Sie konnte den Blick nicht von ihm lösen. Titus so verloren in seinen Gefühlen zu sehen, verwandelte die Schmetterlinge in einen Schwarm Kolibris.

„Lilian, ich… das kann ich nicht mehr lange verhindern", stammelte er. Aber Lilian hatte ihre Entscheidung getroffen. Sie würde sich diesen Moment nicht kaputtmachen lassen.

„Komm, Titus. Lass los", flüsterte sie und fühlte, wie er sich ihr ergab.

KAPITEL 19

Noel und Greta betraten den Schankraum des Wirtshauses und sahen sich suchend um.

Enya schob ihre halbvollen Schale Puls von sich. „Du hast sie wieder mitgebracht?"

Böse funkelte Greta Noel an. „Also wolltest du mich doch loswerden."

„Ich denke immer noch, es wäre besser für dich, wenn du dortgeblieben wärst, aber du bist ja zu stur, um auf mich zu hören", knurrte er.

„Habt ihr schon gefrühstückt?", fragte Enya, hauptsächlich um die beiden abzulenken.

„Natürlich haben wir gefrühstückt. Warme Brötchen, Kaffee", zog Noel seine Schwester auf, die missmutig auf ihre Schale starrte.

„Esst Ihr das nicht mehr?", fragte Tiro.

„Nein. Iss nur."

Tiro löffelte auch Enyas Schale in Rekordgeschwindigkeit leer.

Je länger sie mit dem von Hunger und Gewalt gezeichneten Mann zusammen war, umso weniger nahm sie ihm sein Verhalten gegenüber Cato übel. „Tiro, möchtest du uns weiter begleiten, oder willst du lieber allein weiterziehen. Ich könnte dir Geld geben, damit du diese Gegend verlassen kannst", sagte Enya.

Er sah sie erstaunt an. „Ihr lasst mich gehen, Herrin?"

„Ich bin nicht deine Herrin, ich bin deine Schwägerin. Ich würde mich freuen, wenn du uns begleitest, auch weil ich dann deine offizielle Freilassung veranlassen könnte, wenn wir wieder in einer römischen Stadt sind. Dann wärst du nicht länger ein entflohener Sklave und könntest dich irgendwo niederlassen."

Unsicher sah er von Enya zu Noel. „Ich weiß nicht. Ich habe sowas noch nie entscheiden können."

Enya fühlte die aufsteigende Panik in Tiro. Die unbekannte Freiheit machte ihm genauso viel Angst wie der Gedanke, wieder eingefangen zu werden. „Komm erst einmal mit uns. Wenn wir Cato befreit haben, nehmen wir dich mit nach Colonia Agrippinensium. Du kannst deine Familie wiedersehen und dann in Ruhe entscheiden."

„Arsinoe ist tot", antwortete Tiro bitter.

„Ich wusste nicht, dass Arsinoe einen Sohn hatte", erklärte Enya.

Er starrte auf seine Hände, die noch immer die leere Schale umklammerten. „Warum sollte Euch das auch interessieren?"

Enya legte ihre Hand auf Tiros Arm. „Arsinoe war meine Freundin. Cato hat sie mehr geliebt als seine Stiefmutter und sogar mehr als seinen eigenen Vater."

„Woher wollt Ihr das wissen?"

Sie legte den Kopf schräg. „Ich sehe, was die Menschen denken. Hast du das noch nicht mitbekommen?"

„Doch. Seid Ihr eine dieser germanischen Hexen?"

„Nein, ich bin einfach nur Enya und du musst dich nicht vor mir fürchten."

Tiro rutschte auf seinem Stuhl herum. „Cato wird sich nicht freuen, wenn er mich wiedersieht."

„Das lass mal meine Sorge sein. Und jetzt müssen wir los, es ist schon beinah hell draußen."

Bis zur Fähre ging Tiro schweigend mit, dann blieb er stehen. „Ich glaube, ich will nicht auf die andere Seite."

Enya nahm einige Münzen aus ihrem Beutel und drückte sie in Tiros Hand. „Es tut mir leid, ich habe im Augenblick nicht mehr für dich, aber ich hoffe, das wird dich bis Colonia Agrippinensium bringen. Sag Nysa, ich schicke dich und du sollst auf uns warten."

Er nickte, dann stieg er aufs Pferd und ritt davon.

„Meinst du, er geht wirklich zu euch?", fragte Greta.

„Keine Ahnung, aber ich hoffe es."

*

Die Fährleute luden die Pferde auf der germanischen Seite des Rheins aus. Enya nahm den Fährmann mit den Hasenzähnen beiseite. „Wohin sind die fünf Männer mit den drei Sklaven geritten." „Ich habe doch gestern schon gesagt, die waren nicht hier." Enya sah in den Gedanken des Mannes, wie die Chatten ihre Pferde nach der Überfahrt bestiegen. Einer der Männer, nein, es war eine junge Frau, erkannte Enya, hatte Cato zu sich auf das Pferd geholfen. Dann waren sie den Berg hinauf geritten, die zwei Sklaven folgten den Chatten weiterhin gefesselt zu Fuß.

„Haben sie gesagt, wohin sie wollten?", fragte Enya.

„Ich sagte, ich kenne die nicht."

Enya fand kein Gespräch zwischen dem Fährmann und den Chatten, dass ihr weitergeholfen hätte. „Rate, wohin sie geritten sind", forderte sie.

Der Name *Sonnwin* tauchte in den Gedanken des Mannes auf.

„Wo finden wir diesen Sonnwin und wer ist das. Du musst dich nicht fürchten, aber du wirst mir die Wahrheit sagen und nichts verschweigen."

„Sonnwin betreibt einen Handelsplatz, etwa drei Stunden von hier. Er handelt mit allem, auch mit Sklaven. Folgt dem Weg, er führt euch zu Sonnwin."

Enya drückte dem Fährmann eine weitere Münze in die Hand, dann stieg sie auf ihr Pferd. „Zu Sonnwin, vielleicht ist Cato ja dort."

*

Aufgrund des mörderischen Tempos, das Enya anschlug, erreichten sie Sonnwins Handelsplatz nach zwei Stunden.

„Cato!", rief sie und sprang vom Pferd.

Ein bärtiger Mann kam aus einem Gebäude.

„Wo sind die Sklaven", fauchte sie ihn an und griff gleichzeitig nach seinem Verstand, damit sie keine Zeit mit Lügen und Ausflüchten verschwendeten. Der Mann zeigte auf ein kleines Gebäude.

Enya stürmte hinein, aber Cato war nicht unter den fünf Männern und zwei Frauen, die man hier untergebracht hatte. Aber zwei der Sklaven kannte sie aus Tiros Gedanken. „Wisst ihr, wo Cato ist?", fragte sie.

Die Männer wichen bis zur Wand zurück, vermutlich weil Enyas Augen schon wieder grell leuchteten. Sie atmete bemüht tief ein und aus, bis sie sich im Griff hatte, dann wiederholte sie ihre Frage.

„Norwin hat ihn mitgenommen", stammelte ein Sklave.

„Wer ist Norwin?"

„Er kommt häufig zu Clovius, um Sklaven zu kaufen. Mehr wissen wir von ihm nicht."

„Habt ihr mit Cato gesprochen? Wie ging es ihm?"

Die Sklaven wechselten einen Blick. „Er war meistens bei dieser Frau."

„Welche Frau?"

„Sie heißt Elfeda. Ihr Bruder Leif wollte Cato loswerden, weil er nicht laufen konnte, aber sie hat gesagt, er sei jetzt ihr Haustier und sie entscheide, was mit ihm passiert."

Enya biss die Zähne zusammen, um nicht zu schreien oder zu heulen.

Noel kam in die Sklavenunterkunft. „Ich habe Sonnwin mal etwas auf den Zahn gefühlt. Die Chatten gehören zur Sippe von Vilmar. Das ist sozusagen der Halvor Maso der Chatten. Die letzten überlebenden Kinder von Vilmar, Leif und seine Schwester Elfeda waren dabei. Sonnwin meint, sie sind auf dem Weg in ihr Dorf."

„Gut, dann nehmen wir ihn mit, damit er uns den Weg zeigt."

Noel zog Enya an sich. Sie zitterte am ganzen Körper, hatte das selbst aber scheinbar gar nicht bemerkt. „Wir finden ihn. Bleib ruhig."

„Ich habe solche Angst. Die behandeln Cato wie ein Tier. Du kennst ihn, er ist ein stolzer Mann, er wird sich das nicht gefallen lassen und dann werden sie ihn umbringen."

„Cato ist vor allem ein schlauer Mann. Er weiß, wie er sich verhalten muss, um zu überleben."

„Wenn diese Frau ihn anfasst, bringe ich sie um", grummelte Enya.

Noel schmunzelte. „Erst mal müssen wir sie finden, bevor du ihr die Augen auskratzen kannst.

„Amüsiert dich das etwa?", fauchte sie ihn an.

„Na ja, ich hatte nicht erwartet, dass es Catos Sklavenjob sein würde, das Schoßhündchen der Tochter des Anführers der Chatten zu sein. Du bist doch nicht etwa eifersüchtig, Schwesterchen?"

Sie stieß ihn von sich. „Ich mache mir Sorgen um das Leben meines Mannes und du verarscht mich?"

Er zuckte mit den Schultern. „Zumindest zitterst du jetzt nicht mehr. Hast du dich wieder im Griff?"

„Ja, ich denke, es geht wieder", murmelte sie zerknirscht.

„Dann werden wir jetzt eine kleine Pause machen, etwas essen und trinken und dann reiten wir weiter. Und diesen Sonnwin nehmen wir nicht mit. Wir können unterwegs nach dem Weg fragen. Jeder hier wird wissen, wo Vilmars Dorf ist."

KAPITEL 20

Es war inzwischen Nachmittag und Cato vom Dauerregen bis auf die Haut durchnässt. Der stetig kälter werdende Wind ließ ihn zittern. Allein das Pferd und Elfeda vor ihm, gaben ihm etwas Wärme. Die Chattin warf besorgte Blicke zum Himmel. Die dunklen Wolken sahen eher nach Schnee als nach Regen aus.

„Wie weit ist es bis zu eurem Dorf", fragte er.

„Von hier aus noch eine knappe Tagesreise."

„Und wo werden wir die Nacht verbringen?"

„Du wirst doch keine Angst vor ein paar Regentropfen haben, alter Mann."

„Mit der richtigen Ausrüstung nicht", murmelte Cato.

Elfeda warf ihm einen Blick über die Schulter zu. „Warst du in der Legion?"

„Nein."

„Du sollst deine Herrin nicht anlügen, Sklave."

„Als ich jung war, war ich in der Legion. Wie kommst du darauf?"

Sie dachte kurz nach. „Es ist die Art, wie du dich bewegst. Wo warst du stationiert?"

„Castra Vetera."

Eine Gruppe von fünf Männern kam ihnen entgegen. Es waren die ersten anderen Menschen, die sie heute sahen. Die Kapuzen ihrer Umhänge hatten sie tief in die Gesichter gezogen.

Norwin signalisierte Elfeda, sie solle mit Leif zurückbleiben, er selbst, Tore und Wernulf ritten auf die Gruppe zu. Das Verhalten des keinen Chatten zeigte deutlich, dass die drei Männer mit dem Schutz Elfedas und ihres Bruders beauftragt waren.

Sobald Norwin Entwarnung gab und absaß, drehte sich Elfeda zu Cato. „Runter vom Pferd!"

Cato verzog schmerzhaft das Gesicht, als er mit dem verletzten Fuß auf dem Boden aufkam.

„Pass auf ihn auf, Leif!" Elfeda trieb ihr Pferd an und ritt hinüber zu Norwin.

Leif kochte vor Wut über Elfedas Bevormundung. „Los, an den Baum", kommandierte Leif.

Cato humpelte zu der großen Eiche mit den tiefhängenden, ausladenden Ästen. Leif knotete eine Schlinge an das Ende eines Seils. Auf dem Pferd sitzend, legte er sie um Catos Hals. Das andere Seilende warf er über einen dicken Ast und zog an, bis Cato auf den Zehenspitzen stand.

Cato krallte die Finger unter das Seil, damit ihn die Schlinge nicht strangulierte. „Ich kann doch sowieso nicht weglaufen. Was soll das, Leif?", röchelte Cato.

Leif knotete das Seil fest und stieg dann vom Pferd. Obwohl Cato sich wehrte, zwang er seine Hände auf den Rücken und fesselte sie. Stumm verfluchte Cato sich selbst, weil er zugelassen hatte, dass ihm Leif die Schlinge um den Hals legte. Elfedas Freundlichkeit hatte ihn in Sicherheit gewiegt.

„Ab sofort lässt du die Hände und die Augen von meiner Schwester! Verstanden, Sklave?"

Cato funkelte ihn finster an, eine Reaktion, die Leif nicht gefiel. Er trat Cato die Beine weg, die Schlinge zog sich zu und Cato hatte Mühe, wieder auf die Füße zu kommen. Aber selbst, als er stand, bekam er kaum Luft, da sich das Seil trotz der nachlassenden Spannung nicht wieder lockerte. Mit einem fiesen Grinsen stieg Leif aufs Pferd und ritt zu den anderen.

Es kam Cato wie Stunden vor, bis Elfeda zu ihm kam und das Seil vom Baum löste. Kraftlos fiel er auf den Boden. Sie stieg vom Pferd und lockerte zuerst die Schlinge, die einen tiefen Abdruck um Catos Hals hinterlassen hatte. Erlöst atmete er tief ein und aus.

„Schon gut, es ist vorbei", flüsterte Elfeda und strich über seinen Rücken.

Er hustete und sie löste die Handfesseln. Cato versuchte, sich aufzurichten, aber die Chattin drückte ihn wieder zu Boden. „Lass dir Zeit."

Nur langsam ließ Catos Schwindel nach. „Ich habe das unbestimmte Gefühl, dein Bruder kann mich nicht leiden", sagte Cato mit rauer Stimme.

Elfeda lächelte und zupfte ein Blatt aus seinen dunklen Haaren, die an den Schläfen das erste Grau zeigten. „Wie kommst du nur darauf?"

„Hast du dein Haustier endlich genug gestreichelt, Elfeda?", rief Norwin.

Sie richtete sich auf und reichte Cato die Hand, um ihm auf die Beine zu helfen. „Geht es wieder, alter Mann?"

„Mir geht es gut", brummte Cato.

„Ja, klar." Sie stieg aufs Pferd und reichte ihm erneut die Hand, um ihm hoch zu helfen.

Leif starrte Cato aus schmalen Augen an, als dieser seine Hände an Elfedas Taille legte, um sich festzuhalten.

„Wer waren die Männer?", fragte Cato, seine Stimme war nur ein Krächzen.

„Du solltest nicht so viel reden."

„Warum sagst du es mir nicht? Was soll ich mit der Information schon anfangen?"

„Sie sind aus einem Nachbardorf und jetzt halt deinen Mund, sonst schläfst du heute Nacht bei Leif."

Eine Stunde später sahen sie ein Dorf in einem Tal.

Cato bemerkte, dass kein Rauch aus den Feuerstellen aufstieg, der Ort schien verlassen zu sein. „Was ist hier passiert?"

„Das waren deine Kameraden von der Legion", antwortete Elfeda.

„Muss schon lange her sein, es herrscht doch seit Jahren Frieden zwischen Rom und den Chatten."

Elfeda schnaubte.

Die Dächer der meisten Häuser waren eingestürzt und die Wände löchrig. Sie führten die Pferde in das am besten erhaltene Haus und luden ihr Gepäck ab. Tore und Wernulf rieben die Tiere mit altem

Stroh trocken, während Elfeda und Cato Holz in der Feuerstelle des Langhauses aufschichteten.

„Schaut, was ich gefunden habe!" Norwin hing einen alten Kessel über die Feuerstelle.

„Ich denke, den sollten wir erst mal saubermachen", sagte Elfeda. Sie erhob sich, um den Topf in der vom Regen randvollen Tränke auf dem Hof zu waschen. „Komm mit, Cato", rief sie.

Cato humpelte hinter ihr her.

„Der läuft dir ja tatsächlich nach wie ein Hund", lästerte Norwin. Leif sah weniger amüsiert aus.

„Vielleicht wäre es besser, etwas mehr Abstand zu halten", sagte Cato, als sie allein waren.

Elfeda drückte ihm den Kessel in die Hand. „Saubermachen." Sie sah Cato bei der Reinigung zu.

„Deinem Bruder gefällt es nicht, wenn ich in deiner Nähe bin."

„Ich nehme mir Leif später vor. Er hat die Hände von meinem Eigentum zu lassen."

Cato spülte den Kessel aus. „Ich denke, es wäre besser, ihn nicht noch weiter zu reizen."

Sie sah ihn abschätzend an. „Hast du Angst vor meinem kleinen Bruder?"

Cato schwieg und reichte ihr den leidlich sauberen Topf.

„Mag sein, du hast Recht", sagte Elfeda und Cato folgte ihr zurück ins Haus.

Das Feuer brannte und verbreitete eine feuchte Wärme.

Elfeda setzte sich nah an die Flammen und bedeutete Cato, sich um das Abendessen zu kümmern. Sie beobachtete ihn eine Weile. „Du kannst kochen", stellte sie fest.

„Eines der nützlichen Dinge, die man bei der Legion lernt."

„Tribun!", rief Elfeda.

Cato schaute auf und sie grinste breit.

„Oft hast du bestimmt nicht gekocht, als du in der Legion warst. Stimmt's Tribun?"

Er ärgerte sich über seinen unbedachten Reflex und überlegte, es abzustreiten, entschied sich dann aber dagegen. Erstens hätte das nur

Elfedas Misstrauen erregt und zweitens gab es so viele Tribune in Germania inferior, dass sich seine Herkunft nicht aus dem Rang ableiten ließ. „Beschwer dich bei der Legion, wenn es dir nicht schmeckt", sagte er.

Obwohl das Kochen Elfeda wieder ungewollte Einblicke in Catos Vergangenheit lieferte, hatte die Arbeit am Feuer doch den angenehmen Effekt, dass seine Kleider trockneten und ihm warm wurde. Trotz Protests von Leif gab Elfeda Cato ebenfalls eine Portion des heißen Gemüseeintopfs. Es war eine solche Erleichterung für Cato, endlich mal wieder warm und satt zu sein.

Die Chatten unterhielten sich über ein bevorstehendes Thing, eine Stammeszusammenkunft, aber Cato hörte nur mit halbem Ohr zu. Er zog den Stiefel aus und untersuchte seinen verletzten Fuß. Die Farbe schien dunkler geworden zu sein, aber der Schmerz hatte etwas nachgelassen. Diese Nacht bot ihm die letzte Chance auf eine Flucht, bevor sie Vilmars Dorf erreichten. An ihrem Ziel würde es für ihn wesentlich schwerer sein, unbemerkt zu entkommen.

„Was macht der Fuß?" Elfeda setzte sich neben ihn.

„Siehst du ja", er zog den Stiefel wieder an.

„Und der Hals?" Sie zog die Tunika an seinem Hals zurück und betrachtete die aufgeschürften Male.

Cato sah sie genervt an. „Hast du Angst, ich kann deine Wünsche nicht zu deiner Zufriedenheit erfüllen? Ich vermute, Laufen oder Reden ist dazu nicht notwendig."

Sie warf ihm einen dunklen Blick zu, aber dann entspannten sich ihre Züge wieder. „Warum willst du, dass ich böse auf dich bin?"

„Ich will keinen Ärger mit deinem Bruder. Bei der nächsten Gelegenheit ist das Seil vielleicht kürzer."

Sie stand auf und schnalzte mit der Zunge, als würde sie ihr Pferd antreiben, damit Cato ihr folgte. In der hintersten Ecke des Raumes zeigte sie auf den Boden. „Knie dich dorthin."

Cato überlegte, wie er Elfeda dazu brachte, auf die Fesselung seiner Unterarme zu verzichten. Wenn sie ihn verschnürte wie in der vergangenen Nacht, blieb ihm kaum eine Möglichkeit, sich zu befreien. Um sofort zu fliehen, waren aber zu viele Chatten in der Nähe, ihm blieb nur zu warten, bis sie schliefen. Die Männer hatten alle ausgiebig von Sonnwins Met getrunken, was Catos Plänen sehr entgegenkam.

„Arme nach hinten", sagte Elfeda und zog das geflochtene Lederband aus ihrem Gürtel. Statt die Ellenbogen zu umfassen, wie sie es gestern von ihm verlangt hatte, legte er die Handgelenke mit ausgestreckten Armen aneinander.

Sie zögerte einen Augenblick, band ihm die Hände dann aber doch auf diese Art zusammen. „Hinlegen." Mit einem zweiten Band verschnürte sie Catos Füße, ließ aber genug Spielraum, dass die Fessel nicht in seinen verletzten Knöchel einschnitt. „Schlaf", kommandierte sie, dann setzte sie sich wieder zu den Männern ans Feuer.

Wenig später legten sich die Chatten zum Schlafen um das Feuer und das Schnarchen der Männer erfüllte den Raum. Cato versuchte, möglichst unauffällig die Tonscherbe, die er beim Kochen gefunden und hinten in seinen Hosenbund gesteckt hatte, herauszuholen. Die Scherbe war nicht sehr scharf und es dauerte eine halbe Ewigkeit, bis Cato die Arme endlich befreit hatte, aber die Scherbe hatte nicht nur das Band, sondern auch seine Hände an diversen Stellen zerschnitten. Er wartete einige Minuten regungslos, aber das Schnarchen veränderte sich nicht. Im Zeitlupentempo beugte er sich vor, um die Fußfessel aufzuknoten, dann schlich er leise zum hinteren Ausgang des Hauses. Er warf einen sehnsüchtigen Blick zurück zu den Pferden, aber wenn er eines davon gestohlen hätte, wären die Männer mit Sicherheit erwacht. Bevor er das Haus verließ, schaute er nochmals zu den Chatten. Er zuckte zusammen, als er Elfedas Blick begegnete. Sie lag in ihren Mantel eingehüllt regungslos da. Er nickte ihr zu, dann schlich er hinaus.

Der Wind hatte die Wolken inzwischen vertrieben und der Mond erhellte den Dorfplatz. Cato humpelte, so schnell es sein verletzter Knöchel zuließ, auf die Bäume zu. Er musste so weit wie möglich von den Chatten wegkommen und er brauchte ein Versteck. Sie würden sich nicht lange mit der Suche nach einem unverkäuflichen Sklaven aufhalten, hoffte er.

„Willst du, dass ich dich als Zielscheibe benutze, oder kommst du freiwillig zurück", hörte Cato Norwins Stimme hinter sich. Frustriert schloss er die Augen und drehte sich langsam um. Der kleine Chatte hatte seinen Bogen im Anschlag und Cato war sicher, auf diese Entfernung würde er ihn nicht verfehlen. Er humpelte zurück zum Langhaus, in dem sich inzwischen auch die anderen Chatten regten.

„Du hast ihn absichtlich nicht richtig gefesselt", fauchte Leif Elfeda an, die daraufhin das zerschnittene Lederband aufhob und unter seine Nase hielt.

„Dann hast du ihm eben ein Messer gegeben." Wütend stapfte Leif auf Cato zu.

Wernulf warf ein neues Stück Holz in die Glut und die Flammen malten zuckende Schatten auf die Wände.

„Wo ist das Messer", schrie Leif.

Cato zeigte seine leeren Hände. „Ich habe kein Messer."

Leif warf Tore das intakte Lederband zu und der Chatte band Catos Arme auf dem Rücken zusammen, wie Elfeda es in der ersten Nacht getan hatte, Unterarm an Unterarm, die Hände an den Ellenbogen. Die erzwungene Haltung schmerzte augenblicklich und das Lederband schnitt in sein Fleisch.

Erst jetzt trat Leif nah an Cato heran und tastete ihn nach der Waffe ab. „Wo ist das Messer?", zischte er erneut.

„Ich habe kein Messer", wiederholte Cato bemüht, ruhig zu bleiben.

Der erste Schlag traf ihn in den Magen und er fiel auf die Knie. Leif starrte kalt auf Cato herab, der sich mühsam wieder aufrichtete.

„Wo ist das Messer?"

Cato sah die Genugtuung in Leifs Augen, ihn auf Knien zu sehen. Leif trat nach Cato, der es nicht schaffte, auszuweichen. Er traf ihn an der Schläfe und Cato schmeckte Blut, dann wurde es schwarz.

*

Catos Kopf dröhnte, als er die Augen öffnete. Er versuchte vergeblich, sich zu bewegen, man hatte seine Beine zusammengebunden und hinter seinem Rücken mit den gefesselten Armen verbunden. Das Schnarchen der Männer tönte durch das verfallene Haus. Das Feuer war beinah heruntergebrannt, nur ein dunkler Schein ließ ihn die Konturen der Dinge erkennen.

„Du hättest es noch nicht versuchen sollen."

Er erschrak, als er Elfedas Stimme hinter sich hörte. Sie rutschte in sein Blickfeld und hob Catos Kopf auf ihren Schoß. Die Bewegung schmerzte in seinem verschnürten Körper. Dann öffnete sie einen Wasserbeutel und flößte ihm etwas Flüssigkeit ein.

„War wahrscheinlich die letzte Gelegenheit, bevor wir in eurem Dorf sind", antwortete er leise, um die anderen nicht zu wecken.

Sie strich die Haare aus seiner Stirn, ließ die Finger über sein Gesicht und den sich langsam bildenden Bart wandern. „Du siehst bald aus, wie einer von uns."

„Ich brauche eine Rasur, aber ich vermute, Leif wird mir sein Messer nicht leihen."

„Für dich ist es besser, wenn du einen Bart hast. Dann gehst du zumindest von Weitem als Chatte durch. Von Nahem sieht natürlich jeder, dass du ein Römer bist, der zu dumm zur Flucht ist." Sie berührte seine aufgeplatzte Lippe mit den Fingerspitzen.

„Was willst du von mir, Elfeda?"

„Nichts. Du bist nur eine kleine Ablenkung." Sie breitete die Decke, die um ihre Schultern gelegen hatte, über Cato und legte sich dann neben ihn, Gesicht an Gesicht. Er fühlte ihren warmen Atem.

Ihre Hand strich über seine Seite. „Du solltest nicht versuchen, zu fliehen. Du tust dir nur weh."

„Warum hast du mich eben nicht aufgehalten?"

„Vielleicht wollte ich sehen, wie weit du kommst." Sie rutschte näher an ihn heran und legte den Kopf an Catos Brust, einen Arm um seine Taille geschlungen. „Und jetzt schlaf. Morgen Nachmittag werden wir bei meinem Vater sein", flüsterte sie.

KAPITEL 21

Schon kurz nach Sonnenaufgang war jeder Usipier im Dorf mit Vorbereitungen für Halvors Feuerbestattung beschäftigt. Auf einer Wiese in der Nähe des Dorfs war ein Scheiterhaufen aufgeschichtet worden, um den sich im Laufe des Vormittags immer mehr Menschen sammelten. Die wenigsten davon kamen Lilian bekannt vor und sie war beunruhigt, weil fast alle Männer mit Schilden und Schwertern bewaffnet waren.

Halvors Leiche hatte man in Tücher gewickelt, vier Usipier trugen ihn zusammen mit Titus und Rolo zu dem vorbereiteten Scheiterhaufen und legten ihn auf das Holz. Alsuna und Dankrun folgten dem Leichnam und klammerten sich aneinander, aber sie weinten nicht. Lilian war beinah die Letzte in der stummen Prozession; die Stille war ihr unheimlich. Ohne Titus fühlte sie sich verloren zwischen den fremden Menschen.

Titus Haltung war aufrecht, beherrscht, als er an einem kleinen Feuer eine Fackel entzündete und den Scheiterhaufen damit in Brand steckte. Sobald die Flammen das trockene Holz vollständig umhüllten, brandete Lärm auf, der Lilian zusammenfahren ließ. Die Männer schlugen mit ihren Schwertern rhythmisch auf die Schilde. Ein Junge reichte Titus und Rollo Schilde und beide zog ihre Schwerter, um sich dem letzten Gruß an Halvor Maso anzuschließen, der die Usipier so lange geführt hatte.

Lilian sah bei vielen Menschen echte Trauer aber auch Sorge. So wie Wieland gestern über die Römer gesprochen hatte, waren ihre Befürchtungen vermutlich nicht unbegründet. Die Usipier lebten in Lilians Augen in primitiven Verhältnissen, aber niemand hungerte.

Die Kinder sahen gesund aus, es schien allen unter Halvors Führung gutgegangen zu sein. Wenn Wieland und seine Freunde die Macht übernahmen und den Frieden mit den Römern beendeten, war selbst Lilian klar, dass sich das Leben der Usipier gravierend verschlechtern würde. Es war ihr ein Rätsel, warum überhaupt jemand Wieland folgte. Aber andererseits gab es auch in ihrer Zeit genug Fanatiker, die ganze Völker ins Unglück stürzten.

Bei all den Grübeleien war Lilian nicht aufgefallen, wie Rolo vor den brennenden Scheiterhaufen getreten war. Der Lärm der Männer ebbte ab, als er die Arme ausbreitete, um sich Aufmerksamkeit zu verschaffen.

„Brüder, Schwestern. Halvor geht, ein neuer Anführer kommt." Er winkte Titus zu sich. „Halvor hat Titus zu seinem Erben bestimmt, er wird uns ab heute so umsichtig und energisch führen, wie es sein Großvater getan hat."

Einige Männer schlugen wieder mit den Schwertern auf die Schilde, aber bei Weitem nicht alle. Titus stand mit steinerner Miene neben Rolo.

Dann drängte sich Wieland nach vorn. „Der Anführer der Usipier muss ein Usipier sein. Wir werden keinem Römer folgen, auch wenn er über magische Kräfte verfügt."

„Verschwinde Wieland", maulte Rolo, aber Titus schob seinen Stiefvater zur Seite.

„Wieland, ich will der Führer aller Usipier sein. Lass uns über deine Bedenken in Ruhe reden und eine Lösung finden." Titus streckte die Hand aus, um den ungepflegten Mann an der Schulter zu berühren, aber dieser wich zwei Schritte zurück.

„Du wirst mich nicht verhexen, wie es deine Mutter, die blauäugige Hexe Enya, mit so vielen unserer Brüder getan hat!"

Ein Raunen ging durch die Menge.

„Das ist nicht der richtige Ort, um zu streiten", versuchte Rolo, die Menschen zu beruhigen.

Aber Wieland war nicht bereit, das Feld kampflos zu räumen. „Du hast Recht, das ist nicht der richtige Ort. Ich fordere eine Entscheidung im Thing über Halvors Nachfolge."

Rolo und Titus wechselten einen dunklen Blick.

„Einverstanden", sagte Titus und verließ den Platz, auf dem der Scheiterhaufen immer noch lichterloh brannte.

„Komm mit mir", sagte er und nahm Lilians Hand.

*

„Was bedeutet das?", fragte Lilian. Sie beeilte sich, um mit ihm schrittzuhalten.

„Das Thing ist eine Stammesversammlung. Dort wird die Nachfolge Halvors diskutiert werden und sie werden abstimmen, wer sie anführen soll. So ist es Sitte, wenn ein neuer Anführer nicht akzeptiert wird."

„Das ist Demokratie. Für so fortschrittlich hätte ich die Usipier gar nicht gehalten."

„Deine Stimme ginge dann wohl an Wieland, wenn du ein Mann wärst."

„War ja klar, dass nur die Männer wählen dürfen. Aber ich wäre wirklich froh, wenn du den Job nicht bekommen würdest. Bist du mir deshalb böse?"

„Ich wäre ja selbst froh, wenn es ein anderer machte, aber wie es aussieht, würde das bedeuten, dass der Frieden mit den Römern nicht mehr lange hält. Vielleicht ist schon zu lange Ruhe, als dass sich die Leute noch an die Übermacht der Legion erinnern können, aber es wird ihnen schnell wieder einfallen, wenn sie mit Gewalt unterworfen werden."

Lilian drückte Titus Hand.

Er schenkte ihr ein trauriges Lächeln. „Ich hatte gehofft, Wieland hätte wenigstens Halvors Abschied abgewartet, bevor er mit der Nachfolgediskussion beginnt."

Lilian blieb stehen und zwang ihn so, ebenfalls anzuhalten. Sie legte ihre Hand an Titus Wange. „Ich habe dir noch gar nicht gesagt, wie leid es mir tut, dass du deinen Großvater verloren hast. Bei all dem Gerede über die Nachfolgte geht beinah unter, dass jemand gestorben ist, den du gern hattest."

Er zog sie an sich und vergrub das Gesicht in ihren kurzen Haaren. „Er war ein harter Mann, hat die Politik auch über persönliche

Angelegenheiten gestellt, aber er liebte seine Familie, das haben wir alle gespürt." Er nahm sich nur einen Augenblick, dann zog er Lilian weiter.

"Hast du vorhin, als Wieland dir vorgeworfen hat, du wollest ihn verhexen, tatsächlich versucht, ihn zu beeinflussen?" Er lächelte schief. "Ist dir nicht entgangen, was?"

"Was wolltest du tun?"

"Bei einer Berührung hätte ich sehen können, was er vorhat. Bei einer längeren Berührung hätte ich ihn beeinflussen können."

"Du solltest mit sowas vorsichtig sein. Wenn er seine Meinung plötzlich ändert, kommen seine Freunde bestimmt darauf, dass du etwas damit zu tun hast. ... Gibt es hier eigentlich Hexenverbrennungen?"

Er legte den Arm um sie und zog sie näher an sich. "Nein, keine Angst. Meine Mutter hat mir von dieser üblen Geschichte erzählt, aber das kommt erst in vielen Jahren. Die Germanen glauben an übersinnliche Fähigkeiten und verehren Menschen, die darüber verfügen."

"Ist Herrada auch so eine übersinnliche Person?"

"Herrada ist eine Seherin. Man sagt, sie kennt die Zukunft und ihre Prophezeiungen sind schon häufig eingetreten. Nicht nur die Usipier hören auf ihr Urteil, sie ist bei vielen germanischen Stämmen bekannt und Menschen legen weite Wege zurück, um ihre Meinung zu hören."

"Bist du ihr schon mal begegnet?"

"Nein, aber das wird sich ja bald ändern."

"Warum?"

"Das Thing, das Wieland einberufen will, wird bei Herrada stattfinden. Wenn sich die Usipier nicht auf einen Anführer einigen können, wird sie entscheiden."

"Und wann werden wir zu Herrada aufbrechen?"

"Ich breche morgen auf, du gehst nach Hause", sagte er.

"Ich lasse dich nicht allein. Wenn es gefährlich wird, fliehen wir zusammen in die Zukunft."

Er lächelte. "Da habe ich wohl ein ziemlich dickköpfiges Weib geheiratet."

„Zu spät für Reue, nach gestern Nacht ist die Ehe in dieser Zeit nach allen Kriterien gültig."

„Ja, besonders dann, wenn es Folgen hat, dass ich bei dir gelegen habe."

„Ich glaube nicht, dass ich schwanger bin. War nicht der richtige Zeitpunkt."

„Du kannst das nicht sicher wissen."

„Nein, sicher bin ich nicht, aber fast. Sonst hätte ich nicht mit dir geschlafen."

Er sah ein wenig enttäuscht aus.

„Würdest du etwa ein Kind wollen?"

„Nein, das wäre kein günstiger Zeitpunkt. Ich sorge mich schon genug um dich allein."

„Kein Grund, sich um mich zu sorgen, den Abenteuerurlaub mit dir fände ich vielleicht sogar schön, wenn das mit deinem Großvater, das mit deinem Vater und das mit Wieland nicht passiert wäre."

„Ziemlich viele Gründe, es hier furchtbar zu finden."

„Und doch gibt es da einen, der mich ziemlich für diese Zeit begeistert." Sie lächelte ihn an und Titus zog sie ein wenig fester an seine Seite.

*

Alsuna ließ sich weder von Titus, noch von Rolo überreden, bei Dankrun zu bleiben. Sie würde ihren Sohn auf keinen Fall alleinlassen und Lilian vermutete, sie hatte ein schlechtes Gewissen, weil sie mit seiner Zeugung dieses Damoklesschwert über ihn gehängt hatte.

Die meisten Männer aus dem Dorf reisten ebenfalls mit ihnen zu Herrada, so dass ein Tross von über dreißig Usipiern mit Titus, Rolo und Lilian aufbrachen und an jedem Dorf, das sie passierten, schlossen sich weitere Germanen an. Die meisten zu Fuß, wenige zu Pferd und einige mit Ochsenkarren, auf denen Gepäck und Verpflegung transportiert wurde.

Titus hatte am gestrigen Tag mit Lilian Reiten geübt, aber sie fühlte sich immer noch unsicher auf dem Tier, das glücklicherweise beinah von selbst dem Pferd von Titus folgte.

KAPITEL 22

„Das muss es sein", sagte Noel. Am Fuß des Hügels, auf dem Enya, Greta und er standen, lag ein Dorf am Ufer eines Flusses. Kaum ein Mensch war zu sehen, aber die Feuerstellen in den Häusern sandten Rauch in die aufziehende Dämmerung. Es war schneidendkalt, aber glücklicherweise hatte es gegen Mittag aufgehört zu regnen. So, wie die Temperatur gefallen war, würde jeder neue Niederschlag als Schnee fallen und den konnten sie im Augenblick überhaupt nicht brauchen.

„Na los, holen wir Cato", sagte Enya.

Sie näherten sich dem Dorf und Männer, bewaffnet mit Keulen, Schwertern und Bögen, kamen aus den Häusern. Enyas Pferd tänzelte, aber sie war inzwischen eine passable Reiterin und brachte es schnell wieder unter Kontrolle.

„Wir suchen Elfeda", sagte Enya und ließ die Männer ihre Waffen auf dem Boden ablegen. Sie erweiterte den Umkreis, in dem sie die Menschen unter Kontrolle hielt und zwang alle Bewohner des Dorfes auf den Platz. Die junge Frau, die sie in Sonnwins Gedanken gesehen hatte, war nicht unter den verängstigten Menschen, die sie mit großen Augen anstarrten. Enya wandte sich an Noel. „Durchsuch die Häuser und Ställe."

Da sie Catos Gedanken nicht fand, konnte er, falls er hier war, nur bewusstlos oder tot sein. Sie stieg vom Pferd und auch Greta ließ sich ungelenk vom Rücken ihres Reittieres gleiten.

Unter den verängstigten Menschen gab es auffällig wenige Männer. Die meisten waren entweder halbe Kinder oder Greise.

Enya griff nach den Gedanken einer Frau in ihrem Alter und ließ sie vor die Menge treten. „Wo ist Elfeda und die Männer, die sie begleitet haben?", fragte Enya und verhinderte, dass die Frau log.

„Vilmar hat Elfeda und ihren Bruder Leif mit einer Nachricht fortgeschickt. Wir erwarten sie bald zurück."

Enya presste die Lippen aufeinander. Die Chatten hatten einen ganzen Tag Vorsprung und kannten sich in dieser Gegend aus, wodurch sie schneller gewesen sein mussten als Enya, Noel und Greta. Es war daher unwahrscheinlich, dass sie sie unbemerkt überholt hatten. Hätten die Chatten tatsächlich geplant, Cato hier her zu bringen, müssten sie längst hier sein.

„Er ist nicht hier", rief Noel und trabte zurück zu Enya und Greta.

Enyas Augen füllten sich mit Tränen. „Was machen wir denn jetzt? Cato könnte überall sein und wir haben keinen Anhaltspunkt, wo wir suchen müssen."

„Vielleicht sollten wir hier warten, sie könnten ja noch kommen", schlug Noel vor.

Greta schüttelte energisch den Kopf. „Wir können nicht hier rumsitzen, wir müssen zu Lilian."

Enya riss sich zusammen. Es musste etwas passiert sein, was die Pläne der Chatten geändert hatte. Möglicherweise waren sie überfallen worden und deshalb noch nicht hier angekommen. Sie wandte sich wieder an die Dorfbewohnerin. „Wo ist Vilmar, Elfedas Vater?"

„Er ist mit den Männern unterwegs zum Thing."

„War das schon lange geplant oder wurde das Thing kurzfristig einberufen?", fragte Enya.

„Ein Bote kam mit der Nachricht, dass der Anführer der Usipier im Sterben liegt. Es geht um die Nachfolge."

„Was geht Halvors Nachfolge die Chatten an?", fragte Enya mit einem unguten Gefühl.

„Das weiß ich nicht."

Enya durchsuchte die Gedanken der anderen Bewohner, aber außer der Information, dass sich die Chatten einen größeren Einfluss auf die Usipier wünschten, fand sie nichts.

„Sind Titus und Lilian jetzt in Gefahr?", fragte Greta und brach in Tränen aus.

Noel legte die Arme um sie. „Titus passt schon auf sie auf. Wenn es gefährlich wird, können sie innerhalb von Sekunden nach Hause springen." Trotz der beruhigenden Worte war sein Blick zu seiner Schwester wenig optimistisch.

Enya atmete tief durch. Es hatte keinen Sinn, hier lange zu warten, sie mussten Catos Spur schnell wiederfinden und der einzige Anhaltspunkt war das Thing. „Wir warten den morgigen Tag ab, ob sie nicht doch noch hierher kommen, dann reiten wir nach Norden zu Titus und Lilian. Vielleicht haben Catos Entführer ja auch von dem Thing gehört und sind ebenfalls auf dem Weg dorthin", beschloss Enya.

KAPITEL 23

Cato schaffte es nur mit Mühe, hinter Elfeda auf das Pferd zu steigen. Die Prügel, die er nach dem Fluchtversuch eingesteckt hatte und die unbequeme Nacht hatten seine Muskeln verhärtet und dem verletzten Fuß nicht gutgetan. Dazu kam der eisige Nieselregen, der seine Kleidung schon nach kurzer Zeit erneut durchnässte. Auch wenn Leif ihn wieder finster anfunkelte, rückte er nah an Elfeda, da das zumindest etwas Wärme versprach.

„Warum reiten wir nach Norden?", fragte Cato.

„Wir reiten zu meinem Vater, das habe ich dir doch gesagt", antwortete Elfeda.

„Seit wir von Sonnwin aufgebrochen sind, sind wir nach Osten geritten. Wenn euer Dorf nordöstlich von Sonnwin liegt, haben wir einen riesigen Umweg gemacht."

„Ganz schön neugierig, mein Haustier."

„Sag schon", forderte Cato.

„Damit du wieder Fluchtpläne schmieden kannst?"

„Mache ich den Eindruck, als könne ich momentan einen erfolgreichen Fluchtversuch unternehmen?"

„Verrückt genug, es zu versuchen, bist du ja. Aber den nächsten Fluchtversuch wirst du nicht überleben, das ist dir hoffentlich klar."

Cato brummte eine Zustimmung.

„Also gut, ich erzähle es dir. Die Männer, die wir gestern getroffen haben, erzählten uns, dass mein Vater auf dem Weg zu einem Thing ist. Wir werden ihn am Thingplatz oder auf dem Weg dorthin treffen."

„Euer Gebiet liegt doch größtenteils südlich von hier und euer Thingplatz ist bestimmt irgendwo in der Mitte. Warum sagst du mir nicht die Wahrheit?"

„Ich sage die Wahrheit, aber das Thing findet nicht auf unserem Thingplatz statt, sondern bei Herrada."

„Das muss einen Grund haben, kennst du ihn?"

„Ja."

„Und?"

„Ich sage ihn dir, wenn du mir etwas von dir erzählst."

„Mein Leben ist langweilig. Zumindest war es das, bis Salvius beschlossen hat, etwas Aufregung hineinzubringen." Elfeda lachte. „Erzähl mir trotzdem von deinem Leben, langweiliger als dieser Ritt kann es wohl nicht gewesen sein."

„Was willst du wissen?"

Sie dachte kurz nach. „Erzähl von deinen Kindern."

„Meine älteste Tochter ist Lana, sie ist zwölf. Bis zu diesem Sommer war sie ein richtiger Wildfang, aber jetzt ist sie plötzlich zu einer jungen Frau geworden."

Sie hörte die Wehmut in Catos Stimme. „Ist sie dein Lieblingskind?"

„Nein, natürlich nicht. Ich liebe alle meine Kinder gleichermaßen. Jedes hat seine Besonderheiten. Lanas kleine Schwester, Vivana, ist genauso stur wie ihre Mutter. Hieron wird mal ein guter Kämpfer, da bin ich sicher und was uns unser Nesthäkchen Neco bescheren wird, will ich lieber noch nicht wissen. Er kommt auf die verrücktesten Ideen." Bei dem Gedanken an seine Familie zog sich Catos Herz schmerzhaft zusammen.

„Du hast gesagt, du hast fünf Kinder."

„Unser ältester Sohn ist seit einem halben Jahr bei der Legion."

„Vielleicht treffe ich ihn ja mal auf dem Schlachtfeld."

„Wünsch dir das nicht, ich trainiere ihn, seit er laufen kann."

„Du hast mich noch nicht kämpfen sehen", sagte Elfeda.

„Und darüber bin ich wirklich froh, glaub mir. Jetzt habe ich dir von mir erzählt, erzähl mir, worum es im Thing geht."

„Es geht um die Nachfolge des Anführers der Usipier."

„Ist Halvor tot?"

Sie sah ihn über die Schulter hinweg an. „Du kennst Halvor?"

„Nein, aber ich habe von ihm gehört."

Elfeda grinste. „Lügner."

„Was haben die Chatten mit der Entscheidung über die Führung der Usipier zu tun?", lenkte Cato ab.

„Sie sind Germanen wie wir. Ein neuer Anführer wird sie vielleicht wieder auf den richtigen Weg zurückbringen."

„Und was meinst du mit *dem richtigen Weg*?"

„Den alten Weg. Den Weg unserer Götter, nicht den der Römer", erklärte Elfeda.

„Die Welt verändert sich. Die Usipier haben das verstanden und machen das Beste daraus, das heißt aber nicht, sie geben ihre Identität auf."

„Hast du Halvor mal gesehen? Er sieht sogar aus wie ein Römer. Seine Tochter hat er mit einem römischen Tribun verheiratet, aber der hat sie vom Hof gejagt, sobald sie ihm einen Sohn geboren hatte. Aber du musst die Geschichte ja eigentlich viel besser kennen als ich. Du hast doch gesagt, du bist Tribun in Vetera gewesen. Dort hat Alsuna mit diesem Römerabschaum gelebt."

„Das muss vor oder nach meiner Zeit in Vetera gewesen sein."

„Jedenfalls erzählt man, der Tribun, übrigens ein Sohn des Verräters Lucius Valerius Germanicus, habe Alsuna grün und blau geschlagen, weil sie sich weigerte, ihm einen Nachkommen zu gebären, mit dem die Römer die Usipier endgültig unter ihre Kontrolle bringen können. Sie ist eine Heldin, wenn du mich fragst, aber ihr Einsatz hat sich leider nicht ausgezahlt. Der Römer hat sie vergewaltigt, bis sie schwanger war."

Cato nahm sich zusammen, um seinen Ärger nicht zu zeigen. „Und die Chatten wollen nun verhindern, dass der Enkel von Lucius Halvors Nachfolger wird?"

„So ein schlauer alter Mann."

Catos Herz schlug heftig. „Wie wollt ihr denn Einfluss auf die Nachfolge nehmen? Wenn Halvor seinen Enkel zum Nachfolger bestimmt hat, ist die Sache doch klar."

„Halvor hat es nicht mehr geschafft, seinen Enkel in einem Thing zum Nachfolger zu machen und die Usipier wollen keinen Römer als Anführer."

„Dann ist Halvor wirklich tot?"

„Ja, deshalb müssen wir schnell handeln."

Cato betete stumm zu den Göttern, dass Enya noch immer mit allen Kindern bei Noel war. Er hatte keine Zweifel daran, dass Vilmar Titus umbrachte, wenn er die Gelegenheit dazu bekam. Wenn er von Halvor vor dessen Tod als Anführer installiert worden wäre, würden die Chatten nicht wagen, ihn anzugreifen, aber wenn die Usipier nicht hinter Titus standen, war er in Gefahr. Herrada war für ihren Hass auf alles Römische bekannt. Wenn sie die Entscheidung über Halvors Nachfolge traf, würde sie mit Sicherheit nicht Titus wählen und dann hatte Vilmar freie Hand. Titus war ein guter Kämpfer, aber er war in politischen Dingen viel zu unerfahren. Cato hoffte inständig, dass Rolo ihm zur Seite stand, sollte Titus zurückgekommen sein, und verfluchte das Schicksal, dass er gerade jetzt nicht bei seinem Sohn war.

*

Mittags hörte der Nieselregen auf, aber es wurde immer kälter. Erst am späten Nachmittag kamen sie zu einem Dorf, das hoffnungslos von Menschen überlaufen war. Vilmars Tross schien dieses Dorf auf dem Weg zum Thing als Rastplatz ausgewählt zu haben.

Vor dem größten der acht Gebäude stiegen sie von den Pferden, die ihnen sofort von einigen jungen Männern abgenommen wurden. Leif sah finster zu Cato, was seiner Schwester nicht entging.

„Du bleibst in meiner Nähe, alter Mann", flüsterte sie Cato zu und betrat das Haus. Leif folgte ihnen.

Im Inneren des Hauses war es warm. Elfeda legte den Umhang ab und wärmte die Hände am Feuer und auch Cato genoss den ersten Moment des Tages, an dem er nicht fror.

„Da seid ihr ja endlich", sagte ein Mann, etwa in Catos Alter. Er hatte dunkle Haare, die mit grauen Strähnen durchzogen waren, einen Vollbart wie die meisten Germanen, war aber besser gekleidet als die anderen Anwesenden. Vilmar, vermutete Cato.

„Wir haben unterwegs einige unserer Männer getroffen, die uns vom Thing berichtet haben. Es war doch richtig, herzukommen?", fragte Leif.

„Es war richtig", antwortete der Mann und Leif atmete sichtlich auf.

„Elfeda, gut dass du ebenfalls hergekommen bist. Komm her und umarme deinen Vater."

Sie umarmte ihn steif, es schien ihr unangenehm zu sein. Leif beobachtete Vater und Tochter mit zusammengepressten Lippen.

Vilmar winkte einer Frau zu, die Essen und warmen Met auftrug, und setzte sich dann an den Tisch neben dem Feuer.

„Setz dich in die Ecke und halt den Mund", zischte Elfeda Cato zu, der sich auf den ihm zugewiesenen Platz zurückzog.

„Wer ist das?", fragte Vilmar.

„Elfeda wollte ihn unbedingt mitnehmen. Ich hätte ihm sofort die Kehle durchgeschnitten, als Sonnwin ihn nicht kaufen wollte. Sie sagt, er ist ihr Haustier", petzte Leif und erntete dafür einen dunklen Blick seiner Schwester.

„Ich hatte euch für klüger gehalten. Warum lasst ihr euch von Clovius einen Krüppel andrehen?", fragte Vilmar.

Leif und Elfeda senkten die Köpfe.

„Wir haben ihn nicht bezahlt. Er ist uns sozusagen zugelaufen und da war er noch nicht verletzt. Er hat sich nur den Knöchel verstaucht, das wird wieder", erklärte Elfeda.

Cato hatte sie bisher nie eingeschüchtert erlebt, aber in Vilmars Gegenwart schien ihr Selbstbewusstsein komplett zu verschwinden.

„Und wie lange willst du ihn noch verhätscheln?", zischte Leif.

„Das geht dich nichts an", fuhr sie ihren Bruder an.

Vilmar sah alles andere als zufrieden aus. Er winkte Cato zu sich, der versuchte, möglichst wenig zu humpeln. Er bedeutete Cato mit einer Geste, er solle sich drehen und schaute ihn aufmerksam an.

„Zeig mir deine Hände", verlangte er. „Du bist noch nicht lange Sklave. Wie ist dein Name."

Cato antwortete nicht, aber Elfeda ergriff das Wort. „Er heißt Cato. Salvius hat ihm die Bürgerrechte entzogen und zu Clovius geschickt. Er wollte von dort fliehen und ist uns in die Hände gefallen. Er war ein Händler, bevor er unser Sklave wurde."

Vilmar musterte Cato unverwandt. „Wie war dein römischer Name, Sklave?"

„Quintus Fabius Cato."

„Ist das so?" Vilmar winkte Cato zurück in die Ecke und wandte sich wieder seinen Kindern zu. „Elfeda, geh zu Wilburga. Sie hat mir eben ein Bad bereitet, aber du hast es eindeutig nötiger. Und lass dir von ihr ein Kleid geben, du wirst ab sofort nicht mehr in Männerkleidung herumlaufen, das gehört sich nicht", bestimmte Vilmar.

„Aber das stört dich doch sonst auch nicht", protestierte Elfeda.

„Das war keine Bitte. Und lass dein Haustier rasieren."

Sie stand ruckartig auf. Ihre unterdrückte Wut war nicht zu übersehen, aber Vilmar interessierte offenbar nicht, was in seiner Tochter vorging.

„Mitkommen", schnauzte sie Cato an, der Mühe hatte, ihren raschen Schritten zu folgen.

Eine Frau auf dem Hof zeigte auf ein kleines Haus, als Elfeda nach Wilburga fragte. In dem Haus mit dem niedrigen Dach war es so warm und feucht, dass Cato sofort der Schweiß ausbrach.

„Elfeda, du bist heil zurück!" Die kleine Frau mit den tausend Falten im Gesicht strahlte.

„Ja, eben angekommen. Vater sagt, ich soll baden und ein Kleid anziehen."

„Das scheint mir eine wirklich gute Idee zu sein. Ein Kleid findest du in der Truhe dort. Das Wasser ist schon bereit." Wilburga versuchte, Cato aus dem Raum zu schieben, aber Elfeda hielt Cato am Oberarm fest.

„Er bleibt hier. Vater sagt, ich soll ihn rasieren."

Unzufrieden stapfte Wilburga hinaus und Elfeda verriegelte die Tür.

„Ich sollte nicht mit dir allein in diesem Raum sein", sagte Cato und legte die Hand an den Riegel.

„Wenn du diese Tür öffnest, werde ich um Hilfe schreien und sagen, du hättest mir Gewalt angetan." Sie grinste breit.

„Du wolltest doch baden, das kannst du nicht, solange ich hier bin", versuchte Cato, sie zu überzeugen. Er verzichtete gern darauf, herauszufinden, was Vilmar tun würde, wenn er ihn mit seiner

Tochter erwischte. Elfeda setzte sich auf die Truhe mit den Kleidern und zog ihre Stiefel aus. Cato wandte ihr den Rücken zu.

„So schüchtern, alter Mann?"

Er hörte ihr Grinsen. „Wenn du meine Tochter wärst, würde ich dich übers Knie legen."

„Würde dir das Freude machen?"

„Nein, aber du scheinst es nötig zu haben. Hast du keine Angst, dein Vater zweifelt an deiner Tugend?"

Elfeda lachte, aber es klang bitter. „Mein Vater weiß genau, meine Jungfräulichkeit ist schon vor Jahren dahingegangen. Also kein Grund zur Sorge. Zieh dich aus, alter Mann. Wenn ich gebadet habe, bade ich dich. Oder hast du Angst vor mir?"

„Oh ja, die habe ich."

Sie lachte wieder und eine Minute später hörte er, wie sie in das heiße Wasser stieg.

„Gib mir die Seife", forderte sie.

Cato schnaubte frustriert, dann drehte er sich um. Elfeda saß in dem hölzernen Waschzuber, der wegen der Splitter mit einem Tuch ausgelegt war. Sie lächelte ihn an und legte die Füße gekreuzt auf den Rand.

„Na los, du darfst mir die Haare waschen." Sie deutete auf eine Kiste, in der Cato Seife, Körperöle und ein römisches Rasiermesser fand. Elfeda tauchte unter, bis ihre langen roten Locken komplett im Wasser waren.

„Ich beiße nicht, Cato. Komm her", forderte sie, als sie wieder auftauchte. Unwillig kniete er sich hinter sie und tauchte die Seife in das warme Wasser. Dann wusch er ihr die Haare, immer bemüht, keinen Blick auf ihren nackten Körper zu werfen.

Elfeda summte genießerisch. „Du machst das gut. Hast du deine Töchter auch gebadet?"

„Selten, aber es kam schon vor."

„Warst du ihnen ein liebevoller Vater?"

„Ja, ich denke schon."

Sie tauchte unter und spülte die Seife aus den Haaren, dann stand sie auf und seifte ihren Körper ein. Cato wandte sich schnell wieder ab.

„Warum siehst du mich nicht an?", fragte sie.

„Weil ich im Gegensatz zu dir weiß, was sich gehört."

„Ich bin deine Herrin und ich befehle dir, dich umzudrehen."

„Nein."

„Ich schreie", flüsterte sie.

Mit einem Seufzen drehte sich Cato um und sah sie an. Elfeda war eine schöne Frau. Sie hatte einen athletischen Körper, kleine Brüste und einen wohlgeformten Po.

„Und, gefällt dir deine Herrin?"

„Du bist sehr schön. Aber du bist nichts für mich und ich bin verheiratet."

„Du wirst deine Frau nie wieder sehen, also bist du es eigentlich nicht mehr."

„Das ändert nichts. Außerdem könntest du meine Tochter sein."

„Das stört meinen Vater auch nicht." Sie legte die Seife beiseite.

„Ich bin nicht wie Vilmar."

„Nein, offensichtlich nicht." Sie setzte sich wieder ins Wasser und spülte die Seife ab. Dann stieg sie aus dem Wasser. Cato reichte ihr ein Tuch, in das sie sich einwickelte.

„Jetzt du." Sie wies auf die Wanne und Cato zog sich aus. Auch wenn ihm die Situation unangenehm war, seufzte er doch genießerisch, als ihn die Wärme umhüllte.

Elfeda kniete sich seitlich neben die Wanne und strich mit der Hand durch das Wasser.

„Wo ist eure Mutter?", fragte Cato.

„Ihr habt sie umgebracht, als Leif noch ganz klein war", sagte Elfeda.

„Sie ist bei den Strafexpeditionen wegen des Saturninusaufstandes umgekommen?"

„Ja. Vater hat das nie verwunden."

„Es tut mir leid, dass Leif und du eure Mutter verloren habt."

„Ist lange her." Sie stand auf und holte das Rasiermesser. Das Thema schien ihr unangenehm zu sein.

Cato seifte Kinn und Hals ein und streckte die Hand nach dem Messer aus, aber Elfeda hielt es außerhalb seiner Reichweite.

Sie schnalzte missbilligend mit der Zunge. „Ich gebe dir doch kein Messer in die Hand, wenn ich mit dir allein bin."

Er sah sie schräg an. „Ich hätte mir eben, als du in der Wanne lagst, das Messer einfach nehmen können."

Sie legte ihre Hand an seine Stirn und drückte den Kopf zurück, dann kniete sie sich hinter ihn und setzte das Rasiermesser an Catos Hals an. „Still halten, alter Mann." Vorsichtig fuhr sie mit dem Messer über seine Haut.

Er versuchte, sich zu entspannen. Elfeda ließ sich ja doch von nichts abhalten.

Cato wusch sich den Schmutz der Reise vom Körper und fühlte sich zum ersten Mal seit seiner Verschleppung aus Colonia Agrippinensium wieder wohl. Elfeda trocknete ihre langen roten Locken am Feuer, während sich Cato abtrocknete und anzog.

Sie lächelte ihn an. „Du siehst gar nicht mehr so alt aus ohne den Bart, alter Mann."

„Das täuscht. Ich fühle mich, als wäre ich hundert."

Elfeda, die inzwischen ein Kleid trug, legte ihre Arme um seine Taille und sah ihn an. „War doch eine gute Idee von mir, dich mit ins Bad zu nehmen."

„Das wird sich noch zeigen", antwortete er verdrießlich.

Sie legte den Kopf an seine Schulter und Cato die Arme um sie.

„Das ist schön", flüsterte sie.

„Ja, bis dein Vater und dein Bruder mich am nächsten Baum aufhängen."

„Ich passe schon auf dich auf."

„Das funktioniert vielleicht bei deinem Bruder, bei Vilmar aber wohl kaum."

„Vater erfüllt mir immer meine Wünsche."

„Und zu welchem Preis?"

Sie schob ihn von sich und schnalzte mit der Zunge, damit er ihr hinaus folgte. Cato verdrehte die Augen und ging ihr nach. Er erwartete, vor der Tür von einer Horde wütender Germanen empfangen zu werden, aber niemand störte sich daran, dass Elfeda mit einem Sklaven aus dem Bad kam. Nur Wilburga warf ihnen einen unwilligen Blick zu.

Vilmar wartete mit Leif auf sie. Die beiden saßen am Feuer und tranken heißen Met. Elfeda bedeutete Cato, er solle sich wieder in die Ecke setzen, aber ihr Vater winkte ihn zu sich und zeigte auf den Platz ihm gegenüber. Cato hätte lieber wieder auf dem Boden gesessen.

„Also, Cato. Du warst ein Händler?", begann Vilmar das Verhör und winkte einer Magd, sie solle eine Öllampe bringen.

„Ja, ich habe mit Tuch gehandelt."

„Und dann bist du Salvius einmal zu oft auf die Füße getreten?"

„Ja, scheinbar."

Als das Mädchen die Öllampe auf den Tisch stellte, lehnte sich Vilmar vor und betrachtete Cato. Dann trank er einen Schluck Met.

„Du erinnerst mich an jemanden."

Cato schwieg.

„Mit dem Bart war ich nicht sicher, aber Elfeda hat ja gute Arbeit geleistet." Vilmar warf seiner Tochter einen tadelnden Blick zu, er hatte also doch mitbekommen, was sie trieb. Elfeda schaute ihn trotzig an.

„Sieht sie nicht hübsch aus, meine Tochter?", fragte Vilmar.

Cato antwortete nicht.

„Den hübschen Anblick von Elfeda in einem Kleid werden wir ab jetzt immer genießen können. Es wird Zeit, dass du dich auf die Pflichten einer germanischen Frau konzentrierst, Tochter."

Elfeda presste die Lippen aufeinander.

„Ich hoffe, du freust dich darauf, bald deinen zukünftigen Ehemann kennenzulernen", fügte Vilmar hinzu.

„Nein!" Elfeda starrte ihren Vater geschockt an.

„Willst du nicht erst hören, wen ich für dich ausgesucht habe?"

Sie sprang auf. „Ich heirate niemanden!"

„Setz dich wieder hin", zischte Vilmar.

Elfeda zuckte zusammen und setzte sich.

„Du wirst die Frau des neuen Anführers der Usipier werden."

„Ich heirate auf keinen Fall den Römer!"

Vilmar grinste. „Und dabei verstehst du dich doch so gut mit dem Vater des Römers. Du würdest dich doch bestimmt freuen, wenn Elfeda deine Schwiegertochter würde, Cato. Du kennst ihre Qualitäten ja bereits und könntest sie deinem Sohn sicher empfehlen."

Cato starrte Vilmar dunkel an. Es hatte keinen Sinn, abzustreiten, dass er Lucius Sohn war, dazu war er sich der Familienähnlichkeit zu bewusst und Vilmar hatte Catos Vater persönlich gekannt.

„Was willst du von mir?", fragte Cato den Chatten.

„Du hast nichts, was du mir geben könntest, Sklave, und ich kann dich beruhigen, du hast nicht die zukünftige Gemahlin deines Sohnes gefickt. Dein Sohn wird nicht der Anführer der Usipier werden, Elfeda heiratet Wieland."

Elfeda sah ihren Vater angewidert an. „Wieland? Das ist nicht dein Ernst!"

„Er ist vielleicht nicht der schönste Mann, aber er hat die richtige Einstellung."

Sie stand auf und war halb zur Tür hinaus, als sich Norwin und Wernulf, die sie auf ihrer Reise begleitet hatten, in ihren Weg stellten.

„Du wirst jetzt nicht weglaufen", sagte Norwin.

Elfeda starrte auf den kleinen Mann hinunter. „Und du glaubst, du könntest mich aufhalten?" Sie bemerkte erst, dass Vilmar hinter ihr stand, als er in ihre roten Locken griff und ihren Kopf schmerzhaft zurückzog. Cato stand auf, aber Wernulf zog sein Schwert und richtete die Spitze auf Catos Kehle.

Vilmar hielt Elfeda in festem Griff. „Du wirst tun, was ich dir sage. Ich habe dir viel zu lange deine Freiheit gelassen, vielleicht musst du erst wieder meinen Gürtel schmecken, um an deinen Platz zurückzufinden", zischte er in ihr Ohr. Er schubste sie gegen Norwin. „Wernulf und du, ihr haftet mit eurem Leben dafür, dass der Römer und meine Tochter nicht fliehen. Sperrt sie irgendwo ein."

„Etwa zusammen?", fragte Norwin.

„Meine tugendhafte Tochter hat schon so viele zwischen ihren Schenkeln willkommengeheißen, da kommt es auf einen mehr oder weniger nicht an."

Cato funkelte Vilmar böse an, als ihn Wernulf hinter Norwin und Elfeda herschob.

Elfeda schritt mit erhobenem Haupt und einem spöttischen Lächeln in eine Kammer des Nachbarhauses. Wernulf stieß Cato ebenfalls in den Raum und verriegelte die Tür von außen.

„Es tut mir leid, Elfeda." Cato streckte die Hand nach ihr aus, aber sie wich einen Schritt zurück.

„Hast du es dir anders überlegt und willst mich jetzt doch ficken?", schnauzte sie ihn an, ihre Stimme zitterte. Sie wehrte sich nur halbherzig, als er sie in die Arme nahm. Mit dem Kopf an seiner Schulter weinte sie stumm und er spürte ihren flatternden Atem unter den Händen.

Es dauerte eine ganze Weile, bis sie sich wieder im Griff hatte und sich von Cato löste.

Cato sah sich in dem Raum um, suchte eine Fluchtmöglichkeit oder etwas, das als Waffe verwendbar war, aber es gab nichts als ein schmales Bett, Decken aus Fellen und eine kleine Öllampe. Weder die Wände noch die Tür sahen stabil aus, aber der Lärm, den sie bei einem Ausbruch aus ihrem Gefängnis gemacht hätten, würde das halbe Lager auf sie aufmerksam machen. Es gab kein Entrinnen.

„Ich kann sowieso nicht fliehen", sagte Elfeda, die ihn auf dem Bett sitzend beobachtete.

„Es ist nicht richtig, wie Vilmar dich behandelt. Damit hat er das Recht auf deinen Gehorsam verloren. Komm mit mir, wenn sich eine Fluchtmöglichkeit ergibt."

„Du willst mich doch gar nicht."

„Ich möchte dir helfen, dafür erwarte ich keine Gegenleistung von dir."

Sie lächelte spöttisch. „Ihr erwartet immer eine Gegenleistung."

„Du hast dich mir schon angeboten und ich habe abgelehnt, schon vergessen?"

„Ich kann dennoch nicht fliehen. Vater würde Norwin und Wernulf töten, wenn du oder ich entkommen."

„Du magst die beiden?"

„Sie sind meine Familie. Norwin passt zusammen mit Wilburga auf meinen Bruder und mich auf, solange ich denken kann."

„Aber dann kennt dein Vater die beiden doch auch sehr gut, außerdem scheinen sie mir gute Krieger zu sein. Vilmar würde sie nicht umbringen."

„Du kennst ihn nicht."

Sie stand auf und zog ihr Kleid aus. Im Unterkleid legte sie sich in das Bett und zog die warme Felldecke über sich.

„Komm zu mir, es ist kalt", forderte sie ihn auf. Cato nickte geschlagen, zog die Stiefel aus, löschte das Licht und legte sich neben sie.

„Wer ist dieser Wieland, den du heiraten sollst", fragte er.

„Er wohnt in der Nähe von Halvors Dorf und hat häufig Botschaften von Halvor überbracht. Vater hat ihn immer wie einen Kaiser bewirtet, wenn er bei uns war und ihm sein Gift ins Ohr geträufelt. Wieland hasst die Römer, es war nicht schwer für Vater, ihn davon zu überzeugen, dass der römische Einfluss auf unserer Rheinseite zu groß ist. Außerdem ist Wieland ehrgeizig. Er und mein Vater warten schon lange auf den Tag, an dem Halvor stirbt. Es würde mich nicht mal wundern, wenn die beiden etwas mit seinem Tod zu tun hatten."

„Halvor war nicht mehr jung und ich kann mir nicht vorstellen, dass jemand es gewagt hätte, ihn in seinem eigenen Dorf anzugreifen. Seine Männer standen treu hinter ihm", sagte Cato.

„Wieland und seine Freunde nicht. Einen offenen Angriff auf Halvor hätte mein Vater niemals befohlen, die Spezialität meines Vaters ist Gift."

Frustriert schloss Cato die Augen. Er musste zu Titus. Da Vilmar Wieland für den Posten des Anführers der Usipier auserkoren hatte, stand sein Sohn im Weg und gegen ein Giftattentat war der Junge machtlos.

„Du machst dir Sorgen um deinen Sohn", stellte Elfeda fest und legte ihren Arm über Catos Brust. Er wandte sich ihr zu, so dass sie Gesicht an Gesicht in der Dunkelheit lagen.

„Natürlich habe ich Angst um ihn. Ich muss zu ihm, ihn warnen. Bitte, hilf mir, zu fliehen."

„Ich würde dir helfen, aber es geht nicht. Außerdem sind wir doch sowieso auf dem Weg zu Herrada, dort wird dein Sohn auch sein."

„Ja, wenn er bis dahin noch lebt."

„Wie ist der Name deines Sohnes?", versuchte sie, Cato abzulenken. Sie spürte seinen beschleunigten Atem deutlich unter ihren Händen.

„Er heißt Titus, so wie ich. Er ist ein wirklich guter Sohn, ein ehrenwerter Mann und ein mutiger Soldat."

„Du liebst ihn sehr."

„Ja, natürlich."

Sie schmiegte sich enger an Cato und legte ihren Kopf an seine Brust.

„Ich will auf keinen Fall heiraten, aber ich hätte dich gern als Schwiegervater gehabt."

Er streichelte ihren Rücken und drückte ihr einen Kuss ins Haar.

„Ja, das wäre schön gewesen. Schlaf gut, meine Tochter."

„Das Haus der mächtigen Seherin hatte ich mir anders vorgestellt", sagte Lilian. Titus half ihr vom Pferd. Die Hütte mit dem niedrigen Dach und den winzigen Fenstern, die von innen verhangen waren, stand am Rand einer offenen Landschaft. Wasserflächen spiegelten den wolkigen Himmel, winterbraune Grasflächen, wenige, kahle Bäume und ein etwa fünf Meter langer hölzerner Steg über einen schwarzen Tümpel waren alles, was es darüber hinaus zu sehen gab.

„Dort beginnt das Moor. Geh auf keinen Fall allein dort hinein, das ist gefährlich, wenn man sich nicht auskennt", sagte Titus, der ihrem Blick gefolgt war.

Lilian schauderte und griff nach seiner Hand.

„Keine Angst, du solltest sowieso immer in meiner direkten Nähe bleiben, damit ich dich notfalls schnell nach Hause bringen kann", beruhigte er sie und sie schmiegte sich an ihn.

„Du bleibst beim Wagen, Alsuna", befahl Rolo. Seine Frau nickte ergeben und setzte sich wieder auf die Ladefläche. Rolo winkte Titus zu, ihm zum Haus zu folgen, und Wieland übergab sein Pferd schnell einem seiner Gefolgsmänner, um Herrada ebenfalls persönlich zu begrüßen.

Erst als sie auf die Hütte zugingen, sah Lilian, dass eine Frau in einem Pelzumhang im Schatten des Vordaches stand. Ihre braunen Locken reichten ihr bis zur Taille. Das Alter der Frau war schwer einzuschätzen. Sie wirkte auf Lilian wie eine Figur aus einem Märchen, aber sie war nicht sicher, ob sie eine Fee oder eine Hexe war.

Die Frau ließ den Blick über ihre vier Besucher wandern. Als sie Rolo erkannte, strahlte sie und die Wolken gaben zum ersten Mal an diesem Tag die Sonne frei. „Rolo, wie schön, dass du mich nach all den Jahren mal wieder besuchst!"

„Schön, dich so blühend wiederzusehen, Herrada", erwiderte Rolo. Trotz seines dichten Bartes erkannte Lilian, dass er rot wurde. Da hatte Rolo Alsuna offenbar nicht nur aus Sorge um sie befohlen, beim Wagen auf ihn zu warten. Herrada war eindeutig eine alte Flamme von Rolo. Hätte sie dem stämmigen Germanen gar nicht zugetraut, aber er war ja auch mal jung gewesen, dachte Lilian.

Die Seherin breitete die Arme aus. Rolo umarmte sie steif und Herrada schmiegte sich wohlig an ihn.

„Gleich schnurrt sie und leckt ihn ab", flüsterte Lilian Titus zu. Er versuchte, seine ernste Miene aufrechtzuerhalten.

Wieland schien die herzliche Begrüßung zwischen Rolo und der Seherin gar nicht zu gefallen.

„Komm doch herein, Rolo. Du musst mir erzählen, wie es dir ergangen ist", säuselte Herrada.

Rolo räusperte sich und lenkte ihre Aufmerksamkeit auf seine Begleiter. „Ähm, ich möchte dir meinen Stiefsohn und seine Gemahlin vorstellen. Das ist Titus, Halvors Enkel und sein Nachfolger."

Lilian erwartete Widerspruch von Wieland, aber er schwieg.

Herrada legte den Kopf schräg und sah Titus interessiert an. Langsam kam sie näher, blieb zwei Meter von ihm entfernt aber plötzlich stehen.

„Du bist ein Seher!", sagte sie mit großen Augen.

Titus trat einen Schritt vor, um sie zu begrüßen, aber sie wich zurück und hob abwehrend die Hand.

„Ich bin kein Seher und wir sind hier, um ein Thing abzuhalten, in dem mich mein Volk als seinen Anführer bestätigt. Ich freue mich, dich kennenzulernen, Herrada. Ich habe schon viel Interessantes von dir gehört", sagte er.

Sie strich ihre Haare zurück und lächelte. „Ein hübscher Junge bist du, Titus, Enkel von Halvor. Viel hübscher, als es dein Großvater war. Wer ist deine Mutter?"

„Alsuna, Halvors Tochter."

„Ah, ich erinnere mich an sie." Sie sah zu Rolo und grinste. „Du warst damals ganz vernarrt in die Kleine. Hast du sie am Ende doch noch bekommen, Rolo?"

Rolos Gesichtsfarbe wurde dunkler. „Äh, ja…, wir…."

Herrada lachte. „Schon gut. Du warst ein sehr netter Zeitvertreib, aber ich freue mich, wenn du glücklich bist. Das bist du doch, oder?" Sie legte den Kopf schräg und musterte ihn wie ein interessantes Insekt.

„Ja…, schon..., danke."

Herrada verdrehte die Augen und lachte wieder, dann sah sie Lilian an. „Komm her, Kind."

Titus nickte Lilian zu und sie ging zu der Seherin. Kaum in Herradas Reichweite, zog sie Lilian weiter fort von Titus. In seiner Nähe schien sie sich nicht wohlzufühlen. Sie behielt ihn ständig im Auge, als ob er eine unkalkulierbare Gefahr wäre.

Herrada umrundete Lilian einmal, sah sie von oben bis unten an und schnüffelte sogar an ihr. Irritiert schaute Lilian zu Titus, der ihr beruhigend zunickte.

„Du bist wie er, aber dann auch wieder nicht", sagte Herrada und inspizierte ihre Augen. Dann legte sie die Hände auf Lilians Bauch, die erschrocken zurückwich.

„Ssssch, keine Angst, kleines Mädchen. Komm wieder her." Herradas rechter Arm ruhte auf Lilians Schultern und die linke Hand erneut auf ihrem Bauch. „Du bist noch nicht lange seine Frau, was?", sagte sie lächelnd.

„Nein, noch nicht lange", antwortete Lilian, die Angst hatte, wieder etwas Falsches zu sagen.

„Seine Saat ist noch nicht aufgegangen, aber du hast Freude daran, bei ihm zu liegen, nicht wahr? Das wird nicht lange dauern." Sie klopfte auf Lilians Bauch.

Jetzt war es an Lilian, tomatenrot anzulaufen.

„Kein Grund, sich zu schämen, mein Kind. Du bist eine Göttin, fähig einen neuen Gott zu erschaffen, nicht wahr, Titus?" Herrada lächelte ihn wissend an und Lilian lief es kalt den Rücken herunter. Etwas war merkwürdig an dieser Frau und sie verstand, warum sich die Germanen vor ihr zu fürchten schienen.

Mit einem Lächeln schob die Seherin Lilian zurück zu Titus, dann wandte sie sich an Wieland. „Schon wieder du?"

Dem braunhaarigen Germanen war es sichtlich peinlich, dass Herrada allen verkündete, er sei vor kurzem schon einmal bei ihr gewesen. „Halvor ist tot und hat keinen Nachfolger benannt. Wir werden im Thing über seine Nachfolge abstimmen", sagte Wieland, man hörte ihm die Unsicherheit an.

„Und warum haltet ihr das Thing bei mir ab, wenn ihr allein entscheiden wollt?"

„Die Wahrheit muss ans Licht, bevor wir abstimmen können und wir erbitten deine Hilfe, Herrada", erklärte Wieland.

Sie strich wieder durch ihre Haare und lächelte. Für Schmeicheleien schien sie empfänglich zu sein. „Und was habt ihr mir für meine Hilfe mitgebracht?"

Wieland winkte einen seiner Begleiter heran, der einen Ochsen und zwei Ziegen an Stricken führte.

„Opfer oder Geschenk?", fragte Herrada und strich über das Fell der Tiere.

„Ganz wie du willst", antwortete Wieland.

Sie sah die Menschen an, die in einem respektvollen Abstand wartete. „Ihr seht hungrig aus und mir ist nach einem Fest. Ich hatte schon lange keinen so erfreulichen Besuch mehr. Schlachtet die Tiere und bereitet ein Mahl zu. Ich möchte heute feiern, singen und tanzen!" Sie zwinkerte Rolo zu und rauschte mit einem zufriedenen Summen in ihre Hütte.

„Verdammt", fluchte Rolo.

„Was ist los? Ist doch gut gelaufen", sagte Titus.

„Ich habe gehofft, sie nimmt die Tiere als Opfer an. Jetzt wird sie etwas anderes fordern."

„Was denn?", fragte Lilian.

Titus und Rolo wechselten einen dunklen Blick und ihr wurde übel.

„Du meinst…", sie zeigte auf das Moor.

Rolo zuckte mit den Schultern. „Vielleicht überlegt sie es sich ja noch oder wählt Wieland als Opfer, den versenke ich gern eigenhändig. Die hinterhältige Ratte war scheinbar schon allein hier, um Herrada zu bearbeiten."

„Aber du scheinst dich doch gut mit ihr zu verstehen. Kannst du sie nicht ein wenig für unsere Sache begeistern?", fragte Titus und stieß Rolo grinsend an.

„Ich mache keinen Schritt in diese Hütte. Herrada frisst mich lebendig und anschließend versenkt Alsuna mich im Moor."

Titus lachte und auch Lilian grinste.

„Du bist ein sehr mutiger Mann, Rolo, denn ganz offensichtlich hast du dich ja schon einmal in diese Hütte gewagt", zog Titus ihn auf.

„Da war ich ja auch noch jung und dumm und außerdem war ich da noch nicht mit Alsuna verheiratet. Nur, falls sie fragen sollte."

„Keine Angst, von mir erfährt Mutter nichts", sagte Titus.

„Gibt genug Tratschmäuler, die zugehört haben, ich denke, ich erzähle es ihr lieber selbst", sagte Rolo zerknirscht und stapfte davon.

*

Zelte wurden aufgebaut und Feuer angezündet. Als Sitzgelegenheit trug man Baumstämme zu den Lagerfeuern, über denen das Fleisch der geschlachteten Tiere briet. Lilian hatte sich entsetzt abgewandt, als man den Ochsen und die Ziegen mit Kehlschnitten tötete, aber jetzt, wo der Geruch des gebratenen Fleisches durch das Lager wehte, knurrte ihr Magen doch.

Titus und Lilian bauten gemeinsam ein Zelt auf, das sie mit Rolo und Alsuna teilen würden. Nach dem, was Herrada am Nachmittag gesagt hatte, war sie froh, die Nacht nicht allein mit Titus zu verbringen. Eine Schwangerschaft war zwar eine alptraumhafte Vorstellung für sie, dennoch zweifelte sie sowohl an ihrer eigenen, als auch an Titus Selbstbeherrschung.

In der Dämmerung zog Nebel vom Moor ins Lager. Lilian fröstelte nicht nur wegen der Temperatur. Das Moor schien ihr die perfekte Kulisse für einen Horrorfilm zu sein und sie zweifelte nicht daran, dass in den harmlos aussehenden Tümpeln schon Menschen gestorben waren.

Sie erschrak, als Titus eine Decke um ihre Schultern legte.

„Danke." Lilian lächelte ihn an.

„Warum setzt du dich nicht ans Feuer?", fragte er.

„Ich glaube, ich brauchte einfach einen Moment allein."

Er küsste ihre Schläfe. „Fürchte dich nicht, ich passe auf dich auf."

„Ich weiß, ich vertraue dir, aber Herrada ist mir unheimlich. Sie hat Angst vor dir, weißt du warum?"

„Ich vermute, sie kennt die Gerüchte über Enya. Als mein Vater, Cato, damals von Usipiern angegriffen wurde, muss sie ziemlich die Fassung verloren haben."

„Was hat Enya getan?", fragte Lilian.

„Sie hat die Kontrolle über die Angreifer übernommen und sie gezwungen, Cato und ihr zu helfen. Man erzählt, sie habe sogar einen Jungen gefoltert, aber ich kann mir nicht vorstellen, dass das stimmt. Sie ist sehr diszipliniert beim Einsatz ihrer Fähigkeiten und sie hat uns immer streng verboten, unsere Kräfte einzusetzen, wenn sie nicht dabei ist."

„Aber wenn sie dabei war, durftet ihr sie einsetzen?"

„Sie unterrichtet ihre Kinder nicht nur im Lesen und Schreiben. Sie übt jeden Tag mit den Kleinen und hat das mit mir auch getan, bis ich zur Legion gegangen bin. Neco, der Kleinste, scheint der Begabteste von uns zu sein, aber keiner von uns reicht auch nur annähernd an Enyas Fähigkeiten heran, vermute ich. Sie hat immer ein ziemliches Geheimnis daraus gemacht, was sie wirklich kann."

„Sie kam mir gar nicht gefährlich vor."

„Enya ist nicht gefährlich, solange niemand ihre Familie bedroht. Salvius wird nichts zu lachen haben, wenn Mutter erfährt, was er mit Cato gemacht hat."

Titus legte den Arm um Lilian und sie gingen zu dem Feuer, an dem Rolo, Alsuna und einigen anderen Usipier saßen. Rolo wirkte mürrisch und seine Frau warf ihm giftige Blicke zu. Das Gespräch über Herrada, schien nicht gut für Rolo gelaufen zu sein.

Titus besorgte einen Teller mit Fleisch und Brot, den er mit Lilian teilte. Am Nachbarfeuer spielte jemand Flöte, mehrere Männer schlugen den Takt auf ihren Schilden mit und ein Sänger gab ein zotiges Lied zum Besten. Es wurde gelacht, die Stimmung war ausgelassen, was nicht zuletzt am heißen Met lag, der reichlich getrunken wurde.

Titus saß nah bei Lilian, die Decke um sie beide geschlungen. Er erzählte ihr von seiner Kindheit, von Freunden bei der Legion. Er war ein guter Geschichtenerzähler, sie hätte ihm tagelang zugehört.

„Ich will nicht fort von dir", flüsterte sie.

„Ich will auch nicht, dass du gehst." Titus strich über ihre Wange und küsste sie zärtlich.

In Lilian breitete sich ein warmes Gefühl aus. Trotz der Angst, die ihr ständig im Nacken saß, war der Augenblick perfekt. „Ich liebe dich, Titus."

„Dann bleib bei mir. Wenn das hier vorbei ist, baue ich ein Haus, nur für uns. Du wirst sehen, so schlimm, wie du dir das Leben hier vorstellst, ist es nicht."

„Bis auf die sanitären Einrichtungen." Sie rümpfte die Nase.

„Ich baue dir ein Badezimmer, das mit jeder römischen Therme mithalten kann, wenn du nur bleibst."

„Versucht man nicht eher mit Blumen bei einer Frau zu landen?"

„Wenn dir Blumen lieber sind, bekommst du sie."

„Nein, ich nehme das Badezimmer." Er drückte sie glücklich an sich und Lilian fuhr fort. „Ich muss meiner Mutter sagen, wo ich bin und es wäre mir noch immer lieber, wir gingen gemeinsam zurück in meine Zeit, aber ich verstehe inzwischen, warum du nicht einfach gehen kannst. Ich könnte mit dir hierbleiben, bis du den Job bei den Usipiern an jemand anderen übergeben kannst und dann gehen wir zusammen zurück."

Er nickte mit strahlenden Augen und küsste sie gleich nochmal.

Jetzt wäre es Lilian doch lieber gewesen, sie hätten das Zelt nicht mit Rolo und Alsuna teilen müssen.

Lilian schaute verschämt in die Runde, aber niemand schien sich an der Knutscherei mit ihrem Mann gestört zu haben. Als sie zu der kleinen Hütte sah, lächelte Herrada sie an, wahrscheinlich hatte sie sie schon eine Weile beobachtet. Schnell sah Lilian ins Feuer. Titus schien nicht bemerkt zu haben, dass die Seherin sie betrachtete.

„So viel Liebe liegt in dieser Nacht!", zwitscherte Herrada. Sie drehte sich am Nachbarfeuer und lachte. In ihre langen Haare hatte sie

Bänder geflochten und sie trug ein enganliegendes Kleid. Auf einen Mantel verzichtete sie trotz der kalten Nacht, aber sie schien dennoch nicht zu frieren. Ihre Wangen waren gerötet und sie war bester Laune. „Spielt etwas für mich", rief sie den Musikern zu, die ein Lied mit einem schnellen Rhythmus anschlugen. Herrada summte und wiegte sich mit geschlossenen Augen.

„Die ist doch total high", flüsterte Lilian Titus zu.

„Sie spricht mit den Göttern", antwortete er.

„Ja, klar!" Als sie wieder zu Herrada sah, lächelte die Seherin wissend, als habe sie gehört, was Lilian gesagt hatte. Aber war das aus dieser Entfernung möglich?

„Rolo, warum so schlecht gelaunt?", säuselte Herrada und setzte sich auf seinen Schoß.

Rolo war das sichtlich unangenehm und Alsuna presste die Lippen aufeinander.

„Ich bin besorgt, wegen der morgigen Entscheidung", sagte er.

„Oh, die Götter werden euch den richtigen Weg zeigen, ich habe ein gutes Gefühl." Sie schlang die Arme um Rolos Hals und lächelte ihn an. Wieland, der am Nachbarfeuer saß, kochte vor Wut.

Herrada folgte Rolos Blick zu Alsuna. „Du hast doch hoffentlich meinetwegen keinen Ärger mit deiner Frau, mein lieber Rolo", säuselte sie, was bei den anwesenden Männern zu ausgelassenem Gelächter führte und bei Alsuna zu einem noch finstereren Gesichtsausdruck.

Herrada sah zu Lilian, grinste und leckte Rolo hingebungsvoll über die Wange. Dann zwinkerte sie ihr zu und stand auf.

„Scheiße, hat sie gehört, was ich heute Nachmittag gesagt habe?", flüsterte sie Titus zu.

„Vielleicht, aber sie scheint es dir ja nicht übel zu nehmen."

Herrada tänzelte währenddessen zum Rhythmus der Musik zwischen den Männern herum. Strich hier und da jemandem durch die Haare und schien sich sehr gut zu fühlen. Nur in Titus Nähe kam sie nie. Als die Musiker zu einem langsameren Lied wechselten, setzte sie sich neben Alsuna.

„Sei nicht verbittert. Rolo will offensichtlich noch immer nur dich, obwohl ich ihn mir gern nochmal ausleihen würde." Sie zwinkerte

Rolo zu und legte den Arm um Alsuna, die konzentriert in die Flammen starrte.

Herrada beugte sich vor, um ihr ins Gesicht zu sehen. „Blau, aber nicht dieses Blau", sagte die Seherin und stand wieder auf. Sie nahm Rolo den Becher aus der Hand und leerte ihn in einem Zug. Dann atmete sie tief durch und kam zu Titus und Lilian an die andere Seite des Feuers. Nur einen Finger legte sie unter Titus Kinn und hob sein Gesicht. Dann beugte sie sich vor und sah in seine Augen. „Hmmm, man möchte darin versinken", flüsterte sie. Sie bedeutete Titus, er solle aufstehen und er gehorchte. Sie schmiegte sich beinah an ihn, berührte ihn aber nicht. „Mit dem Feuer zu spielen, übt schon immer einen großen Reiz auf mich aus, das ist wohl meine größte Schwäche. Aber du brennst mir zu heiß, mein Junge." Sie gab ihm mit einem Finger einen Stups auf die Brust und Titus setzte sich wieder.

Lilian griff sofort nach seiner Hand.

Herrada grinste und beugte sich zu ihrem Ohr. „Keine Angst, er wird dich bis zu seinem letzten Atemzug lieben und du ihn noch darüber hinaus."

Lilian sah die Seherin geschockt an. War das jetzt eine gute oder eine böse Prophezeiung?

Herrada schlenderte summend weiter, bei einem der Trommler hielt sie an. „Du scheinst ein gutes Gefühl für Rhythmus zu haben. Bist du auch ein mutiger Mann?" Sie hakte ihren Zeigefinger in den Halsausschnitt seiner Tunika und zog ihn hinter sich her zu ihrer Hütte. Lautes Gelächter und Grölen begleiteten ihren Abgang.

„Da weiß man nicht, ob man neidisch sein oder Mitleid haben soll", rief der Flötenspieler und stimmte dann ein Liebeslied an. Das war scheinbar das germanische Äquivalent zum Einlegen einer Kuschelrock CD.

*

„Lass uns schlafen gehen", sagte Lilian.

Titus verzog unwillig das Gesicht. „Da sollten wir momentan lieber nicht reingehen. Alsuna ist eben ins Zelt gegangen und Rolo ist ihr gefolgt."

„Und was machen wir jetzt?", fragte Lilian. Auf keinen Fall wollte sie ihren *Schwiegereltern* beim Streiten zuhören.

„Komm mit", sagte Titus und zog sie vom Feuer fort. Neben Herradas Hütte stand ein kleiner Stall, über eine Leiter erreichte man den Heuboden darüber.

Erstaunt sah Lilian Titus an, als sie das Lager aus Fellen im Heu fanden, das vom flackernden Feuerschein, der zwischen den Brettern hindurch sickerte, beleuchtet wurde. „Warst du das?", fragte sie.

„Nein, ich schätze, das war Herrada."

„Die Frau ist so gruselig."

„Aber das hier ist nett." Er breitete die Decke, die um Lilians Schultern lag, auf dem Lager aus. Dann zog er an den Schnüren an der Vorderseite ihres Kleides. „Darf ich dich haben, Lilian. Jetzt, wo du bei mir bleibst?", flüsterte er.

Sie nickte, obwohl sie seine Frage nicht verstand. Er hatte sie doch schon.

Glücklich strahlte er sie an und zog sich schnell aus. Lilian grinste und beeilte sich, ebenfalls unter die Decke zu kommen. Das Heu gab weich nach, als sie sich nebeneinander auf das Fell legten. Titus deckte sie zu und sie fühlte seinen warmen Körper an ihrem.

„Ich bin so unglaublich glücklich, dass du meine Frau bist." Sein zärtlicher Kuss wurde schnell leidenschaftlicher. Seine Hände wanderten über ihren Körper und sie schauderte, als er ihren Hals küsste.

„Soll ich dich jetzt auch ablecken?", flüsterte Lilian grinsend.

Titus lachte dunkel. „Ich gehöre ganz dir, fühl dich frei, zu tun, was du möchtest."

Sie lecke kichernd über seine Nasenspitze, dann küsste sie ihn wieder. Titus strich über ihr Bein nach oben. Lilians Atem beschleunigte und sie wölbte sich ihm entgegen, als er ihre Mitte sanft berührte. Hart fühlte sie Titus Erektion an ihrem Bein. Sie schloss die Augen, ließ ihre Hände über seinen Körper wandern und genoss die fordernder werdenden Bewegungen. Der Met, die hypnotischen Rhythmen der Musik, Titus Berührungen und das Gefühl, seine Liebe zu spüren, waren eine berauschende Mischung. Als er langsam in sie eindrang, kam sie ihm entgegen. Seine Augen glühten blau. Ja, sie wollte tatsächlich darin versinken, so wie Herrada es gesagt hatte. Sie verschwendete keinen Gedanken daran, dass jemand sie hörte oder dass ihr Zusammensein Folgen haben könnte. Sie war versunken, wie in einer Trance, spürte zum ersten Mal die Welle des nahenden Höhepunktes, die sie schließlich überrollte und Titus mitriss.

„Bei allen Göttern, Lilian. Ich liebe dich so sehr. Das war das beste Gefühl, dass ich jemals hatte", stammelte er.

„Geht mir genauso. Ich bin Herrada wirklich dankbar, für unsere Höhle", antwortete sie atemlos.

*

Im Lager herrschte bereits reges Treiben, als Titus und Lilian die Leiter hinunterkletterten.

„Da seid ihr ja, ich habe euch schon überall gesucht", sagte Rolo und zog einen Grashalm aus Lilians Haaren.

„Alles in Ordnung bei Mutter und dir", fragte Titus.

„Ja, danke, dass ihr uns etwas Raum gelassen habt."

Lilian fühlte ein Kribbeln in ihrem Nacken und wandte sich um. Herrada lehnte an ihrer Hütte und sah zu ihr herüber. Sie nahm all ihren Mut zusammen und ging zu der Seherin. Da Titus mit Rolo über das Thing sprach, bemerkte er es nicht.

„Danke", sagte Lilian und zeigte auf den Stall.

Herrada nickte ihr lächelnd zu. Dann trat sie nah an das Mädchen heran, legte wieder ihre Hand auf ihren Bauch und schloss die Augen. Diesmal erschrak Lilian nicht.

„Wie schade", sagte Herrada.

„Was?", fragte Lilian.

„Ich hoffte, du hättest einen neuen Gott empfangen."

„Titus und ich wollen eigentlich noch keine Kinder. Wir sind noch viel zu jung."

„Man weiß nie, wie viel Zeit einem bleibt, mein Kind", sie strich mit einem mitleidigen Blick über Lilians Wange und wandte sich ab, aber Lilian griff schnell nach Herradas Handgelenk.

„Bitte, hilf Titus."

„Es ist nicht meine Entscheidung", sagte Herrada.

„Ich meine ja auch nicht, du sollst ihn zum Anführer der Usipier machen. Ich will nur, dass ihm nichts passiert."

Die Seherin sah Lilian forschend an. „Du bittest um sein Leben?"

Lilian nickte.

„Was ist dir sein Leben wert?"

„Alles!"

Herrada verzog das Gesicht. „Nein, das ist eine sehr dumme Antwort. Ich werde dich nicht beim Wort nehmen, weil du so unerfahren in dieser Welt bist." Sie betrachtete das Mädchen abschätzend. „Ich denke, ich werde für dich entscheiden, was der Preis für Titus Leben ist und du darfst dann nochmal wählen." Sie hauchte der geschockten Lilian einen Kuss auf die Stirn und ließ sie stehen.

„Was hat sie von dir gewollt?", fragte Titus.

„Ich glaube, ich habe da etwas sehr Dummes getan", flüsterte sie heiser.

Titus sah Rolo besorgt an, als Lilian ihr Gespräch mit Herrada vor ihm wiederholt hatte.

Rollo winkte ab. „Macht euch nicht zu viele Sorgen. Herrada hat einen ziemlich schrägen Humor."

Lilian atmete erleichtert auf. „Also ist Titus nicht in Gefahr?"

„Nicht mehr als vorher auch schon. Bleibt zur Sicherheit zusammen, springt nach Hause, wenn es gefährlich wird und stört euch im Notfall nicht daran, wenn euch jemand dabei sieht."

Beide nickten.

„Und Lilian", fügte Rolo hinzu, „wenn man kein Kind empfangen will, darf man nicht bei einem Mann liegen. Eine Seherin hilft dir da nicht weiter."

Sie lief knallrot an.

KAPITEL 25

Der Beginn des Things verzögerte sich immer wieder, woran Wieland schuld war. Am Nachmittag fand er dann aber keine Ausrede mehr und die usipischen Männer fanden sich auf einem Hügel in der Nähe von Herradas Hütte zusammen. Auf der Spitze der Erhebung, von der man weit über das Moor sah, lag ein Findling. Um den großen grauen Stein sammelten sich die Männer. Herrada breitete ein Fell aus, als wolle sie ein Picknick veranstalten, und setzte sich entspannt darauf.

Wieland trat in die Mitte. Da er das Thing einberufen hatte, war es sein Recht, zuerst zu sprechen. „Wir entscheiden heute über die Nachfolge von Halvor Maso. Aber bevor wir das tun, müssen wir zuerst die Wahrheit über die möglichen Nachfolger kennen, damit wir richtig entscheiden."

„Und wer außer Titus, Halvors Enkel, wäre in deinen Augen ein weiterer möglicher Nachfolger?", fragte Rolo.

„Ich stelle mich als Halvors Nachfolger zur Wahl", sagte Wieland wie erwartet.

Rolo verschränkte die Arme. „Wie kommst du auf den abwegigen Gedanken, einen Führungsanspruch zu haben."

„Wenn kein Erbe da ist, erwählen die Usipier einen aus ihrer Mitte zum Anführer. Das war schon seit Anbeginn der Zeit so, das wird so bleiben." Wieland nahm das zustimmende Klopfen der Schwerter auf den Schilden seiner Anhänger entgegen.

„Es gibt aber einen Erben", erwiderte Rolo.

Wieland schnaubte. „Ihr kennt alle Alsuna und ihr kennt alle den Sohn des Verräters Lucius Valerius Germanicus. Keiner von beiden hat diese Augen." Er zeigte auf Titus. „Die Mätresse des Römers, Enya, kennen ebenfalls einige von euch. Sie hat die gleichen Augen. Jeder, der nicht blind ist, sieht, dieser Junge ist das Kind des Römers und seiner Mätresse."

„Ich finde, er hat auch was von Alsuna", warf Herrada von ihrer Decke aus ein.

Wieland schaute ärgerlich zu ihr hinüber.

„Entschuldigt, ich bin ja noch nicht dran. Macht weiter", ergänzte sie.

Wieland wollte fortfahren, aber die Männer murmelten unruhig. Am Fuß des Hügels kam eine große Gruppe Menschen an.

Herrada schloss lächelnd die Augen. „Die Chatten sind da. So viel Besuch, es ist eine wahre Freude."

Rolo fuhr zu Wieland herum. „Was will Vilmar hier?"

„Vilmar macht sich Sorgen um die Nachfolge von Halvor", erklärte Wieland.

„Und da hat er sich gedacht, er macht einen Dummkopf wie dich zum Anführer der Usipier, damit er die Macht in unserem Gebiet an sich reißen kann?", fragte Rolo und wandte sich an Wielands Unterstützer. „Wenn ihr unbedingt Chatten werden wollt, warum lauft ihr dann nicht einfach zu Vilmar über?"

Wieland lief vor Wut rot an. „Im Gegensatz zu dir wissen wir noch, wir sind Usipier. Du hast dich von deinem Freund Cato zu einem Speichellecker der Römer machen lassen. Betest du auch ihre Götter an, oder nur ihr Geld?"

„Der Handel mit den Römern ist gut für unser Volk. Ihr müsst euch nur mal in einem Chattendorf umsehen, dann seht ihr das", erklärte Rolo, seine zurückgehaltene Wut war ihm anzumerken.

„Aber es geht hier nicht um Reichtum. Es geht um die Erhaltung unserer Lebensart, unseres Glaubens, unserer Identität. Das kann ein verblendeter Römerfreund wie du natürlich nicht verstehen!", schrie Wieland.

Herrada stand auf, richtete ihren Umhang und trat in die Mitte des Platzes. „Bevor ihr Jungs euch noch prügelt, lasst mich euch helfen." Sie lächelte Wieland an, dann Rolo. „Würdet ihr Titus als euren

Anführer anerkennen, wenn er tatsächlich Halvors Enkel ist?", fragte sie in die Runde.

Zustimmendes trommeln auf Schilden folgte.

„Gut, dann müssen wir nur diese eine Frage klären und alles ist gut."

„Und wie willst du die Wahrheit herausfinden?", fragte Rolo.

„Das machen wir am Abend. Jetzt will ich wissen, was Vilmar mir mitgebracht hat." Sie rollte das Fell zusammen und verließ gutgelaunt den Thingplatz.

*

Norwin ging kein Risiko ein, als er Elfeda und Cato am Morgen aus der Kammer holte. Er verschnürte Cato und ließ ihn auf die Ladefläche eines Ochsenkarrens werfen. Elfeda setzte sich mit dunklem Blick und zusammengepressten Lippen neben ihn.

Wernulf und Norwin folgten dem Wagen zu Pferd, um ein Auge auf ihre Gefangenen zu haben. Beiden war klar, dass Vilmar ihr Leben fordern würde, wenn einer der beiden entkam.

„Wir sind da", sagte Norwin schweigsame Stunden später.

Elfeda spähte aus dem Wagen zu der kleinen Hütte am Rand des Moors. Eine Frau kam lächelnd auf Vilmar zu, der neben dem Karren von seinem Pferd stieg.

„Herrada, schön wie der Frühling!", sagte Vilmar lächelnd.

„Immer noch ein Schmeichler. Ich freue mich, dass ihr mich besucht."

„Ich sehe, die Usipier sind bereits vor uns angekommen. Dann weißt du ja, warum wir hier sind."

Herrada winkte ab. „Ja, ja, ja. Jetzt sagt mir zuerst, ob ihr mir etwas mitgebracht habt."

„Niemals würde ich es wagen, ohne eine Gabe zu dir zu kommen." Er führte Herrada zum Ende des Karrens und zeigte auf Cato.

„Geschenk oder Opfer?", fragte sie, mit einem anzüglichen Lächeln.

Vilmar senkte die Stimme. „Opfer. Wenn du Unterhaltung suchst, würde ich mich dir selbst anbieten."

Sie lächelte Vilmar interessiert an. „Du bringst mir dich selbst? Wie großzügig von dir!" Sie fuhr mit den Fingern über Vilmars Wange und schmiegte sich katzengleich an ihn.

Er lächelte selbstgefällig.

Herrada zwinkerte ihm zu, dann zeigte sie auf Cato. „Bringt die Opfergabe in mein Haus."

Wernulf warf den gefesselten Cato über seine Schulter und trug ihn fort.

Herradas Blick ruhte wohlwollend auf dem muskulösen Mann, als er an ihr vorbeiging, dann drehte sie sich wieder zum Karren. „Und wer ist diese böse blickende Schönheit dort?"

„Das ist meine Tochter Elfeda. Um endlich wieder Frieden mit den Usipiern zu schließen, wird sie den neuen Anführer heiraten."

Herrada winkte die junge Frau zu sich, die zögernd vor die Seherin trat.

„Du siehst bei dem Gedanken zu Heiraten nicht erfreut aus", sagte Herrada.

Vilmar funkelte seine Tochter warnend an.

„Mein Vater entscheidet, was mit mir passiert", presste sie hervor.

Herrada streichelte Elfedas rote Locken. „So eine gehorsame Tochter. Wie schade. Kinder mit deinen Haaren und diesen unglaublichen blauen Augen wären eine Freude für die Götter gewesen."

Vilmars Miene erhellte sich. „Dann ist die Entscheidung schon gefallen?"

Herrada sah Vilmar verwirrt an. „Was? Nein, die Usipier haben sich noch nicht geeinigt, aber der hübsche Titus ist bereits verheiratet. Wenn du die Gemahlin des usipischen Anführers werden möchtest, mein Kind, musst du wohl auf Wieland hoffen." Herrada verzog kurz das Gesicht. „Na ja, ihr könnt ja das Licht löschen. Das Äußere eines Mannes täuscht manchmal, wenn es um die Beurteilung seiner Fähigkeiten in der Horizontalen geht. Du weißt ja, wovon ich spreche, nicht wahr, Elfeda?"

Elfeda starrte Herrada nur an.

„Schön, schön, schön. Dann baut euer Lager auf und freut euch auf einen interessanten Abend." Mit einem zufriedenen Lächeln schlenderte Herrada zu ihrer Hütte. Oh ja, sie liebte Geschenke, aber noch mehr liebte sie Opfergaben.

*

„Rolo, du musst schnell kommen. Cato ist hier", rief ein Usipier. Er war außer Atem, weil er den Hügel hinaufgelaufen war.

Titus wollte sofort ins Lager zurücklaufen, aber Rolo hielt ihn fest. „Was hast du gesehen?", fragte er den Mann.

„Vilmar hat Cato, gefesselt auf einem Ochsenkarren hergebracht. Er hat ihn Herrada als Opfer übergeben."

„Wo ist er jetzt?", fragte Rolo.

„In Herradas Hütte."

„Du bleibst bei Lilian, Titus", kommandierte Rolo und lief den Hügel hinunter, aber sein Stiefsohn ließ sich nicht ausschließen. Zusammen mit Lilian folgte er ihm.

Ohne anzuklopfen betrat Rolo die Hütte.

„Rolo, ich habe bereits Besuch, aber wenn du dich zu uns gesellen möchtest, komm doch herein", flötete Herrada. Cato saß auf dem Boden, an den Mittelpfeiler der Hütte gelehnt. Die Hände hatte man ihm hinter dem Pfeiler gefesselt, zusätzlich war er mit einer Schlinge um den Hals daran gebunden. Sein Gesicht zeigte verblassende Prügelspuren und Rolo vermutete, dass der Rest von ihm nicht besser aussah. Herrada kniete neben ihm.

„Sind Enya und die Kinder bei dir?", fragte Cato.

„Nur Titus ist hier, es geht ihm gut. Er wartet draußen mit seiner Frau", antwortete Rolo.

„Mit Elfeda?"

Rolo sah Cato verständnislos an und winkte dann aber ab. „Das ist jetzt nicht wichtig." Rolo wandte sich an Herrada. „Warum ist Cato gefesselt in deiner Hütte?"

Sie strich zärtlich über Catos Wange, der mit finsterem Blick vor der Berührung zurückwich, soweit es die Schlinge um seinen Hals zuließ.

„Er ist Vilmars Opfergabe. Ich spiele nur ein wenig mit ihm… So ein schöner starker Mann, zu schade."

Cato öffnete den Mund, aber Rolo bedeutete ihm, ihm das Reden zu überlassen. Da Rolo diese Verrückte offenbar kannte, wartete Cato erst einmal ab.

„Du darfst Cato nicht opfern, er ist Titus Vater", sagte Rolo.

„Ist er das?" Sie setze sich rittlings auf Catos Schoß, legte die Hände auf seine Schultern und schaute ihm intensiv in die Augen. „Nein, dieser ist nicht der Vater des jungen Sehers." Sie wandte sich grinsend an Rolo und schnalzte mit der Zunge. „Das hätte ich deiner kleinen Frau gar nicht zugetraut. Ist mir schon lange nicht mehr passiert, dass ich mich so sehr in einer Person irre. Wo hat sie den Gott getroffen, mit dem sie Titus gezeugt hat?"

Rolo sah sie unglücklich an. „Du weißt, ich liebe Alsuna. Tu ihr nichts, bitte!"

Herrada stand auf und legte die Arme um Rolos Taille. „Oh, hast du Angst, ich versenke deine Frau wegen Ehebruchs im Moor? Dann hätte ich dich wieder für mich allein." Sie sah versonnen zur Decke.

Rolo blickte sie finster an.

Sie klopfte mit der flachen Hand auf seine Burst. „War nur ein Scherz. Ich würde keiner Frau vorwerfen, die Chance zu nutzen, bei einem Gott zu liegen. Wenn der süße Titus nicht so verliebt wäre...", sie seufzte bedauernd.

„Danke, Herrada", brachte Rolo hervor.

„Besuch mich heute Nacht, wenn du mir deine Dankbarkeit beweisen möchtest", flötete sie und schmiegte sich an ihn.

Rolo räusperte sich und entwand sich ihrer Umklammerung. „Das ist jetzt nicht die richtige Gelegenheit. Wir müssen über Cato sprechen und über Halvors Nachfolge."

„Du willst mich doch nicht etwa beeinflussen, mein lieber Rolo." Tadelnd tippte sie mit dem Zeigefinger auf seine Brust.

„Das haben Wieland und Vilmar doch auch schon getan", knurrte er.

„Sehe ich aus, als würde ich mich von denen beeinflussen lassen?", fragte sie eingeschnappt.

„Nein, entschuldige. Aber Cato ist ein guter Mann, es wäre nicht Recht, ihn zu opfern."

„Er ist ein Römer, sein Vater trägt die Schuld an dem Mord an so vielen meiner Chatten-Kinder. Er ist ein perfektes Opfer, um die Seelen der Toten und der lebenden Chatten zu besänftigen."

„Cato ist nicht Lucius. Du warst immer eine gerechte Richterin. Seit wann hat sich das geändert?"

„Dein Wunschurteil ist nicht automatisch ein gerechtes Urteil, Rolo, mein Liebling", sagte sie und ließ ihn los.

„Wenn ich dazu auch mal etwas sagen darf", mischte sich Cato ein, „ich bitte um das Leben meines Sohnes Titus."

„Deines Stiefsohnes", korrigierte Herrada.

„Dann eben um das Leben meines Stiefsohnes, für mich macht das keinen Unterschied."

Herrada kniete sich interessiert neben Cato. „Was ist mit deiner blauäugigen Gefährtin, liebt sie den Jungen wie eine Mutter?"

„Ja, das tut sie."

„Wer ist Titus Vater?", fragte Herrada.

Cato wechselte einen Blick mit Rolo, der ergeben nickte. „Noel, der Bruder meiner Gemahlin."

Erfreut leuchtete Herradas Gesicht auf. „Oh, das ist schön, ein Mann mit diesen Augen. Wo ist er jetzt?"

„Keine Ahnung", sagte Rolo.

Herrada sah Cato fragend an. „Meine Frau hat ihn mit den Kindern besucht, ich hoffe, sie ist noch bei ihm. Aber wenn Titus zurück ist, wird Enya bestimmt auch zurückgekommen sein. Vielleicht ist Noel bei ihr."

Herrada stand auf und wühlte in einer Kiste. „Oh, sie werden herkommen!" Sie hielt ein blaues Kleid vor sich und sah Rolo fragend an.

„Hübsch", antwortete er.

„Ja, nicht wahr? Und die Farbe ist absolut passend." Sie stellte sich mit dem Rücken zu Rolo. „Lös bitte die Schnürung."

Rolo verdrehte die Augen, gehorchte ihr aber. Cato sah schnell zur Seite, als sich Herrada aus ihrem Kleid und ihrem Unterkleid schälte.

„So schüchtern, niedlich." Sie kicherte über Catos taktvolles Benehmen und zog das andere Kleid über, dann sah sie sich suchend um. „So viel zu tun, so wenig Zeit. Ihr kommt ja eine Weile ohne mich aus. Rolo, mein Süßer, du passt doch ein wenig auf meine Opfergabe auf, Cato soll sich doch bei mir wohlfühlen." Sie rauschte aus der Tür.

„Die ist total verrückt", sagte Cato.

Rolo zog sein Messer und schnitt Catos Fesseln durch. „Ja, aber unterschätze sie nicht. Sie weiß Dinge, hört und sieht, was sie eigentlich gar nicht mitbekommen kann und vor allem hören sowohl die Chatten als auch die Usipier auf sie. Alle haben Angst vor ihr."

Cato schnaubte abfällig und stand schwerfällig auf. „Sie ist nur eine schwache Frau, was soll sie schon tun?"

„Deine Enya ist auch eine schwache Frau und ich würde mir vor Angst in die Hose pissen, wenn ich sie zur Feindin hätte."

„Herrada ist nicht Enya", winkte Cato ab.

Sie hörten eine lautstarke Auseinandersetzung vor der Tür, dann stolperten Titus und Lilian herein.

„Schon gut, Herrada hat mir aufgetragen, auf ihr Opfer aufzupassen, sie dürfen hier sein", bestimmte Rolo und warf die Tür vor der Nase der Chatten-Wachen zu.

„Vater, Dank sei den Göttern, du lebst", sagte Titus und umarmte Cato, der bei der festen Berührung zusammenzuckte. „Du bist verletzt", stellte Titus besorgt fest und half Cato auf Herradas Bett.

„Nicht der Rede wert, das wird wieder, wenn ich nicht als Opfergabe der Verrückten im Moor ende. Wo ist Enya?"

„Noch bei Noel, denke ich. Lilian und ich sind allein hergesprungen", sagte Titus und zog seine Frau neben sich. „Vater, das ist meine Gemahlin, Lilian."

Cato sah alles andere als erfreut aus. „Du bringst ein Mädchen aus der Zukunft mit hier her, um sie zu heiraten? Sind jetzt alle verrückt geworden? Warum hat das überhaupt funktioniert. Ist sie eine Verwandte von Enya oder Noel?", fragte Cato verärgert.

„Ich weiß ja auch nicht, warum es funktioniert hat, der Sprung war sozusagen ein unglückliches Missgeschick."

„Und die Hochzeit ist auch zufällig passiert?"

„Salvius hat uns gezwungen, zu heiraten, es war nicht unsere Idee", verteidigte sich Titus.

Cato sah etwas beruhigter aus. „Dann seid ihr also gar nicht wirklich Mann und Frau, gut. Es wäre nicht Recht von dir, jemanden aus der Zukunft zu zwingen, hier zu leben."

„Also, eigentlich sind wir schon richtig verheiratet. Lilian bleibt bei mir", erklärte Titus.

Cato sah seine frischgebackene Schwiegertochter fragend an.

„Ich bleibe bei Titus, bis wir gemeinsam in die Zukunft zurückgehen können", korrigierte sie seine Aussage.

„Titus wird der Anführer der Usipier, er wird hierbleiben", antwortete Cato.

„Noch ist er nicht der Anführer", mischte sich Rolo ein und erläuterte Cato die Lage.

Sie hatten noch keinen Weg gefunden, Cato an den Wachen vor der Tür vorbeizuschmuggeln, als Herrada zurückkam.

Sie strahlte Titus an, Angst schien sie nicht mehr vor ihm zu haben. „Warum geht ihr Kinder nicht noch etwas zum Spielen auf den Heuboden", zwinkerte sie Titus und Lilian zu und winkte sie hinaus.

Widerstrebend verließen beide die Hütte.

„So leid es mir tut, Rolo, aber du musst jetzt auch gehen. Ich muss meine Opfergabe vorbereiten", erklärte Herrada.

„Was hast du vor?", fragte Rolo.

„Eifersüchtig?" Sie öffnete die Tür. „Muss ich erst jemanden bitten, dich hinaus zu begleiten?"

Mit einem Blick auf die bewaffneten Chatten verließ Rolo die Hütte und Herrada verriegelte die Tür.

„Endlich allein, was?" Sie lächelte Cato an.

„Was soll das Theater? Ich glaube nicht an deinen Hexenzauber", sagte Cato.

Herrada kniete sich vor ihn und griff nach seinem Fuß.

Er zog ihn weg.

„Nicht so scheu, ich will mir nur deine Verletzungen ansehen."

Er gab nach, sie entblößte seinen Fuß und betrachtete die blaue und grüne Färbung. Dann warf sie einige getrocknete Kräuter in eine Schale und goss heißes Wasser aus dem Kessel über dem Feuer darüber. Sie weichte ein Tuch in dem Sud ein, schlug die eingeweichten Pflanzen darin ein und legte sie als Verband um Catos Fuß. „Ich dachte, gerade du würdest an die Kräfte der Götter glauben. Du bist schließlich mit einer Göttin verheiratet. Nicht wahr?", sagte Herrada und lächelnd Cato an. Dann bedeutete sie ihm, er solle sich hinlegen.

„Enya ist keine Göttin", antwortete er.

„Vielleicht ist sie das nicht, aber du glaubst, sie ist eine Göttin. Also lüg mich nicht an, ich merke sowas", tadelte sie. Sie setzte sich auf die Bettkante und löste den Gürtel um seine Tunika.

Er schob ihre Hände fort.

„Ich will die anderen Verletzungen sehen. Wenn ich jemanden heute in mein Bett zwinge, ist das Rolo." Sie seufzte verträumt, dann sah sie Cato auffordernd an.

Er zog seine Tunika aus.

„Da hast du aber jemanden heftig verärgert, was?" Missbilligend betrachtete sie die Hämatome, die in allen Farben schillerten.

„Du willst mich ja auch umbringen und ich habe dir nichts getan."

„Nein, hast du nicht." Sie schnüffelte an einigen Tiegeln aus Ton, die in einem Regal standen, mit einem davon kam sie zurück zu Cato. Sie strich seine Verletzungen mit der grünen Salbe aus dem Tiegel vorsichtig ein.

„Warum die Mühe, wenn ich doch im Moor ende?"

„Nicht ich entscheide, ob die Götter dich als Opfergabe bekommen. Aber wie auch immer, bis es so weit ist, bist du mein Gast und ich behandele meine Gäste immer gut." Sie schloss den Tiegel und sah ihn nachdenklich an. „Schade, dass du kein Geschenk bist."

„Brauchst du so dringend einen Sklaven?"

Herrada lachte. „Die Usipier haben mir einen Ochsen und zwei Ziegen geschenkt, wir haben sie gestern gegessen."

Cato konnte sein Beunruhigung über diese Bemerkung nicht verbergen.

Sie versuchte, ihn bedrohlich anzusehen, brach dann aber in Gelächter aus. „Du hättest dein Gesicht sehen sollen. Ich hätte dich doch nicht gegessen", sie blickte zur Decke, „na ja, vielleicht hätte ich dich etwas abgeleckt. Habe ich gestern bei Rolo gemacht, Alsunas Gesicht war unbeschreiblich. Es war herrlich. Aber wirf mir das nicht vor, es war Lilians Idee. Nur die Götter wissen, was da in der Zukunft so getrieben wird. Ich glaube, sie hat deinen Stiefsohn gestern von oben bis unten abgeleckt, zumindest hat es sich so angehört. Oh, die Kinder hatten so viel Freude. Ich mag Besucher." Sie seufzte glücklich und räumte dann den Tiegel zurück ins Regal.

Cato versuchte, aus Herradas wirrem Redeschwall schlau zu werden. „Wer hat dir von der Zukunft erzählt?"

„Was?" Sie sah ihn verwirrt an.

„Die Zukunft!", sagte Cato genervt.

„Oh, das sieht man Lilian doch an. Du hast es doch auch sofort gewusst." Sie wieselte wieder in ihrer Hütte herum und brachte Cato einen Becher heißen Met und einen Teller mit Fleisch vom gestrigen Festmahl. „Du kannst es ruhig essen, ist garantiert kein Menschenfleisch", zog sie ihn auf und setzte sich wieder auf die Bettkante. „Erzähl mir von Elfeda", forderte sie.

„Sie ist Vilmars Tochter."

Herrada verdrehte die Augen. „Erzähl mir etwas von ihr, das nur du weißt."

Er trank einen Schluck heißen Met und dachte einen Moment nach. „Sie hat eine tiefverletzte Seele und ein mitfühlendes Herz."

„Ja, das hat sie, nicht wahr?", sie lächelte versonnen. „Erzähl noch etwas."

„Sie ist schlau, stark, den meisten Männern weit überlegen und sie weiß das."

„Eine Frau nach meinem Herzen. Schön, dass du so etwas sehen kannst, ohne sie niederringen zu müssen, um dich größer zu fühlen. Ich würde wirklich lieber mit dir spielen, als dich opfern. Na ja, so ist das Leben. Wir bekommen nicht, was wir wollen, aber wenn die Götter es gut mit uns meinen, bekommen wir, was wir brauchen, nicht wahr?" Sie holte eine Felldecke und breitete sie über Cato. Dann räumte sie Teller und Krug fort und hauchte dem verdutzten Cato einen Kuss auf die Stirn. „Schlaf, meine Opfergabe. Ich wache über dich."

Cato wurde schwindlig, dann fielen seine Augen zu.

„Ja, mein Met löst die Zunge und schenkt den besten Schlaf, nicht wahr?" Sie strich über Catos Körper, versicherte sich, dass er es warm und bequem hatte, dann kramte sie weitere Tiegel und Flaschen aus ihrem Regal.

KAPITEL 26

Titus war nervös. Lilian sah besorgt zu, wie er am Feuer hin und herging.

„Du machst mich wahnsinnig", knurrte Rollo.

„Deine verrückte Freundin wird meinen Vater opfern und wir tun nichts!", fauchte er.

„Wenn du eine Idee hast, wie wir Cato an den ganzen Chatten, die um Herradas Hütte herumlungern, vorbei bekommen, raus damit."

„Wir müssen unsere Leute zusammentrommeln, dann befreien wir ihn."

„Erstens bist du noch nicht der Anführer der Usipier und zweitens ist Cato ein Römer. Die Usipier und die Chatten mögen nicht die besten Freunde sein, aber wir sind alle Germanen. Kein Germane bringt einen anderen Germanen für einen Römer um."

Finster blickte Titus zu der Hütte. „Dann gehe ich jetzt zu Herrada und beeinflusse ihren Verstand."

„Glaubst du, deine Kräfte wirken bei ihr?", fragte Rolo.

Titus sah Rolo unzufrieden an.

„Du konntest sie nicht lesen, als sie dich gestern am Feuer angefasst hat, oder?", forschte er nach.

„Nein, konnte ich nicht", brummte Titus.

„Warum glaubst du dann, du könntest sie beeinflussen? Wenn du es versuchst, bringst du sie nur gegen dich auf."

Alsuna, die den ganzen Nachmittag und Abend kaum ein Wort gesagt hatte, stand auf. „Ich gehe jetzt zu Herrada und sage ihr, wer Titus Vater ist."

„Das weiß sie schon", sagte Rolo.

Alsuna wurde blass, dann nickte sie und setzte sich wieder. „Gut, dann ist ja zumindest Titus sicher. Herrada wird ihn zu Halvors legitimen Erben machen und er wird der neue Anführer."

„Interessiert dich den gar nicht, was aus Cato wird?", fuhr Titus Alsuna an.

„Natürlich interessiert mich Catos Schicksal. Aber du bist mein Kind, du bist das Wichtigste für mich."

Die Tür von Herradas Hütte öffnete sich. Die Seherin hakte sich bei Cato unter und schob ihn hinaus. „Schau, Cato, so viel Besuch. Ist das nicht schön?"

Cato humpelte kaum noch, wirkte aber weggetreten.

Titus rannte auf seinen Vater zu, aber Norwin und Wernulf zogen ihre Schwerter und hielten ihn auf.

Vilmar grinste zufrieden. Er legte den Arm um Elfeda, die Cato mit versteinerter Miene anstarrte.

„Vilmar, mein lieber Freund", zwitscherte Herrada und blieb bei ihm stehen. Cato schwankte neben ihr.

„Wernulf, mein großer starker Junge, halte meine Opfergabe doch mal kurz." Sie hakte sich bei Vilmar unter und lächelte zu ihm auf. „Es ist so nett von dir, dass du mir dich selbst mitgebracht hast. Ich denke, wir sollten auf diesen interessanten Abend anstoßen, nicht wahr?" Sie strich über Vilmars bärtige Wange. „Elfeda, Liebes, geh in meine Hütte und hol den Krug Met und die beiden Becher auf dem Tisch. Bist du so gut, bitte?", sagte die Seherin.

Elfeda holte das Gewünschte.

Herrada hielt die Becher und Elfeda schenkte Met ein. Dann reichte sie ein Tongefäß an Vilmar und zog den Chatten zu sich. „Wenn die Götter dir gewogen sind, werde ich dich heute Nacht noch ablecken", flüsterte sie und kicherte, „das habe ich von der niedlichen kleinen Frau von Titus gelernt. Und es macht mir wirklich Freude."

Vilmar sah sie irritiert an und nahm einen großen Schluck aus dem Becher. Der Gedanke, die Nacht mit der Seherin zu verbringen, bereitete ihm Unbehagen, aber dieses Weib war so verrückt nach Männern, dass er das Opfer bringen musste, um sie auf seine Seite zu ziehen.

„Du wirst doch keine Angst vor mir haben!", sagte Herrada verschmitzt lächelnd.

„Ich freue mich darauf, dich in deiner Hütte zu besuchen. Dann können wir, neben anderem, über ein paar wichtige Dinge reden", raunte Vilmar ihr zu.

„Wenn die Götter es so entscheiden, können wir das. Komm jetzt aber erst einmal mit mir. Elfeda, würdest du bitte Cato etwas helfen?", sagte Herrada. Arm in Arm schlenderte sie mit dem Anführer der Chatten in Richtung Moor. Seine Tochter zog Cato mit sich, der ihr willenlos folgte. Vilmars leichtes Schwanken fiel kaum auf.

Rolo trat in Herradas Weg. „Bitte, du machst einen Fehler", flehte er.

„Es ist nicht meine Entscheidung. Vertrau auf die Götter, alles wird gut." Sie winkte Wernulf zu, der Rolo mit ein paar Männern umzingelte. Titus wurde ebenfalls festgesetzt, dabei stießen sie Lilian von ihm fort.

„Nein, lasst sie bei mir", schrie Titus, entwand sich dem Griff der Männer und drückte seiner Frau den Sprungauslöser in die Hand. „Zweimal draufdrücken, dann bist du zu Hause", sagte er schnell.

„Nein, ich gehen nicht ohne dich!", stammelte sie.

Die Männer zerrten Titus zu Rolo und zwangen beide auf die Knie. Mit Dolchen an ihren Kehlen hielten die Chatten sie unter Kontrolle. Lilian weinte in Alsunas Armen.

Wütend starrte Rolo seine usipischen Freunde an, die nicht aussahen, als würden sie ihnen helfen.

„Es ist das Urteil der Götter, du musst das akzeptieren", sagte ein Usipier.

Hilflos sahen sie, wie Herrada am Ende des Steges, der ein paar Meter in den harmloswirkenden Tümpel hineinragte, stehenblieb. Noch immer bei Vilmar untergehakt, legte Herrada die Hand an Catos Wange. „Knie dich hin und lass sie dein Gesicht sehen, mein Lieber", wisperte sie.

Cato fiel mit dem Rücken zum Moor auf die Knie.

Herrada strich liebevoll durch seine dunklen Haare. Dann sah sie zu den Menschen, die sie stumm beobachteten. Die Stille war gespenstisch. „Ihr habt mich um die Wahrheit über Titus Abstammung gebeten, weil ihr euch nicht über die Nachfolge von Halvor einig seid. Nur, damit hier keine Missverständnisse aufkommen. Ihr bittet alle, dass die Götter die Entscheidung über die Stammesführungen treffen?"

Zustimmend klopften die Männer beider Stämme mit den Schwertern auf ihre Schilde. Der Lärm war ohrenbetäubend und Lilian presste die Hände auf ihre Ohren, konnte den Blick aber nicht von dem Grauen auf dem Steg abwenden.

Herrada fuhr fort. „Damit wird die Entscheidung der Götter für euch alle bindend sein." Sie sah Vilmar an. „Mein lieber Freund Vilmar hat mir Cato, den Stiefvater von Titus, als Opfer für die Götter mitgebracht."

Die Chatten schlugen heftig auf ihre Schilde, von den Usipiern stimmte nur ein Teil in den Lärm ein. Das Wort *Stiefvater* hatte vermutlich einige irritiert.

Herrada nahm die Zustimmung wohlwollend entgegen. „Aber Vilmar hat mir auch sich selbst mitgebracht und ich brauche nur ein Opfer für die Entscheidung der Götter."

Sprachlos sahen die Anwesenden zu, wie Herrada den Chattenführer neben Cato niederknien ließ. Auch ihm strich sie liebevoll übers Haar. Sie stand hinter den knienden Männern, die jetzt beide deutlich schwankten und zog ein gebogenes Messer aus ihrem Gürtel.

„Vilmar hätte sich dir nicht als Opfergabe angeboten!", rief ein Chatte.

„Elfeda und Norwin. Habt ihr gehört, dass Vilmar gesagt hat, er hat sich selbst für mich mitgebracht?"

Die beiden wechselten einen Blick, dann nickte sie. „Wir haben es gehört, aber Vilmar hat nicht gemeint, dass er sich als Opfer zur Verfügung stellt", erklärte Norwin.

„Und dennoch hat er es gesagt. Aber damit sich niemand später ungerecht behandelt fühlt, überlasse ich einem Chatten die Entscheidung darüber, wer meine Opfergabe sein wird." Herrada lächelte in die Runde, als ginge es um die Wahl zwischen Bier und Met. Dann sah sie Elfeda an. „Kind, ich überlasse dir die Wahl."

„Nein!", brüllte Titus.

„Das ist doch kein Gottesurteil!", schrie Rolo.

Herrada schnalzte missbilligend mit der Zunge, dann wandte sie sich wieder an die Menge. „Gebt mir ein Zeichen, ob ihr die Entscheidung von Elfeda als Gottesurteil akzeptiert."

Der Lärm der Chatten war ohrenbetäubend.

„Ich denke, du bist überstimmt, mein lieber Rolo", sagte Herrada.

Elfeda starrte die Seherin mit großen Augen an.

„Nun, mein Kind, wer hat verdient, zu leben?"

„Ich kann das nicht entscheiden", stammelte Elfeda.

„Schließ die Augen", forderte Herrada.

Sie gehorchte.

„Wer von diesen beiden Männern hat die höheren Ideale? Wer das gütigere Herz? Wer ist ein besserer Mann? Auf wen kann die Welt weniger verzichten? Um wen würden mehr Menschen weinen?" Sie ließ ihre Worte einen Moment wirken. „Jetzt öffne die Augen und sag mir den Namen!"

„Cato."

Herrada setzte das gebogene Messer an Vilmars Kehle. So leicht, als glitte sie durch Wasser, öffnete sie die Halsschlagader. Ein Schwall roten Blutes brach aus Vilmar. Die Seherin versetzte ihm einen Stoß und der Anführer der Chatten versank im schwarzen Wasser. Einige Luftblasen stiegen auf, dann war es totenstill.

„Der neue Anführer der Chatten ist Elfeda!", rief Herrada. „Enttäusche mich nicht, mein Kind", sagte sie eindringlich zu der fassungslosen jungen Frau.

Die Männer, die Titus und Rollo in Schach gehalten hatten, waren ebenso geschockt wie alle anderen. Titus und Rolo rissen sich los und stürzen zu Cato. Titus schlang die Arme um seinen Vater, dann weinte er seiner Brust. Benommen legte Cato die Arme um seinen Sohn und schien erst jetzt wahrzunehmen, wo er sich befand.

Herrada strich mit einem mitleidigen Lächeln durch Titus blonde Haare. Vilmars Blut an Herradas Händen färbte das helle Haar rot. Er sah zu ihr auf und ein roter Tropfen lief über seine Stirn.

„Du bist Halvors Enkel, aber du wirst nicht sein Nachfolger sein. Du gehörst nicht in diese Zeit", sagte Herrada dunkel, dann blinzelte sie irritiert. „Habe ich das eben gesagt? Na ja, gesagt ist gesagt!", flötete sie. Ihr Lächeln war zurück und es galt Rolo. „Der Anführer der Usipier wird Rolo sein. So, dann ist meine Arbeit für heute wohl getan." Bei Rolo blieb sie kurz stehen. „Dafür besuchst du mich demnächst mal allein und ich darf dich nochmal ablecken", raunte sie ihm zu und ging summend in ihre Hütte.

Die Menge starrte ihr ungläubig nach.

KAPITEL 27

In der ersten Dämmerung rekelte sich Cato unter der warmen Decke. Was für ein verrückter Traum, dachte er. Er öffnete die Augen und setzte sich auf. Er war in einem Zelt, Rolo und Alsuna lagen neben ihm und Rolo blinzelte ihn verschlafen an.

„Hast du den Rausch ausgeschlafen, den Herrada dir verpasst hat?", fragte der Usipier.

Erst bei diesen Worten kam Catos Erinnerung an den gestrigen Abend zurück. Er griff an seine Kehle, als befürchte er, Herradas Messer habe sie aufgeschlitzt. Er atmete schnell und hatte doch das Gefühl, zu wenig Sauerstoff zu bekommen. Sein Herz raste und er starrte Rolo und Alsuna mit panisch geweiteten Augen an.

Alsuna legte ihre Hände auf Catos Oberarme und fing seinen Blick ein. „Es ist alles gut. Ruhig. Du hast es überlebt."

„Herrada wollte mich opfern", sagte Cato heiser.

„Aber sie hat es nicht getan. Sie hat Vilmar statt deiner im Moor versenkt", erklärte Rolo.

„Bei allen Göttern, ich muss zu Elfeda!" Cato krabbelte aus dem Zelt. Deutlich erinnerte er sich an Elfedas entsetztes Gesicht, als Herrada Vilmar umgebracht und das nur, weil sie Cato ihrem eigenen Vater vorgezogen hatte.

Das Lager schlief noch, aber er wusste, wo er Elfeda finden würde. Es gab hier nur ein großes Zelt und wie er Vilmar kannte, war das mit Sicherheit seines gewesen. Cato schlug die Eingangsplane des Zeltes zur Seite, das Lager aus Fellen und Decken war leer.

„Was willst du hier?", hörte er Elfedas Stimme. Sie saß zusammengekauert auf dem kalten Boden und trug noch immer die Kleidung vom gestrigen Abend.

Er kniete sich neben sie und legte die Hand an ihre Wange. Sie war eiskalt. „Nach dir sehen. Warum sitzt du auf der kalten Erde?"

„Ich habe ihn umgebracht. Meinen eigenen Vater." Ihre Stimme war rau.

Cato zog sie hoch und sie ließ sich willenlos zu dem Lager führen. Er breitete die Decke über Elfeda und legte sich neben sie. „Es war nicht deine Schuld. Herrada hat dich dazu gebracht, so zu entscheiden."

„Wie hätte sie ahnen können, dass ich meinen eigenen Vater in den Tod schicke und dafür einen Römer rette?", sagte sie bitter.

Cato legte die Arme um sie. „Herrada hat mich gestern über dich ausgefragt."

„Und du hast gesagt, nimm Elfeda, das undankbare Miststück schickt ihren Vater kaltlächelnd in den Tod?"

„Nein, ich habe ihr gesagt, du bist eine sehr kluge und starke Frau, viel klüger und stärker als die meisten Männer."

„Daraus konnte sie wohl kaum schließen, dass ich eine Vatermörderin bin."

„Nein, aber Herrada sieht und hört wohl vieles, was andere übersehen. Und dass dein Vater dich grausam behandelt hat, ist auch mir sofort aufgefallen, als ich dich zum ersten Mal mit ihm gesehen habe."

„Er war eben ein harter Mann, das war seine Art, uns zu zeigen, dass wir ihm wichtig sind."

„Misshandlungen zeigen nicht, dass das Opfer dem Täter wichtig ist, sondern nur die Monstrosität des Täters. Glaub niemals, es war deine Schuld, dass dich dein Vater geschlagen und vergewaltigt hat. Es gibt nichts, was du hättest tun können, das sein Verhalten rechtfertigt."

„Mir ist so kalt, Cato", wisperte sie. Von der selbstbewussten, couragierten Frau, die er kennengelernt hatte, war nichts mehr zu erkennen und das schmerzte Cato.

Er zog sie an sich. „Ich danke dir, dass du mein Leben gerettet hast und auch, wenn Vilmar in meinen Augen verdient hat, was mit ihm passiert ist, wünschte ich, du müsstest nicht unter seinem Tod leiden."

„Mein Volk verzeiht mir niemals, dass ich einen Römer meinem Vater vorgezogen habe."

„Du bist die Anführerin der Chatten, zeig ihnen, was für eine gute Anführerin du bist, dann werden sie am Ende froh über deine Entscheidung sein. Dein Vater hat nur Krieg, Not und Unglück über sein Volk gebracht. Oder siehst du das anders?"

„Er glaubte an unsere Art zu leben."

„Niemand verlangt, dass ihr die aufgebt."

Sie schaute zu Cato auf. „Machst du mir einen Freundschaftspreis, wenn wir dir Waren verkaufen?"

Er lächelte. „Ich wusste, du bist eine kluge Anführerin und ich denke, wir werden uns schon einig werden. Falls Salvius noch etwas von meinem Handelshaus übriggelassen hat."

Sie kuschelte sich wieder an Cato. „Ich muss Leif suchen, nach Vaters Tod ist er fortgelaufen. Er wird mir niemals verzeihen, dass ich dich gewählt habe."

„Komm erst mal selbst zur Ruhe, Norwin kümmert sich bestimmt um deinen Bruder. Leif hat auch unter eurem Vater gelitten, oder täusche ich mich?"

„Es fing alles nach Mutters Tod an. Zuerst hat er nur mich verprügelt, wenn ich etwas falschgemacht hatte. Als Leif dann vier war, hat Vater sich auch um seine *Erziehung* gekümmert. Er hat ihn wegen jeder Kleinigkeit grün und blau geschlagen. Am schlimmsten aber war nicht die Prügel selbst, sondern dass Vater uns immer die Möglichkeit gab, uns von den Schlägen freizukaufen. Wenn wir ihm von einem Vergehen des anderen erzählten, bekam der dann die Prügel. Ich hatte noch eine andere Möglichkeit, mich freizukaufen und habe Leif möglichst erspart, unter meinen Fehlern zu leiden."

Cato drückte sie fester an sich. „Das liegt jetzt hinter Leif und dir. Niemand wird euch je wieder so wehtun", er gab ihr einen Kuss auf ihre roten Locken, „und jetzt schlaf noch ein wenig."

KAPITEL 28

Enya schreckte aus dem Schlaf auf. Cato! Sie fühlte ihn zum ersten Mal, seit sie in die Vergangenheit zurückgekommen war. Er lebte! Sie konzentrierte sich auf ihn, konnte seine Gedanken aber nicht deutlich erkennen, vermutlich war er zu weit entfernt.

„Noel, Greta, steht auf. Cato ist hier irgendwo", sagte sie und kroch aus dem Zelt. Die erste Dämmerung zeigte sich am Horizont.

„Wo kommt der denn plötzlich her?", fragte Noel.

„Keine Ahnung, vielleicht bewegt er sich auf uns zu oder er war bewusstlos und ist jetzt aufgewacht. Ist ja auch egal. Wir können höchstens fünf Kilometer von ihm entfernt sein, andernfalls würde ich ihn nicht fühlen."

„Ist Lilian auch in der Nähe?", fragte Greta hoffnungsvoll.

„Lilian und Titus sind Helos, ich könnte sie nicht mal mental erreichen, wenn sie direkt neben mir ständen. Entschuldige." Enya lief zu den Pferden, um sie zu satteln, aber dann hielt sie inne. Erschrocken sah sie zu ihrem Bruder.

„Ist etwas passiert?", fragte Noel.

„Ich weiß nicht, er hat Angst, atmet schnell."

„Meinst du, jemand bedroht ihn?"

„Keine Ahnung. Wir müssen zu ihm, sofort."

In Windeseile bauten sie das Lager ab und zogen weiter nach Norden. Das Gelände war unwegsam, daher erreichten sie erst zwei Stunden später eine offene Landschaft, auf der viele Zelte standen. Enyas Pferd tänzelte, als sie es im Schatten der letzten Bäume anhielt. Sie suchte das germanische Lager nach Catos Gedanken ab und fand ihn sofort. Erleichtert atmete sie auf. Sein Geist war ruhig, er schlief.

Noel und Greta erreichten ebenfalls den Waldrand.

„Wartet hier, ich suche Cato und komme mit ihm zurück", sagte Enya und stieg vom Pferd. Sie wollte kein Aufsehen erregen. Je weniger Menschen sie unter Kontrolle halten musste, umso besser.

„Kommt nicht in Frage, ich lasse dich doch nicht allein in ein ganzes Lager voller Chatten laufen", erklärte Noel.

„Wir können Greta nicht allein hier lassen. Sie kann sich überhaupt nicht verteidigen, wenn sie entdeckt wird", gab Enya zu bedenken.

Aber Greta hatte nicht die Absicht, sich hier parken zu lassen. „Ich komme auf jeden Fall mit euch. Vielleicht ist Lilian ja auch dort."

„Gut, dann kommt eben beide mit. Ist vielleicht wirklich besser, so kann ich auf euch aufpassen. Aber ihr bleibt in jedem Fall in meiner Nähe, keine Alleingänge, verstanden?", wies Enya sie an und band ihr Pferd an einen Baum.

Zu Fuß näherten sie sich dem Lager. Enya hielt Ausschau nach Wachen und brachte die fünf Männer, die die Umgebung im Auge behielten dazu einzuschlafen. Dann suchte sie wieder nach Cato.

„Dort", Enya zeigte auf das größte Zelt des Lagers. Vor dem Zelt hielt sie inne und fand die Gedanken einer weiteren schlafenden Person in dem Zelt. Sie schlug die Zeltplane zurück und bedeutete Noel und Greta, ihr zu folgen.

Noel prallte gegen Enya, die plötzlich stehengeblieben war. Er folgte ihrem Blick und sah den schlafenden Cato mit einer hübschen, rothaarigen jungen Frau im Arm.

„Ach du Scheiße", sagte Noel und warf einen vorsichtigen Blick auf seine Schwester. Enya presste die Lippen zusammen. Wenn sie eine Comicfigur gewesen wäre, wären jetzt sicher Rauchwölkchen aus ihren Ohren gestiegen.

„Hey, lass ihn erst mal erklären", raunte er seiner Schwester zu.

Enya trat näher an das Lager und stieß Cato mit dem Fuß an.

Er blinzelte. „Enya", brachte er heraus, dann war er auf den Beinen und drückte seine Frau an sich. „Geht es dir gut? Sind die Kinder in Sicherheit?"

„Die Kleinen sind bei meinen Eltern. Titus ist aber ohne mich zurückgesprungen", sagte Enya. Sie war noch immer verärgert, aber er sollte sich nicht unnötig um die Kinder sorgen.

„Titus ist hier, zusammen mit einem Mädchen aus der Zukunft. Es geht ihnen beiden gut", sagte Cato und Enya atmete erleichtert auf. „Wo ist Lilian?" Greta drängte sich an Noel vorbei zu Cato. „Ich weiß nicht, wo sie sich zum schlafen niedergelegt haben, aber wir finden sie, wenn das Lager erwacht. Wer bist du?", fragte Cato. „Greta, ich bin Lilians Mutter."

„Du musst dich nicht um Lilian sorgen. Titus passt gut auf sie auf, sie ist ganz sicher bei ihm. Alsuna und Rolo sind auch hier und haben ein Auge auf die beiden", beruhigte Cato die verängstigte Frau. Da das aber wenig half, wandte er sich wieder Enya zu und erst jetzt bemerkte er, dass sie ihn schmallippig anstarrte. „Was ist? Bist du noch immer böse auf mich, weil ich wollte, dass Titus Halvors Nachfolger wird?"

„Ich laufe dir tagelang durch halb Germanien nach, in ständiger Angst um dein Leben, und dann finde ich dich im Bett mit dieser... dieser Sklavenhalterin!", zischte sie.

Elfeda stand auf. Ihre Augen waren rot vom Weinen, ihr besorgter Blick ruhte auf Cato.

Enya spürte Elfedas Sorge und ihre Zuneigung zu Cato.

„Lass mich erklären", sagte Cato.

„Nein danke, ich denke, ich bin im Bilde", zischte sie und rauschte aus dem Zelt.

„Suchen wir jetzt endlich Lilian?", fragte Greta und lief ihr nach.

„Enya, jetzt bleib doch hier! Das ist doch kindisch. Seit wann vertraust du mir nicht mehr", rief Cato seiner Frau nach.

Noel hielt seinen Schwager zurück. „Gib ihr einen Moment, um sich zu beruhigen. Wenn ihr das jetzt ausdiskutiert, bereut sie später, was sie in ihrer Wut sagt oder tut."

„Aber sie hat keinen Grund, auf mich böse zu sein. Das muss sie doch wissen!"

„Du kennst sie, sie liest deine Gedanken nicht."

„Um zu wissen, ich liebe sie und würde sie niemals betrügen, muss sie meine Gedanken nicht lesen, das sollte ihr auch so klar sein. Aber sie ist so ein verdammt stures Weib!", schimpfte Cato.

„Du wolltest sie unbedingt haben, jetzt leb damit. Aber willst du mir nicht endlich deine kleine Freundin vorstellen?", fragte Noel.

Cato streckte die Hand nach Elfeda aus und sie kam zögernd zu den beiden Männern.

„Ich bin Elfeda", sagte sie und nickte Noel einen Gruß zu.

Noel schmunzelte. „Ah, du bist die, die Cato als Haustier hält."

„Woher weißt du das?", fragte Cato irritiert.

„Wir haben auf der Suche nach dir so einige Chatten getroffen und Enya war nicht besonders erfreut, von ihnen zu hören, dass dich Vilmars Tochter zu ihrem Sexspielzeug gemacht hat." Noels Freude daran, seinen Schwager aufzuziehen, war offensichtlich.

„Elfeda ist wie eine Tochter für mich, verdammt!", schimpfte Cato, dem sichtlich unangenehm war, was Noel über seine Zeit bei den Chatten gehört hatte und noch unangenehmer war ihm, dass Enya es ebenfalls wusste. Auch wenn er sich nicht schuldig fühlte, war ihm doch klar, wie die Situation auf sie wirken musste.

„Ich rede mit deiner Frau", bot Elfeda an.

„Nein, das mache ich schon selbst", sagte Cato und folgte Enya und Greta, die im Gewirr der Zelte verschwunden waren. Noel und Elfeda blieben zurück.

Enya lief zielstrebig auf die Gedanken von Rolo zu, die sie in der Nähe der kleinen Hütte lokalisiert hatte. Sie fand ihn an einem Lagerfeuer.

„Hallo Rolo. Wo ist Titus?", fragte Enya.

Rolo stand auf. „Wo kommst du denn so plötzlich her? Hast du Cato schon gesehen?"

„Ich habe ihn gerade aus dem Bett seiner rothaarigen Freundin gezogen", antwortete Enya dunkel.

Rolo schmunzelte.

„Das ist nicht komisch! Für dich und den Rest dieser rückständigen, hinterwäldlerischen Idioten mag es in Ordnung sein, wenn ein verheirateter Mann alles vögelt, was nicht schnell genug wegläuft, für mich ist es das aber nicht", fauchte sie.

„Lass deine Wut nicht an mir aus. Ich kann nichts dafür, was dein Mann so treibt. Aber du solltest nicht vergessen, er war nicht freiwillig bei den Chatten und er hat einen ziemlich schlimmen Abend hinter sich."

Enya horchte auf und sah Rolo fragend an. „Darf ich sehen?"

Rolo nickte und dachte an die gestrige Zusammenkunft und die Opferung Vilmars.

Enya keuchte und sah Rolo mit großen Augen an. „Oh Gott, nein", stammelte sie. Was auch immer Cato mit Elfeda getan hatte, bei den Bildern aus Rolos Kopf, war sie einfach nur froh, dass er noch atmete. Sie wandte sich um, wollte zurück zu Cato, aber er kam bereits auf sie zu. Sie flog in seine Arme und drückte ihn an sich. „Geht es dir gut? Hat sie dich verletzt? Es tut mir so leid, dass ich nicht früher hier war", sagte sie und bedeckte sein Gesicht mit tausend Küssen.

„Schon gut, mir ist nichts passiert. Aber wenn Elfeda nicht ihren eigenen Vater geopfert hätte, um mich zu retten, läge ich wohl jetzt auf dem Grund des Moores dort drüben."

Enya warf einen ängstlichen Blick auf das harmloswirkende, dunkle Gewässer.

Beruhigend streichelte Cato ihren Rücken, bis sie sich wieder gefangen hatte.

„Was ist da zwischen dir und Elfeda?", fragte Enya.

„Sie hat mich gerettet, nicht nur vor Herrada, auch vorher schon. Ich bin ihr dankbar."

„Sie ist verliebt in dich. Das ist dir klar?"

„Hast du sie gelesen?", fragte Cato.

Enya nickte.

„Elfeda sucht bei mir keine sexuelle Erfüllung, sie sucht eine Vaterfigur, einen Mann, der sie besser behandelt, als es ihr eigener Vater getan hat. Sie fühlt sich nur zu mir hingezogen, weil ich eben kein sexuelles Interesse an ihr gezeigt habe und ich werde mich nicht bei dir dafür entschuldigen, dass ich sie gern habe."

„Okay, das kann ich verstehen", gab sie nach.

„Ich liebe dich. Ich habe immer nur dich gewollt und das hat sich auch nicht geändert." Cato küsste sie und endlich lag sie wieder nachgiebig in seinen Armen.

„Mama!", rief Lilian und rannte auf ihre Mutter zu.

Greta schloss die Arme erleichtert um ihre Tochter. „Du hast Hausarrest bis du achtzehn bist", sagte Greta, aus den harschen

Worten klang jedoch nur Erleichterung. „Geht es dir gut?", fragte sie ihre Tochter, die Hände an ihren Wangen sah sie sie forschend an.

„Ja, mir geht es gut. Titus war die ganze Zeit bei mir." Lilian strahlte Titus an, der inzwischen ebenfalls zu ihnen gekommen war.

Greta seufzte. Die Vernarrtheit ihrer Tochter in diesen Jungen, schien noch schlimmer geworden zu sein.

„Verzeih mir, dass ich deine Tochter mit hergenommen habe. Es war nicht Lilians Schuld", sagte Titus.

Lilian ließ ihre Mutter los und legte den Arm um den Mann, der Greta nicht mehr wie der Junge vorkam, den sie in ihrer Zeit kennengelernt hatte. Vor ihr stand kein Teenager und es gefiel ihr gar nicht, wie sich ihre Tochter an ihn schmiegte.

„Ich suche Noel, dann gehen wir nach Hause", bestimmte Greta.

„Damit sollten wir warten, bis wir zurück in Colonia Agrippinensium sind", sagte Enya.

„Warum warten?"

„Wenn ihr nochmal in diese Zeit springt, kommt ihr dort an, wo ihr abgesprungen seid. Es wäre daher wesentlich sicherer, wenn das in unserem Haus wäre", erklärte Enya.

Greta schnaubte. „Weder Lilian noch ich werden jemals wieder hierher kommen."

„Ich bleibe bei Titus", meldete sich ihre Tochter zu Wort.

„Das kommt überhaupt nicht in Frage. Wir gehen heim!"

Enya legte die Hand auf Gretas Arm. „Willst du das Risiko eingehen, dass Lilian nochmal heimlich herkommt und dann hier landet?"

Unzufrieden warf Greta einen Blick auf ihre Tochter und deren Freund. Die zwei wirkten nicht, als könnte man sie wieder trennen. Sie seufzte und gab nach.

Enya wandte sich zur Hütte um. Ein ungewöhnliches Gedankenmuster zog ihre Aufmerksamkeit an. In der Frau, die aus der Hütte trat, erkannte sie die Seherin aus Rolos Gedanken, die Cato beinah umgebracht hatte.

Blau blitzten Enyas Augen auf. Sie versuchte, Herrada auf die Knie zu zwingen. So leicht käme sie nicht davon, nach allem, was sie Cato angetan hatte. Aber die Seherin fiel nicht zu Boden. Sie hob nur beschwichtigend die Hände. Schritt um Schritt wich sie vor Enya zurück.

Enya stürmen los. Wenn sie Herrada nicht gedanklich unter Kontrolle bringen konnte, würde sie eben ihre Fäuste einsetzen. Wäre nicht das erste Mal. In ihrer Grundschulzeit hatte sie Noel häufiger auf diese Weise verteidigt.

Bevor sie Herrada aber erreichte, fing Rolo Enya ein. „Hey, ruhig. Sie hat Cato ja nichts getan", sagte er.

Sie funkelte ihn wütend an, war versucht, die Kontrolle über ihn zu übernehmen, aber dann trat Cato in ihren Weg.

„Lass sie los, Rolo", sagte er.

Enya atmete tief durch, um sich wieder zu beruhigen. Herrada stand mit bangem Blick an der Wand.

„Okay, ich habe mich wieder unter Kontrolle, aber ich will mit ihr reden", forderte Enya.

„Wir reden drinnen", bestimmte Rolo. Enyas Ruf war schlimm genug, sie musste den Usipiern und Chatten ihre Besonderheiten nicht auch noch demonstrieren.

Herrada fügte sich in ihr Schicksal und ging voran in ihre Hütte. Was Enya mit ihr tun würde, lag in den Händen der Götter, daher hatte es für die Seherin keinen Sinn, Angst zu haben. Sie zeigte einladend auf den Tisch. Enya, Cato und Rolo setzten sich zu ihr. Greta, Titus und Lilian blieben an der Tür stehen.

Herrada atmete einmal tief durch. „Ich wollte deinen Cato nicht töten, ich hätte ihn viel lieber als Geschenk gehabt, aber er war nun einmal eine Opfergabe. Sein Leben lag in den Händen der Götter und sie haben ihn verschont."

Rolo nickte verständig.

Enya verstand kein Wort. „Was meinst du mit Geschenk?"

„Cato ist ein stattlicher Mann, obwohl ich lieber Rolo als Geschenk hätte. Ich habe Cato nichts getan, wirklich nicht. Ich habe ihn nur einmal ganz kurz angeleckt, als er von meinem Met getrunken hatte, aber mehr habe ich nicht getan, ich schwöre es bei den Göttern."

„Herrada, das gehört jetzt nicht hierher", sagte Rolo unbehaglich.

Enya rieb ihre Schläfen. Diese Frau bereitete ihr Kopfschmerzen.

Herrada war nicht Helos, Enya las sie, aber ihre Gedanken sprangen so schnell von einer Sache zur nächsten, sie konnte ihnen nicht folgen. Wie ein Gummiball in einem Würfel, der ständig geschüttelt wurde.

„Warum tust du überhaupt sowas? Schlitzt Menschen die Kehle auf und versenkst sie im Moor. Du kannst doch nicht ernsthaft glauben, dass es Götter gibt, die etwas so schreckliches wollen", sagte Enya.

„Gerade du solltest an die Götter glauben. Deine Existenz beweist, es gibt sie", meinte Herrada.

„Die Helos sind keine Götter und wir Helos-Mensch-Hybriden auch nicht."

„Nein, aber dein Bruder und du seid das Geschenk der Götter, um die Menschen zu retten. Das weißt du doch von deiner Mutter, nicht wahr?", sagte Herrada und sah Enya fest in die Augen.

Enya drehte sich zu ihrem Sohn um. „Hast du Herrada von der Legende der *Kinder der Revolution* erzählt?"

Titus schüttelte verneinend den Kopf.

„Das hat doch alles keinen Sinn. Lasst uns heimgehen", sagte Enya und stand auf, aber Herrada griff schnell nach Enyas Handgelenk.

„Dein Bruder wartete auf ein Wort von dir. Sieh ihn, wie er ist", flüsterte sie, dann blinzelte sie verwirrt und ließ Enya los.

Verwundert sah Enya die Seherin an. Bei Herradas Worten wandelten sich ihre Gedanken plötzlich. Die Sprünge hörten auf und Herradas Geist hatte mit einem Mal eine absolute Klarheit, die gleich darauf jedoch wieder verschwand. Wenn sie in der Zukunft gewesen wären, hätte Enya Herrada dringend geraten, ihr Gehirn untersuchen zu lassen. Die Frau hatte offensichtlich Visionen. Aber wodurch auch immer diese ausgelöst wurden, hier und jetzt konnte ihr niemand helfen.

Herrada folgte ihren aufbrechenden Gästen hinaus. Vor der Tür wartete Noel und die Seherin strahlte. Sie strich ihre Haare zurück und schlenderte auf ihn zu. „Du bist der Vater des lieben Titus, nicht wahr? Oh, du hättest gestern kommen sollen, ich hatte mich für dich hübsch gemacht, aber das Blut des lieben Vilmar hat mein Kleid ruiniert. Na ja, noch ein Opfer für die Götter, was?" Sie kicherte und versuchte, sich bei Noel unterzuhaken, aber der wich einen Schritt zurück.

„Kennen wir uns?", fragte er.

„Nein, noch nicht, aber das können wir ja ändern." Sie lächelte Noel an, doch dann sah sie zu Rolo. „Du bist mir doch nicht böse, Rolo. Du darfst mich gern später nochmal besuchen, um mir deine Dankbarkeit zu beweisen."

„Ob die Führerschaft der Usipier ein Grund zur Dankbarkeit ist, wird sich noch zeigen", knurrte Rolo. Herradas Bemerkungen waren ihm peinlich, insbesondere weil Alsuna ihre letzte Äußerung gehört hatte.

„Oh, ich meine doch nicht deine neue Aufgabe. Ich meine das Kind, das Alsuna zur Welt bringen wird. Die Götter haben Vilmars Opfer akzeptiert und euch gesegnet. Freut ihr euch?"

Alsuna wurde blass und legte die Hände auf ihren Bauch.

Herrada lächelte in die Runde, warf Noel einen bedauernden Blick zu, dann verschwand sie in ihrer Hütte.

„Alsuna, schön dich zu sehen", begrüßte Noel die verwirrte Alsuna. Erst jetzt schien sie ihn wahrzunehmen. Sie lächelte Noel an, warf dann aber einen Blick zu Rolo.

„Ich baue dann mal das Zelt ab, wir sollten das Tageslicht nutzen", sagte Rolo und stapfte davon. Alsuna mit Noel zu sehen, gefiel ihm noch immer nicht, aber nachdem, was Herrada sich in den letzten Tagen ihm gegenüber geleistet hatte, war er besser nicht zu kleinlich. Insbesondere nicht, da Alsuna schwanger war. Keinen Augenblick bezweifelte Rolo die Worte Herradas.

Ohne Rollos Anwesenheit hatte Alsuna kein Problem damit, sich von Noel umarmen zu lassen.

„Alles klar bei dir, Baby?", flüsterte ihr Noel zu.

„Ja, jetzt wieder. Hat Titus dir schon gesagt, dass er ab jetzt bei dir leben will?", fragte sie.

„Will er das? Das freut mich, aber es tut mir leid, dass du ihn dann schon wieder verlierst. Du hast dich doch sicher gefreut, dass er auf deiner Rheinseite leben sollte."

„Er soll in Sicherheit sein. Ich verlasse mich auf dich, aber er muss uns besuchen. Da Rolo der neue Anführer ist, wird ihm hier keine Gefahr drohen."

„Rolo ist der neue Chef?"

„Ja, er wird ein würdiger Nachfolger für meinen Vater sein."

„Ja, das wird er." Er strich Alsunas Haare zurück. „Bist du glücklich mit ihm?"

Sie nickte und wurde rot.

„Das ist schön." Noel gab ihr einen Kuss auf die Wange, dann löste sie sich von ihm und folgte Rolo, um ihm beim Packen zu helfen.

„Das war Titus Mutter?", fragte Greta, die Noel beobachtet hatte.

„Ja. Es ist traurig für sie, Titus schon wieder zu verlieren."

„Will er mit uns zurückkommen?" Greta klang hoffnungsvoll. Die Gefahr, dass Lilian einen unerlaubten Ausflug in die Römerzeit machte, war wesentlich geringer, wenn sich das Objekt ihrer Begierde in der Nachbarwohnung befand.

„Sieht so aus. Ich habe noch nicht mit ihm darüber gesprochen. Erst jetzt, wo er fast erwachsen ist, trauen sie mir offensichtlich zu, dass ich mich um ihn kümmere."

Greta hörte die Bitternis in Noels Worten, die ihr schon häufiger aufgefallen war. Sie schob ihre Hand in seine. Er sah sie erstaunt an, erwiderte aber den sanften Druck.

Bevor sie aufbrachen, suchte Cato Elfeda. Die Chatten bauten ebenfalls ihr Lager ab. Einige böse Blicke folgten Cato, die wenigsten waren mit dem gestrigen Gottesurteil einverstanden, aber sie akzeptierten es dennoch.

Er fand Elfeda bei den Pferden. „Ich wollte nicht gehen, ohne mich von dir zu verabschieden", sagte Cato.

„Das wundert mich, ich dachte nicht, dass deine Frau dir das erlaubt." Sie zog den Sattelgurt stramm und drehte sich erst dann zu Cato um.

„Enya hat inzwischen eingesehen, dass sie keinen Grund zur Eifersucht hat. Wir würden uns beide freuen, wenn du uns in Colonia Agrippinensium besuchst."

„Wenn du mir einen guten Preis für unsere Felle machst, vielleicht."

„Das mache ich. Hast du inzwischen mit Leif gesprochen?"

„Er ist böse auf mich und trauert um Vater. Es wird noch etwas dauern, aber er wird erkennen, er ist jetzt frei, genauso wie ich."

Cato legte die Arme um Elfeda und sie ließ es zu.

„Pass auf dich auf und komm zu mir, wenn du einen Freund brauchst", sagte er.

„Danke." Mit einem wehmütigen Lächeln löste sie sich von Cato.

„Leb wohl, alter Mann."

KAPITEL 29

Noel lehnte an der Reling des Schiffes, dass sie rheinaufwärts nach Colonia Agrippinensium brachte. Es war ein sonniger Tag, wie alle, seit sie Herrada verlassen hatten. Enya stellte sich neben ihn und wandte das Gesicht der Sonne zu.

„Ist es eigentlich okay für dich, dass Titus mit mir kommt?", fragte Noel.

„Ja, absolut. Bei dir ist er momentan viel sicherer als hier, außerdem wird es ihm guttun, mit dir zusammenzuleben."

„Woher kommt denn der Sinneswandel."

Die Bitterkeit in Noels Stimme machte Enya betroffen. Die Worte Herradas kamen ihr in den Sinn, aber sie verwarf den Gedanken gleich wieder. Sie würde dieser Irren nicht auf den Leim gehen wie alle anderen. „Titus ist viel zu früh erwachsen geworden. Das macht diese Zeit, aber auch Catos hohe Ansprüche an ihn. Du bringst eine Leichtigkeit in sein Leben, die ihm fehlt. Er wird ein glücklicherer Mensch sein, wenn er sich etwas von dir abschaut."

Noel zuckte scheinbar unbeteiligt mit den Schultern.

Sie schubste ihn spielerisch an. „Hey, du weißt, ich halte dich für einen guten Vater, oder?"

„Das wäre mir neu. Ihr habt doch immer alles ohne mich geregelt."

„Ich gebe zu, ich habe es dir anfangs nicht zugetraut, aber das hat sich schon geändert, als ich dich zum ersten Mal mit Titus besucht habe. Du liebst ihn und zeigst ihm, du interessierst dich wirklich für ihn. Deshalb ist er auch so gern bei dir."

„Das lag wohl eher daran, dass man sich bei mir im Winter nicht den Arsch abfriert und er bei mir viel mehr Freiheiten hatte."

„Was ist mit dir los? Du hast früher nie an dir gezweifelt. Warum glaubst du nicht mehr, du bist es wert, geliebt zu werden?", fragte Enya.

„Vielleicht ist mir ja klar geworden, dass alle, die mich mochten, das nur taten, weil ich sie dazu gebracht habe. Es ist nicht echt, also ist es auch nichts wert."

„Das stimmt doch nicht. Jeder mag dich. Du warst früher so ein Sonnenschein."

„Jetzt bin ich eben kein Sonnenschein mehr. Wenn mich die Leute nur mögen, wenn ich für sie den Clown spiele, dann können sie mir gestohlen bleiben", antwortete er und presste die Lippen zu zwei schmalen Strichen zusammen.

„Ich weiß ja nicht, was in meiner Abwesenheit bei dir los war, aber ich sehe, was hier passiert. Alsuna mag dich noch immer, obwohl du sie damals sitzengelassen hast. Sogar Rolo mag dich, obwohl seine Frau dich anschmachtet."

Er zuckte mit den Schultern. „Cato kann mich nicht leiden."

„Du kannst Cato auch nicht leiden, das zählt also nicht. Was ist mit Greta?", fragte Enya.

„Die hält mich für einen widerlichen Macho, der jeden zweiten Tag eine andere Frau in seine Höhle schleift. Außerdem hat sie mir ernsthaft zugetraut, meine eigene Schwester geschwängert zu haben."

„Und trotzdem mag sie dich."

Sie schauten beide zu Greta hinüber, die am Heck des Bootes bei Cato, Titus und Lilian saß.

„Schade, dass wir nicht nachsehen können", sagte Enya.

„Wie hältst du es eigentlich mit Cato aus? Seine Gedanken können doch nach sechzehn Jahren Ehe nicht noch immer ständig verliebt und positiv sein."

Enya lachte. „Das sind sie ganz sicher nicht immer, aber ich lese seine Gedanken nicht."

Noel sah sie skeptisch an.

„Okay, manchmal lese ich sie schon. Wehe, du sagst ihm das!", drohte sie.

„Und macht es dir nichts aus, wenn er dich gedanklich verflucht?"

„Natürlich macht es mir etwas aus, aber dann mache ich mir bewusst, das ist normal. Ich verfluche ihn ja auch manchmal. Aber auch, wenn er mir echt den letzten Nerv raubt, ich ihn zum Teufel wünsche oder ihn schütteln möchte, damit er einsieht, dass er mit seinen verbohrten, rückständigen Ansichten falsch liegt, liebe ich ihn doch trotzdem. Vielleicht ist das ja der Unterschied zwischen Verliebtheit und Liebe. Wir verlieben uns in tolle Eigenschaften, wir lieben trotz der schlechten."

Noels Blick lag nachdenklich auf Greta.

„Warum fragst du sie nicht mal nach einem Date, wenn ihr zurück seid", schlug Enya vor.

„Wir werden uns sowieso oft sehen, unsere hormongesteuerten Nervensägen werden uns keine andere Wahl lassen."

„Titus und Lilian sind verliebt, ist doch schön."

„Die beiden bestehen darauf, dass sie verheiratet sind. Das wird noch ein Kampf, wenn wir zurück sind."

„Die bekommt ihr nicht mehr auseinander. Den Kampf können Greta und du euch sparen."

„Darum geht es mir ja auch gar nicht. Aber Titus ist siebzehn. Ich will, dass er auch wie ein Siebzehnjähriger lebt. Er soll zur Schule gehen, Freunde finden, Spaß haben. Der Ernst des Lebens kann noch eine Weile auf ihn warten."

„Er hat hier das Leben eines Erwachsenen geführt, ich bin nicht sicher, ob du die Zeit zurückdrehen kannst."

„Hilf mir. Wir müssen ihn dazu bringen, zur Schule zu gehen, dann kommt der Rest von ganz allein."

Enya lächelte. „Okay, wir versuchen es."

*

Nysa fiel Enya erleichtert um den Hals, als sie das Haus in Colonia Agrippinensium betraten. „Wir haben uns solche Sorgen gemacht. Den Göttern sei Dank, ihr seid zurück", schniefte die Sklavin.

„Ist Tiro hier?", fragte Enya.

Nysa warf einen besorgten Blick zu Cato. „Ja, wir verstecken ihn, da er doch von seinem Eigentümer fortgelaufen ist. Er hat mir erzählt, was auf dem Gut von Salvius passiert ist."

„Wo ist er?", fragte Cato.

„Ich weiß nicht, vermutlich hat er sich irgendwo verkrochen, als er euch gehört hat. Er macht sich ziemliche Sorgen, was ihr mit ihm tut, Herr", sagte Nysa zu Cato.

„Er muss keine Angst haben, ich werde ihn nicht bestrafen und ich werde ihn von Salvius zurückkaufen."

Nysa nickte dankbar und suchte dann Tiro.

„Bleibt ihr noch zum Essen?", fragte Enya ihre Begleiter.

„Ich denke, wir wollen alle nach Hause", entgegnete Noel und sah Greta an, die erleichtert nickte.

„Ja, das verstehe ich. Ich komme morgen zu euch und hole die Kinder", sagte Enya.

Bevor sie sprangen, ging Titus nochmal zu Cato. „Bist du böse, weil ich bei Noel leben möchte?", fragte er seinen Adoptivvater.

„Natürlich nicht. Ich verstehe, dass du bei deiner Frau sein willst. Dir wird es leichter fallen, dich dort einzuleben, als ihr das hier gelingen würde. Ich weiß, wie schwer es Enya auch heute noch fällt, auf die Dinge der Zukunft zu verzichten. Aber ihr müsst uns besuchen."

„Vielleicht mache ich es ab jetzt einfach umgekehrt und verbringe meine Ferien bei euch", überlegte Titus.

„Das würde mich sehr freuen. Und bring Lilian mit. Greta ist uns natürlich auch willkommen."

Vater und Sohn umarmten sich.

Noel sprang mit Greta zurück, Titus mit Lilian. Enya und Cato blieben allein in dem plötzlich leerwirkenden römischen Haus. Er nahm Enyas Hand und zog sie kommentarlos mit sich nach oben in ihr Schlafzimmer. Die Welt musste bis zum Morgen auf sie warten, er wollte jetzt nur fühlen, dass Enya wieder bei ihm war.

Als Enya am Morgen erwachte, lag Cato nicht neben ihr. Besorgt ging sie hinunter und fand Nysa in der Küche. „Weißt du, wo Cato ist?"

„Er wollte zur Händlervereinigung. Er sagt, er sei gegen Mittag zurück", berichtete Nysa.

Enya wäre es wesentlich lieber gewesen, Cato hätte sie mitgenommen, damit sie notfalls eingreifen konnte. Nach ihrer Unterredung mit Salvius stellte der keine Gefahr mehr für Cato dar, aber nach dem, was sie erlebt hatten, fiel es ihr schwer, ihre Angst um Cato zu unterdrücken.

Erleichtert atmete Enya auf, als Cato in Begleitung eines Mannes zurückkam.

„Hol Tiro her", befahl er einem Sklaven.

Enya hatte Tiro seit ihrer Rückkehr noch nicht gesehen, sie hoffte, er war nicht geflohen.

Cato stellte Enya seinen Begleiter vor. Es war ein Advokat, der schon häufig für Cato gearbeitet hatte. Er bat ihn ins Wohnzimmer und forderte Enya und auch Nysa auf, ihnen zu folgen. Enya vermutete, es ginge um Tiros Kauf und Freilassung und lächelte Cato an. Sie hatte lange mit ihm über Tiro gesprochen und Catos anfängliche Wut auf seinen Halbbruder war Entsetzen gewichen, als sie von Clovius Drohung erzählte. Er war froh über Enyas passende Strafe für den Gutsverwalter, andernfalls hätte er ihn selbst zur Rechenschaft gezogen. Er gönnte Clovius sein Schicksal, dennoch schauderte er bei dem Gedanken, welche Sühne Enya über den sadistischen Mann verhängt hatte.

Tiro betrat zögernd das Wohnzimmer. Hilfesuchend sah er Enya an, die aufstand und ihn auf einen Stuhl am Tisch schob.

Cato versuchte, den Blick seines Bruders einzufangen, aber Tiro starrte auf seine Hände, die er an die dünnen Oberschenkel klammerten.

„Tiro", versuchte Cato erneut, die Aufmerksamkeit seines Halbbruders zu bekommen. Als er noch immer nicht aufblickte, begann Cato zu reden. „Ich trage dir nichts nach, Bruder. Im Gegenteil. Ich weiß inzwischen, was du riskiert hast, als du dich gegen Clovius Befehl gestellt und mich nicht umgebracht hast und ich danke dir für mein Leben. Enya hat dir versprochen, ich kaufe dich zurück und das habe ich heute Morgen getan. Der Advokat ist hier, um die Freilassungsurkunde aufzusetzen. Möchtest du frei sein, Tiro?"

Tiro hob langsam den Blick, er sah nicht so glücklich aus, wie Enya erwartet hatte.

„Wo ist das Problem?", fragte Enya sanft.

„Ich weiß nicht, wohin ich soll." Tiro war kaum zu verstehen.

Cato legte seine Hand auf Tiros Schulter, der unter der Berührung zusammenzuckte. „Wenn du lieber als mein Sklave leben möchtest, kannst du das. Aber du kannst auch als freier Mann in meine Dienste treten, vielleicht in meinem Lager arbeiten oder hier im Haus. Du wirst immer dein Auskommen haben. Außerdem habe ich beschlossen, dir eine Summe aus dem Erbe unseres Vaters auszuzahlen. Du musst dich also nicht um deine Zukunft sorgen."

„Warum tust du das?", fragte Tiro, völlig aus dem Konzept gebracht vergaß er sogar, Angst vor Cato zu haben.

„Ich bin nicht Lucius. Ich finde es furchtbar, was unser Vater Arsinoe und dir angetan hat. Lass es mich ein kleines Stück wiedergutmachen. Möchtest du frei sein, Tiro?"

Tiro nickte und sah dann unsicher zu Enya, aber ein kleines Lächeln zuckte in seinem Mundwinkel.

Tiro würde Zeit brauchen, um sich aus seinem Schneckenhaus zu befreien. Zu tief saßen die Verletzungen und der Horror seines bisherigen Lebens. Enya war versucht, ihm auf ihre Art zu helfen, hielt sich dann aber zurück. Tiro musste seinen eigenen Weg finden. Zu lange hatte er schon fremdbestimmt gelebt.

Der Advokat setzte die Freilassungsurkunde auf und Cato zeichnete sie. Dann wandte sich Cato an Nysa. „Ich habe auch für dich eine Freilassungsurkunde aufsetzen lassen, Nysa. Du bist frei, aber Enya und ich würden uns freuen, wenn du weiterhin für uns arbeitest.

Außerdem möchte ich, dass du mit den anderen Sklaven sprichst. Jedem, der frei sein möchte, werde ich seinen Wunsch erfüllen und auch für sie gilt, sie können weiterhin für mich arbeiten, ab jetzt gegen Kost, Logis und einen Lohn."

„Danke!", sagte Enya und strahlte Cato glücklich an.

„Ich weiß, wie viel dir das bedeutet, aber ich lasse die Sklaven nicht frei, um dir eine Freude zu machen. Du hattest recht, ich hätte sie schon viel früher freilassen müssen und wenn du noch immer deine Schule gründen willst, hast du meine Unterstützung."

Enya sprang auf und lief zu Cato, der sich ebenfalls erhob und seine Frau in die Arme schloss.

„Siehst du, am Ende habe ich doch gewonnen", sagte er.

Sie sah ihn verwundert an.

„Es gibt jetzt keine Sklaven mehr, die du unterrichten kannst, ich habe sie alle freigelassen." Er lächelte siegessicher.

„Ich könnte mit unseren Nachbarn sprechen", sagte Enya.

Cato sah sie gequält an, nickte dann aber.

„Wir sprechen zusammen mit ihnen und wenn es schwierig wird, höre ich auf dich", sagte sie. Er war ihr so weit entgegengekommen, sie hatte das Gefühl, sie müsse auch einen Schritt auf ihn zugehen.

„Ich liebe dich, meine Gemahlin von den Sternen", wisperte er und küsste sie, bis sich der Advokat unangenehm berührt räusperte.

KAPITEL 30

„Hallo Enya", sagte Noel. Er saß mit einer Tasse Kaffee in der Küche und sah verschlafen aus. Seine Schwester war eben zu ihm gesprungen.

„Ist alles gut gegangen? Wo ist Titus?", fragte sie.

„Na, wo soll er schon sein", antwortete Noel.

Enya nahm sich einen Kaffee und setzte sich zu ihrem Bruder.

„Mama und Papa bringen deine Höllenbrut heute Nachmittag vorbei. Ich habe ihnen nur erzählt, dass du dich wieder mit Cato vertragen hast, ich hoffe, das ist dir recht", sagte Noel.

„Du bist ein Schatz."

„Habe ich aus purem Eigennutz gesagt. Ich kann mir sonst wochenlang ihr Heulen anhören, weil sie sich um dich Sorgen."

„Hast du Titus schon von unseren Ausbildungsplänen für ihn erzählt?", fragte Enya.

„Nein, ich wollte auf dich warten. Wir müssen in der Sache zusammenarbeiten, sonst spielt er uns gegeneinander aus."

„Geh duschen, ich hole ihn rüber, dann reden wir mit ihm", scheuchte Enya ihren Bruder auf.

Greta öffnete und sah ebenfalls verschlafen aus, obwohl es bereits nach zehn Uhr war. Der ungewohnte Zeitsprung und die Aufregung der letzten Tage wirkten wahrscheinlich nach.

„Oh, du bist schon da. Komm doch rein", sagte Greta und trat beiseite.

„Ist Titus hier?"

„Ja, er hat bei Lilian übernachtet." Greta sah darüber nicht glücklich aus.

„Ich rede mit Titus, damit er mehr Abstand zu deiner Tochter hält."

„Wenn du dir den Vortrag anhören möchtest, dass sie ein Ehepaar sind, nur zu. Solange sie verhüten, ist es für mich in Ordnung, wenn er hier schläft. Ich kann mich nur noch nicht mit dem Gedanken abfinden, dass mein Baby plötzlich erwachsen ist."

„Willkommen im Klub", sagte Enya. Sie klopfte an Lilians Tür und hörte ein gemurmeltes „Herein."

Titus und Lilian hatten noch geschlafen, sie lagen ineinander verschlungen im Bett.

„Guten Morgen, ihr Langschläfer. Noel und ich möchten gern mit dir reden, drüben", sagte sie zu Titus.

„Lilian, komm mit", sagte er und wollte die Decke zurückschlagen, überlegte es sich aber im letzten Moment anders. Er sah seine Mutter auffordernd an.

Enya verdrehte die Augen und schloss die Tür wieder.

„Macht er gar nichts mehr ohne Lilian?", fragte Enya Greta.

„Sie sind verheiratet, da ist das so, habe ich mir sagenlassen müssen."

„Komm am besten auch mit rüber. Das Thema, das wir mit Titus besprechen wollen, betrifft dich offensichtlich genauso."

Lilian und Titus saßen Hand in Hand am Küchentisch ihren drei Elternteilen gegenüber.

Noel räusperte sich. „Enya und ich haben beschlossen, dass du, wenn du dich für einen Umzug zu mir entscheidest, das Leben eines Menschen dieser Zeit führen wirst, Titus."

„Natürlich werde ich das, das versteht sich doch von selbst."

„Schön, dass du das so siehst. Übermorgen ist Montag, wir gehen dann gemeinsam zum Gymnasium und melden dich dort an", bestimmte Noel.

„Äh, Moment. Ihr wollt, dass ich wieder zur Schule gehe? Wie ein Kind?", fragte Titus empört.

„Nicht wie ein Kind, wie ein Siebzehnjähriger dieser Zeit", erklärte Noel.

„Aber ich bin Legionär, ich bin erwachsen!"

„Da es hier keine Legion gibt, bist du kein Legionär mehr und irgendwas wirst du tun. Ich lasse nicht zu, dass du dich nur mit Lilian im Bett herumwälzt und den ganzen Tag verschläfst", sagte Noel.

„Ich hatte nicht vor, den ganzen Tag herumzuliegen. Ich suche mir eine Arbeit und sorge für meine Frau."

„So, und was für eine Arbeit wird das sein?", fragte diesmal Enya.

„Weiß ich noch nicht. Ich könnte zu Militär gehen."

„Nein, auf keinen Fall", protestierte Lilian entsetzt.

Erfreut sah Enya die Sorge ihrer Schwiegertochter. „Was meinst du, was Titus tun sollte?", fragte sie Lilian.

„Komm mit mir zur Schule. Du wirst sehen, es wird dir gefallen. Vielleicht kommen wir ja in eine Klasse, dann könnten wir zusammen lernen", sagte Lilian.

Enya lächelte zufrieden, dem Gesicht ihres Sohnes war anzusehen, dass er nachgeben würde.

„Ich kann es ja mal versuchen. Wenn es nichts für mich ist, kann ich immer noch etwas anderes machen", meinte Titus, wie Enya erwartet hatte. Er war genauso vernarrt in das Mädchen wie sie in ihn. Sie sah Noel lächelnd an und drückte seine Hand.

„Wir haben aber eine Bedingung", sagte Titus, dem das zufriedene Grinsen von Noel und Enya gewaltig nervte. Er war ein erwachsener Mann und nicht bereit, sich wie ein Kind behandeln zu lassen.

Noel machte eine auffordernde Geste, er solle sprechen.

„Lilian und ich werden zusammenleben, wie es sich für Mann und Frau gehört."

„Und wie soll das aussehen?", fragte jetzt Greta.

„Wir brauchen eine eigene Wohnung", forderte Lilian.

Greta blickte genervt zur Decke. „Und wer wird die Miete bezahlen?"

„Ich suche mir eine Arbeit", sagte Titus, der die ganze Sache noch nicht wirklich bis zu Ende gedacht hatte.

„Vom Jobben kannst du keine Miete bezahlen", erklärte Noel.

Titus sah seinen Vater unwillig an.

„Ich mache euch einen Vorschlag", sagte Noel, „ihr dürft entweder hier oder bei Greta gemeinsam übernachten, solange eure Noten gut sind. Das ist mehr, als ich meinem siebzehnjährigen Sohn normalerweise erlauben würde, also solltest du besser nehmen, was ich anbiete."

Titus funkelte Noel finster an, aber er stimmte dennoch zu. Er stand auf und zog Lilian mit in sein Zimmer.

Enya sah ihm besorgt nach. Ihr Sohn fühlte sich in seiner Ehre gekränkt, aber er würde in dieser Zeit nur glücklich werden, wenn er sich anpasste. „Mach ihm nicht zu viel Druck", sagte sie zu Noel.

„Keine Sorge, ich erinnere mich gut, wie es ist, siebzehn und genervt von den Eltern zu sein. Wir bekommen das hin."

Bevor sie weitersprachen, läutete die Türglocke. Sianna und Marc brachten die Kinder. Enya versprach, die Kleinen jetzt öfter zu Besuch mitzubringen und erzählte, dass Titus ab sofort bei Noel wohnte, was den Großeltern ein glückliches Lächeln auf die Gesichter zauberte. Auch wenn sie es niemals offen zugegeben hätten, Titus stand ihnen von all ihren Enkeln am nächsten.

Nach einer kurzen Verabschiedung und dem Versprechen, bald wiederzukommen, sprang Enya mit ihren jüngeren Kindern zurück zu Cato. Froh, endlich wieder in das Leben einzutauchen, für das sie sich einst entschieden hatte und das sie heute erneut mit ganzem Herzen wählte.

*

„Komm mit zu mir. Überlassen wir dem Ehepaar deine Wohnung für den Abend", sagte Greta, als sich der Trubel gelegt hatte. Die Stille fühlte sich für sie plötzlich merkwürdig an.

„Gern", sagte Noel.

In ihrer Wohnung öffnete Greta eine Flasche Rotwein und reichte Noel ein Glas, der auf dem Sofa im Wohnzimmer Platz genommen hatte.

„Enya fehlt dir", stellte sie fest.

„Ja, auch nach all den Jahren vermisse ich sie immer noch. Es ist schön, dass wenigstens Titus jetzt bei mir bleibt."

„Du bist ein echter Familienmensch", stellte sie fest.

„Hättest du mir nicht zugetraut, was?"

„Früher nicht, aber wenn man dich kennenlernt, merkt man das schnell. Wenn es schwierig wird, kann man sich wirklich auf dich verlassen. Du versteckst deine Qualitäten nur ziemlich gut hinter der Macho-Arschloch-Hülle."

„Erzähl es nicht weiter, du ruinierst sonst meinen schlechten Ruf." Er lächelte sie an und strich eine ihrer Haarsträhnen zurück. „Ich würde jetzt gern deine Gedanken hören", sagte Noel versonnen.

Greta stellte ihr Glas zur Seite und wandte sich ihm zu. „Ich habe dich gern, Noel", sagte sie.

Er legte die Hand in ihren Nacken und zog sie an seine Lippen. Sein Kuss war federleicht, vorsichtig, als fürchte er, den Moment zu zerstören. Greta fühlte ein Kribbeln in ihrem Bauch, ein Gefühl, dass sie schon für immer verlorengeglaubt hatte.

Für Noel war der Kuss mit keinem zuvor zu vergleichen. Zum ersten Mal beobachtete er nicht, was seine Partnerin dachte. Wie jeder andere Mann musste er sich allein auf seine menschlichen Sinne verlassen und die sagten ihm, Greta gefiel dieser Kuss ausnehmend gut. Sie habe ihn gern, hatte sie gesagt und das, obwohl er nicht versucht hatte, sie für sich zu gewinnen.

Greta spürte seine nachdenkliche Stimmung und zog sich zurück. „Was ist los?"

Er runzelte die Stirn. „Mit dir ist es anders."

„Inwiefern?"

„Du bist die älteste Frau, die ich jemals geküsst habe", sagte er und grinste.

„Und du bist das größte Ekel, das ich jemals geküsst habe", gab sie ebenfalls lächelnd zurück.

„Mit dir ist es anders, weil ich dir nichts vorspielen muss", beantwortete er ihre Frage diesmal ernsthaft und zog sie wieder an seine Lippen.

*

Titus lag mit mürrischem Gesicht auf dem Bett. Lilian saß mit zusammengepressten Lippen neben ihm. Seine schlechte Laune war überdeutlich zu spüren.

„Erzählst du mir, was dich so stört?“, fragte sie.

„Noel und deine Mutter sitzen bestimmt gerade zusammen und denken sich neue Strategien aus, um aus mir wieder ein Kind zu machen.“

„Weißt du, das ist beleidigend mir gegenüber, wenn du den Besuch einer Schule so runtermachst?“

„So meine ich das doch nicht. Für dich ist es in Ordnung, wenn du zur Schule gehst. Ich habe diese Phase meines Lebens aber schon lange hinter mir gelassen. Niemand wäre zuhause auf die Idee gekommen, sowas von mir zu verlangen.“

„Bereust du deine Entscheidung schon?“, fragte sie.

Er streckte die Hand nach ihr aus und sie schmiegte sich an ihn.

„Niemals werde ich bereuen, bei dir zu sein. Ich überlebe die Schule schon, hoffe ich zumindest“, sagte er.

„Glaubst du eigentlich, was Herrada prophezeit hat oder hältst du sie nur für eine gute Menschenkennerin?“, fragte Lilian, deren Gedanken zur Vergangenheit gewandert waren.

„Ich denke, Herrada versteht meist selbst nicht, was sie sagt, und dennoch glaube ich, jedes ihrer Worte ist wahr. Das Problem ist die Deutung.“

„Sie hat auch eine Prophezeiung über uns gemacht“, gab Lilian zu.

„Ich habe es gesehen, du warst danach ganz blass.“

„Warum hast du mich nicht gefragt, was sie gesagt hat?“

„Ehrlichgesagt habe ich mich nicht getraut. War nicht der Moment für weitere schlechte Nachrichten, tut mir leid, dass ich dich damit allein gelassen habe. Erzählst du es mir jetzt?“, fragte er.

„Sie hat gesagt, du würdest mich bis zu deinem letzten Atemzug lieben und ich dich noch darüber hinaus.“

„Dann werde ich in meinem Leben die wichtigsten Dinge richtig machen. Dich lieben, beschützen und glücklichmachen. Ich könnte mir keine bessere Prophezeiung vorstellen."

ENDE

Heike Bicher-Seidel

WEITERATMEN

„Ich habe das alles nicht gewollt. Nicht das Attentat, nicht die Toten und nicht, was meine Leute Djadi angetan haben.
Doch wer wird mir schon glauben."

Die 23-jährige Leni ist Kellnerin in einer rechten Szenekneipe. Als sie erfährt, dass ihr Boss und ihr Bruder ein Attentat planen, will sie unbedingt verhindern, dass sich ihr Bruder an den illegalen Aktivitäten beteiligt. Ihr Versuch, die Männer von diesem Plan abzubringen, endet in einer Katastrophe.

Gefangen zwischen Hass und Vorurteilen zählt plötzlich nur noch eines:

Weiteratmen!

Heike Bicher-Seidel

MAN FLUCHT VIEL MEHR; WENN MAN TOT IST

Ivy wacht nach monatelangem Koma auf und nichts ist wie zuvor. Sie muss die alltäglichsten Dinge wieder lernen und nicht nur Ivy, sondern auch ihre Eltern und ihr Verlobter sind mit der Situation überfordert. Als der Maler Jarik auftaucht, kann sich Ivy nicht erklären, warum ein Fremder Bilder von ihr malt. Aber obwohl sie sich nicht an Jarik erinnert und ihre Familie ihn für einen Stalker hält, fühlt sich Ivy zu ihm hingezogen.

Hin- und hergerissen zwischen ihrem Verlobten und dem Maler findet Ivy eine schockierende Wahrheit, die ihr Leben erneut völlig aus der Bahn wirft.

Erschienen bei: Hybrid Verlag, Homburg

Heike Bicher-Seidel

LEBENDKONTROLLE

Lebendkontrolle: Ein Begriff aus dem Strafvollzug.
Vollzugsbeamte prüfen in regelmäßigen Abständen die körperliche
Unversehrtheit von Gefangenen. Eine Maßnahme, die unter anderem
verhindern soll, dass sich ein Häftling suizidiert.

Ihr neuer Job als Justizvollzugsbeamtin macht die 28-jährige Nina glücklich. Aber der Job ist momentan leider auch alles, was sie glücklich macht. Frisch von ihrem langjährigen Lebensgefährten getrennt und in einer neuen Stadt, fühlt sie sich einsam und konzentriert sich ganz auf ihre beruflichen Aufgaben. Eine dieser Aufgaben heißt Julian Kanter.

Nach einem Suizidversuch kehrt Julian aus der Psychiatrie zurück in die JVA. Lebendkontrollen sollen verhindern, dass er nicht doch noch den ultimativen Ausweg wählt.

Nina mag den intelligenten Mann und möchte ihn aus seiner selbstauferlegten Isolation herausholen. Aber der Blick in seine Abgründe macht ihr klar, dass Julian eine Aufgabe darstellt, die sie an ihre Grenzen führen wird.